지니어스 게임 3

GENIUS: THE REVOLUTION

지니어스 게임 3 -혁명의 시대-

1판 1쇄 펴낸날 2021년 10월 20일

지은이 레오폴도 가우트 **옮긴이** 박우정
펴낸이 김민지 **펴낸곳** 미래M&B **책임편집** 황인석 **디자인** 서정민 **영업관리** 장동환, 김하연
등록 1993년 1월 8일(제10-772호) **주소** 서울시 마포구 동교로 134(서교동 464-41) 미진빌딩 2층
전화 02-562-1800(대표) **팩스** 02-562-1885(대표) **전자우편** mirae@miraemnb.com
홈페이지 www.miraeinbooks.com **블로그** blog.naver.com/miraeibooks **인스타그램** @mirae_inbooks

ISBN 978-89-8394-922-6 03840

＊잘못 만들어진 책은 구입처에서 바꾸어 드립니다.
＊미래인은 미래M&B가 만든 단행본 브랜드입니다.

지니어스 게임 3

―혁명의 시대―

레오폴도 가우트 지음·박우정 옮김

미래인

세상의 모든 몽상가들에게.
굳건히 버텨라!
빛이 항상 어둠을 깨부수는 법이니.

ONDSCAN

모든 블랙박스 실험실 직원들에게 :

우리는 지금 터닝포인트에 있습니다.

나는 우리 일에서 내 목표와 의도를 여러분에게 항상 솔직히 말해왔습니다. 여러분은 나와 함께 문명을 더 나은 쪽으로 변화시키는 데 동참할, 말 그대로 수천 명의 후보자들 가운데 엄선된 사람들입니다. 우리 모두는 세상이 고통, 빈곤, 폭력, 환경 파괴, 박해에 얼마나 시달리고 있는지 알고 있습니다. 그리고 우리 모두는 세상을 변화시키고 싶어 합니다. 세상의 해악들을 막고 우리가 주인인 새로운 시대를 열고 싶어 합니다.

나는 여러분에게 두뇌 위원회에 합류하면 내 힘이 닿는 한 뭐든 해주겠다고 약속했습니다, 여러분에게 필요한 모든 도구와 공간을 제공했고, 격려를 아끼지 않았습니다. 음식과 방, 여러분이 편히 지내게 해줄 모든 편의시설을 제공했습니다. 그 보답으로 내가 여러분에게 부탁한 것은 모든 의심을 버리고 발전 없는 옛 방식이 더 이상 빛나는 청년들을 지배하지 않는 세상을 설계하도록 나를 돕는 데 여러분의 많은 재능을 써달라는 것뿐이었습니다.

그리고 여러분은 멋진 일들을 해냈습니다.

나는 모든 블랙박스 실험실들을 찾아가 여러분의 작업을 직접 눈으로 보았습니다. 여러분이 이룬 획기적 성과를 목격했고 실패를 두둔했습니다(우리 모두가 알고 있듯이 실패는 궁극적으로 뭔가를 배울 수 있는 방법이기 때문입니다). 여러분과 함께 보낸 매일매일은 놀랍고 깨달음을 얻는 나날이었습니다. 지금 나는 그 어느 때보다도 여러분과 우리의 임무를 믿습니다.

내가 이 메시지를 쓰는 건 그 때문입니다.

몽상가들과 혁신자들이 존재하는 반면, 변화를 두려워하고 필사적으로 현상을 유지하려는 사람들도 존재합니다. 새로운 기술들에 생명을 불어넣길 기대하며 눈을 반짝이는 몽상가 한 명에 그 환상을 짓밟아버리고 싶어 하는 비관론자가 100명쯤 있습니다. 유감스럽게도, 우리의 목표 달성을 막고자 죽기 살기로 나선 젊은 천재들이 있습니다.

믿기 어려운 말이란 건 알고 있습니다. 하지만 사실입니다.

그들은 로지입니다. 그들은 우리를 막기 위해 터미널 같은 우리의 적들과 접촉하며 바로 지금 활동하고 있습니다. 그들이 여러분에게 손을 뻗을 겁니다. 우리가 쌓은 벽을 무너트리려 애쓸 겁니다. 여러분에게 부탁하니다. 강해지십시오. 끝까지 버티십시오. 그들의 메시지를 거부하십시오. 나는 이 일이 결국 지나가는 폭풍이고 우리가 이미 극복했던 많은 일들 중 하나라는 것을 알고 있습니다.

그러니 여러분의 생각을 고수하십시오. 문을 걸어 잠그십시오. 보안 시스템을 강화하십시오.

실험실 밖의 누구도 믿지 마십시오. 모든 외부 이메일과 메시지를 무시하십시오. 언론이 하는 말을 듣지 마십시오. 우리는 스스로를 고립시키고 정신을 집중해야 합니다. 내가 필요하면 언제든 나를 찾아도 됩니다. 우리는 아주 가까운 사이이니까요.

엿새 후면 시바가 출범 준비를 갖출 것입니다. 지금부터 카운트다운이 시작됩니다.

결속과 비전을 담아,

키란

1부

더 중요한 무언가의 시작

1. 카이

베이징에 도착한 지 3시간 만에 나는 아빠가 어디에 있는지 알아냈다.

아빠는 제23 시립구치소에 있었다. 다행히 아직 교도소로 이송되지는 않았다. 아빠의 사건에 인터폴이 개입돼 있어서 아빠를 죄수들로 북적대는 감옥에 바로 보내지는 않았던 게 분명하다. 하지만 아빠한테 제기된 혐의들의 심각성을 생각하면 상황이 곧 바뀔 것이다. 심문이 끝나면 아빠를 경비가 삼엄한 교도소로 보낼 테고, 그렇게 되면 아빠를 절대 빼내지 못할 것이다.

아빠를 찾았으니 이제 내 일을 할 때였다.

페인티드 울프의 일.

아빠를 구치소에서 빼내는 것도 쉽지는 않을 것이다. 뉴욕에서 렉스를 빼낼 때 사용했던 기술들에 의존하되 고급 장비 없이 해내야 한다. 이번에는 말발과 엄포로 성공해야 한다.

미국에서 변호사 행세를 하는 건 비교적 쉬웠다. 하지만 지금

13

은 새로운 누군가를 만들어내야 한다. 지금까지 연기했던 사람들을 전부 합친 것보다 더 그럴싸한 누군가를. 그러려면 더 많은 연구와 시간이 필요한데 우리에겐 시간이 없었다.

우리는 택시를 타고 구치소로 향했다.

나이 든 운전사 옆의 조수석에 내가 타고 렉스, 툰데, 테오가 뒷좌석에 끼어 앉았다. 세 사람은 무릎 위에 가방을 올려놓고 휴대폰, 내 핀홀카메라, 초소형 마이크와 도청장치 등 각자 손쉽게 이용할 수 있는 장비들을 살펴봤다.

나는 아빠가 붙잡혀 있는 곳을 알아내자마자 새 옷을 구입했다. 바지, 블라우스, 날렵한 구두. 그리고 더 나이 들어 보이게 화장을 했다. 최대한 전문적이고 위압적으로 보이고 싶었다.

택시가 늦은 오후의 도로를 천천히 달리는 동안, 나는 내 천사가 되어줄 사람을 알아보기 위해 온라인에 접속했다. 구치소는 웹사이트를 운영하지 않았지만 직원 몇 명의 소셜미디어 계정을 이용해 동료, 가족, 친구들을 추적해서 구치소의 조직도를 명확히 파악할 수 있었다. 심지어 각 부서의 책임자가 누군지도, 현재 일정 몇 가지도 알아냈다. 이 사소하고 무해한 정보들이 내겐 보물 상자나 마찬가지였다.

구치소에 도착하기 15분 전, 나는 첫 번째 전화를 걸었다. 렉스는 단 몇 분 만에 구치소가 소속된 상급 기관에서 전화하는 것처럼 보이게 내 전화번호를 조작했다.

내가 온라인에서 찾은 교도관들 중 한 명이 전화를 받았다. 굉장히 사무적인 여성이었다.

"류 선생입니다."

"안녕하세요! 나는 시설관리부 심의관인 황이라고 합니다. 직급번호는 6520입니다. 지금 가는 중이고 20분 뒤에 도착해서 감사를 실시하겠습니다."

전화기 너머에서 류 선생이 마른침을 삼키는 소리가 들렸다.

"어… 제 일정표에는 약속이 잡혀 있지 않은데요."

"그게 무슨 말이죠?" 나는 단호하게 말했다. "몇 주 전에 잡힌 일정이잖아요. 난 내가 만날 구치소 직원뿐 아니라 수감자 목록도 가지고 있어요. 담당자가 그걸 모른다는 게 말이 되나요?"

"아니, 그게 아니라…" 류 선생이 황급히 대답했다. "저는 그냥…."

"당신 상관에게 연락해서 어떻게 된 상황인지 정확히 알아봐야겠군요."

"아, 여기 있어요. 네, 일정이 잡혀 있네요. 도착하실 때까지 모든 걸 준비시켜놓겠습니다. 곧 뵙겠습니다."

"좋아요."

나는 전화를 끊고 구치소로 가는 동안 온라인에서 가짜 신분증을 만들었다. 그런 뒤 노련한 전문가로 보이도록 화장을 고치고 머리를 뒤로 넘겨 틀어 올렸다.

시립구치소로부터 두 블록 떨어진 곳에서 택시를 세우고 렉스, 툰데, 테오를 내려줬다. 테오는 상황을 감시할 수 있는 근처 건물의 옥상을 매핑 소프트웨어로 금방 찾아냈고, 렉스와 툰데는 구치소의 CCTV 카메라 시스템을 해킹해서 들어갔다. 구치소는 최근에 새로운 무선 시스템으로 업그레이드한 상태였다. 건물 밖뿐 아니라 안에도 우리를 지켜보는 눈이 있다는 뜻이었다.

"너희들, 계획은 알고 있지?" 내가 물었다.

"그럼." 렉스가 대답했다.

1.1

택시가 시립구치소 앞에 나를 내려줬고, 류 선생이 로비에서 웃는 얼굴로 나를 맞았다.

"신분증 부탁드립니다. 휴대폰도요."

내가 휴대폰을 꺼내 신분증을 보여주자, 류 선생이 휴대폰 화면과 내 얼굴을 번갈아 보며 신분증을 검토했다. 나는 돋보기 안경을 쓰고 있었지만 그녀는 여기에 별다른 눈길을 주지 않았다. 다행이었다. 안경에 360도 감시 카메라와 마이크가 달려 있었기 때문이다.

마침내 그녀가 고개를 끄덕였다.

"심의관님의 휴대폰은 여기에 보관해야 할 것 같군요."

"당연하죠."

나는 휴대폰을 건넸다.

계획이 먹혔다. 통과! 류 선생이 책상으로 가서 서류 몇 개를 집어 들고 내 휴대폰을 내려놓는 사이, 나는 내 목소리가 똑똑히 들리길 빌며 귀에 끼고 있던 초소형 이어폰에 속삭였다.

"통과했어."

"성공적이야." 렉스가 대답했다. "오른쪽을 봐."

오른쪽 구석을 쳐다보니 카메라가 달려 있었다.

류 선생이 파일 홀더를 들고 돌아왔다.

그녀가 입을 떼기도 전에 내가 선수를 쳤다.

"먼저 수감자 몇 명과 직원들을 차례로 만나야 합니다. 그리고 마지막으로, 내가 발견한 것들을 직접 확인할 수 있도록 구내를 돌아봐야겠습니다."

류 선생이 고개를 끄덕이며 구치소에 있는 사람들의 명단을 내밀었다.

나는 명단을 살펴보며 세 사람의 이름을 가리켰다. 아빠가 맨 처음이었다.

류 선생이 서류를 보더니 다시 고개를 끄덕였다.

"이쪽으로 오세요."

나는 류 선생과 무장한 교도관 두 명을 따라 복도를 걸어갔다. 아무도 특별히 의심하는 기색은 없었다. 그래서 약간 자신감이 생겼지만, 나는 상황이 순식간에 바뀔 수 있다는 걸 잘 알고 있었다. 말 한마디만 잘못 해도, 실수 하나만 저질러도 그들은 주저 없이 나를 아빠 옆의 감방에 처넣을 것이다.

"거의 다 왔어."

내가 이어폰에 속삭이자, 바로 렉스의 목소리가 들렸다.

"CCTV 카메라로 네 아빠가 보여. 방 뒤쪽에 앉아 계셔. 교도관 한 명이 방에 같이 있어."

나는 회의실로 들어갔고 뒤에서 문이 닫혔다. 넓은 방이었다. 아빠가 테이블에 팔을 올린 채 앉아 있었고, 방 반대편에 서 있던 교도관이 나한테 차가운 시선을 던졌다. 나는 천천히 당당하게 방을 가로질러 갔다. 심장이 어찌나 뛰던지 갈비뼈가 부러지지 않을까 걱정될 정도였다.

나는 아빠 맞은편에 앉았다. 아빠는 몹시 지쳐 보였다. 정신적 피로도 상당할 터였다. 아빠는 중대한 범죄들로 기소되었고 중국 당국, 인터폴, FBI, 모사드 등 답변을 원하는 쪽이 너무 많았다. 하지만 아빠가 줄 수 없는 답변들이었다.

나이지리아에서처럼 아빠는 나를 곧바로 알아봤다. 말 한마디 할 필요도, 안경을 벗을 필요도 없었다.

아빠가 앞으로 몸을 숙이자, 테이블 밑에서 수갑이 절꺽거리는 소리가 들렸다.

"안녕하세요. 나는 황이라고 합니다. 시설관리부에서 일하죠. 여기 구치소 생활에 관해 몇 가지 질문을 드리고 싶습니다."

류 선생과 교도관들이 나가자, 아빠가 눈이 휘둥그레져서 내 쪽으로 몸을 기울였다.

"카이, 대체 어쩌려고 여기 온 거야?"

"아빠를 빼내려고 왔죠."

"여긴 사방에 카메라가 있어."

"우리가 카메라들을 통제하고 있어요. 계획은 단순해요. 아빠를 면담해서 아빠가 이곳에 대해 불만을 얘기하면 내가 굉장히 화를 낼 거예요. 그리고 여기 사무실에서 일하는 사람한테 상급기관에 보고하겠다고 말할 거예요. 아빠가 학대를 받아서 병원으로 옮겨야 한다고. 병원은 보안이 훨씬 약하겠죠. 이게 계획의 첫 부분이고, 두 번째 부분은…."

아빠가 고개를 가로저었다.

"미안하다만, 그 계획은 안 먹힐 거야."

"왜요? 전에도 이렇게 해서 성공한 적이 있어요."

아빠가 눈살을 찌푸렸다.

"아빠를 여기서 빼내려면 지금이 우리한테 주어진 유일한 기회예요. 아시죠?"

아빠가 급히 말했다. "그들은 너를 기다리고 있어."

나는 잠깐 숨이 턱 막혔다.

이어폰으로 렉스의 목소리가 들렸다. "잠깐, 금방 아빠가 뭐라고 하셨어?"

"그들이 나한테 청년들로 이뤄진 팀에 관해 물어봤어." 아빠가 말을 이었다. "멕시코인이거나 미국인인 남자애 한 명, 나이지리아 남자애 한 명, 그리고 중국 여자애 한 명."

구치소에 수감된 카이 아빠

"카이, 지금 당장 나와야 해." 렉스가 말했다.

"그들이 누군데요?"

내가 묻자, 아빠가 고개를 저었다.

"나도 몰라. 하지만 그들이 여기서 널 지켜볼 거란 건 알아. 네가 나를 빼내려고 하면 그들한테 그 사실이 보고될 거고 상황은 더 나빠지기만 할 거야. 그들은 나를 볼모로 이용하고 있어. 난 기소가 취하되기 전까진 여길 떠날 수 없어."

가슴이 쿵쾅거렸다. 나는 깊은 숨을 들이쉬며 우리의 원래 계획을 성사시킬 방법을 찾았다. 하지만 아빠 말이 옳았다. 누군가 우리를 지켜보는 상태에서는 어떤 행동을 하건 상황을 악화시키기만 할 것이다.

나는 마지못해 고개를 끄덕였다.

"어떻게 해서든 아빠를 구출할 거예요. 믿어주세요." 그런 뒤 나는 이어폰에 대고 말했다. "렉스, 얼른 카메라를 다시 작동하고 30초쯤 뒤에 전화해."

나는 일어서서 최대한 직업적인 말투로 아빠한테 감사를 표했다. 뱃속이 요동치고 눈물이 날 것 같았지만 침착하게 행동했다. 내가 자리에서 일어나는 순간 교도관들이 방 안으로 들어왔고, 나는 넓고 칙칙한 회색 카펫을 최대한 천천히 가로질러 문으로 향했다. 렉스가 전화할 시간을 줘야 하니까.

아니나 다를까, 내 계획이 먹혔다.

류 선생이 굉장히 걱정스러운 얼굴로 문가에 나타났다.

"방금 중요한 전화를 받았습니다. 양 차관님께 바로 전화를 해달라고 합니다. 심의관님 휴대폰, 여기 있습니다."

류 선생이 내 휴대폰을 내밀었다.

나는 렉스의 번호를 누르고 최대한 심각하고 걱정되는 듯이 행동하려 애썼다.

"마무리하고 있는 중입니다. 몇 분 뒤에 뵙겠습니다."

나는 전화를 끊은 뒤 쌀쌀맞은 얼굴로 류 선생한테 말했다.

"유감스럽게도 비상사태가 일어났습니다. 나머지는 일정을 다시 잡아야겠네요. 이곳이 모든 기준을 지키고 있다는 확신이 들지 않아요. 다시 오겠습니다. 곧."

1.2

툰데, 테오, 렉스가 나를 태울 택시를 구치소 앞에 대기시켜 놨다.

택시는 몇 블록 지나 친구들이 기다리고 있는 곳까지 나를 데려다줬다. 친구들은 저마다 장비가 가득 든 더플백을 어깨에 짊어지고 있었다.

우리는 천단동로 끝에 있는 시장을 들락거리는 사람들 사이를 최대한 빨리 걸어갔다. 걸어가는 동안 툰데는 뭔가를 찾는 것처럼 사람들을 쳐다보느라 주의가 산만해 보였다. 몇 번 걸음을 멈추기도 했다.

"무슨 일이야?" 모퉁이를 돌 때 내가 물었다.

"우릴 따라오는 사람들이 있는 것 같아." 툰데가 말했다.

"누구?"

"어떤 애들. 그냥 내가 착각했을 수도 있고."

나는 은밀히 주위를 살폈다. 거리는 믿을 수 없을 정도로 붐볐다. 금방이라도 폭풍우가 몰려올 기세여서 모든 보행자가 서둘러 쇼핑을 끝내려고 종종걸음 치고 있었다. 인파 속에서 특이한 사람은 눈에 띄지 않았다. 서성거리고 있는 사람들은 대부분 여행객 같았다.

"아무도 안 보이는데?"

"내가 착각했나 봐."

"자," 렉스가 끼어들었다. "이제 어떻게 할 생각이야?"

"예전에 함께 일했던 마이크로블로거가 있어. 나한테 신세를 진 사람인데, 딥 웹 쪽에 인맥이 좀 있어. 너무 위험한 일이라 끌어들이고 싶지 않지만 그 사람이라면 우리 아빠 기록을 깨끗이 지울 방법을 찾을 수 있을지도 몰라. 어떻게 생각해?"

우리는 쇼핑객들 사이를 헤치고 나아갔다. 회향과 팔각 같은 향신료가 놓인 좌판을 보자 엄마 생각이 났다. 엄마한테 전화해서 잘 계시는지 확인하고 싶은 마음이 간절했지만 지금은 그럴 여유가 없었다.

테오가 제일 먼저 대답했다. "위험한 생각 같아. 그 사람을 어떻게 믿어?"

"그 사람은 친구예요."

테오가 어깨를 으쓱했다. "나도 친구가 많아. 하지만 난 아무도 믿지 않아."

렉스가 말했다. "음, 그래서 형이 태도가 나쁜 거구나."

"난 그 사람을 믿어요. 그걸로 충분해요."

"카이가 믿는 사람이면 나도 믿어요." 툰데가 거들었다.

"그래, 다 좋아." 테오가 말했다. "하지만 우리가 누군가한테 접근할 때마다, 우리를 다른 사람과 연결시키는 관계를 맺을 때마다, 우리가 그 사람을 위험에 빠트리거나 그 사람이 우리를 위험에 빠트릴 수 있어."

"카이는 자기가 무슨 일을 하고 있는지 알아." 렉스가 말했다. "카이는 내가 지금까지 만난 가장 똑똑하고 가장 이타적인 사람이야." 그러고는 테오를 옆으로 끌어당기며 말을 이었다. "카이가 없었다면 우린 여기까지 오지 못했을 거야. 사실 카이는 키

베이징

23

란을 막을 수 있는 유일한 사람이야. 형은 몇 년 동안 노력해왔지만… 이제 다른 누군가한테 책임을 맡길 때야. 카이가 그렇게 할 수 있어."

나는 당장 렉스를 끌어안고 싶었지만, 갑자기 비가 쏟아지기 시작했다.

나는 요란스럽게 불을 밝힌 휴대폰 가게들 사이의 좁은 골목으로 들어가자고 손짓했다. 베이징에는 휴대폰 가게가 국숫집만큼이나 흔하다. 우리는 차양 밑으로 들어가 비를 피했다.

"2분 뒤에 돌아올게."

나는 그렇게 말하고 휴대폰 가게로 뛰어 들어가 계산대 앞의 머리가 삐죽삐죽한 여자한테 저렴한 선불폰을 달라고 했다. 스마트폰 기능도 없고 터치스크린도 없는 폰. 여자가 나한테 작은 공책 크기의 노키아 복제품을 내밀었다. 접속 코드를 휘갈겨 쓴 종이도 함께 줬다. 나는 돈을 내고 친구들한테 돌아갔다.

"내 친구는 로저 도저라고 불려. 활동가이기도 하고 기자이기도 한데, 로저 도저가 하는 일은 아주 위험해. 그 친구가 우리를 도와줄지 장담은 못 하지만 전에 나를 도와준 적이 있어."

테오가 의심스러운 눈빛으로 눈을 가늘게 떴다.

"이 문제에 대해선 나를 믿어줘야 해요."

내가 말하자, 렉스가 팔꿈치로 자기 형을 쿡 찔렀다.

"좋아." 테오가 말했다. "전화해보자."

로저 도저한테 연락하려면 일련의 번호를 거쳐 전화를 걸어야 했다. 로저 도저는 베이징의 한 은행을 이용해 자신의 위치를 숨겼다. 이 은행에서 즉시 난징의 한 빵집으로 전화가 연결되었고 여기서 다시 쑤저우의 콜센터를 거쳐 젊은 남자가 영어로 전화를 받았다.

"여보세요?"

"페인티드 울프입니다. 로저 도저 부탁드립니다."

"잠시만 기다리세요."

딸각거리는 소리가 연이어 들리더니 다시 전화가 연결되었다. 그 순간 내가 로저 도저와 실제로 얘기해본 적은 없다는 사실을 깨달았다. 우리의 모든 소통은 문자나 암호화된 이메일을 통해 이루어졌기 때문이다. 나는 로저 도저에 관한 확인되지 않은 상세 정보 몇 가지를 알고 있었다. 교육받은, 젊은, 여성이라는 것. 하지만 직접 보거나 목소리를 들은 적은 없었다. 이름도 참 특이했다. 그녀는 어떻게 로저 도저라는 이름을 생각해낸 걸까?

"페인티드 울프, 중국에 돌아왔구나."

"응. 그리고 난 도움이 좀 필요해."

"인터넷에서 말들이 많더라. 누군가가 아까 베이징 거리에 있는 네 사진을 올렸어. 소문이 무성해. 평소처럼 눈에 띄지 않게 조심해."

"노력하고 있어. 하지만 쉽지 않아."

"무슨 말인지 알아. 그래, 뭐가 필요해?"

"전화로 얘기하긴 곤란해. 만날 수 있을까?"

"물론이지. 네가 지금 있는 곳에서 동쪽으로 몇 블록 가면 만두가게가 있어. 한 시간 뒤에 거기서 만나자."

나는 렉스와 테오, 툰데 너머로 지나가는 사람들을 살펴보지 않을 수 없었다. 로저 도저는 기지국의 네트워크 상태 정보나 전

화선을 통한 추적 프로그램을 이용해 내 위치를 찾아냈겠지만,
그렇더라도 내가 어디에 있는지 정확히 안다는 사실이 뭔가 으스
스했다.

"좋아. 거기서 봐."

나는 전화를 끊고 휴대폰에서 유심 칩을 꺼내 발로 밟아 찌
그러트린 뒤 휴대폰을 빗물 배수관에 던졌다.

"자, 만두 먹을 사람?"

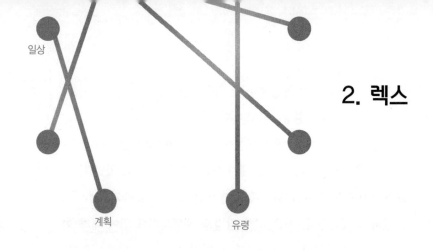

일상

시

계획

유령

2. 렉스

시바 출범까지 6일

콜카타도 말도 안 되게 번잡해 보였지만 베이징은 그보다 한 수 위였다.

나 혼자 이 도시를 돌아다니지 않아서 다행이었지만, 어쨌든 이곳에서의 경험은 흐릿한 네온등과 비, 열기, 유리와 강철이 뒤섞였다.

거짓말이 아니라, 나는 정말로 그 모든 순간을 사랑했다.

우리가 받고 있던 압박을 생각하면 이상한 소리로 들릴 것이다. 하지만 그즈음 나는 그런 압박에 익숙해졌다. 도망 다니기, 대륙 건너까지 쫓기기, 한순간에 철창신세가 될 수도 있다는 압박에 익숙해졌다. 심지어 일상이 되었다.

내가 사랑한 건 체포를 눈앞에 두고 끊임없이 솟구치는 아드레날린이 아니라 가족과 함께 있다는 사실이었다. 가장 사랑하는 친구들과 함께 있으니 안심이 되었고 테오 형이 바로 내 옆에 있으니 자신감이 생겼다. 사람들이 복작거리고 빗방울이 머리를 때

렸지만 그전의 몇 주 동안보다 더 기운이 났다.

이걸 빅브라더 현상이라고 해야 하나.

어릴 때부터 나는 테오 형을 존경했다. 아빠나 엄마가 줄 수 없는 답을 형한테 의지했고, 대개 형은 그 답을 알고 있었다. 학교에서 아이들이 나를 못살게 굴면 형은 항상 그놈들과 "얘기"해 보겠다고 제안했다. 형은 내가 감정을 표현하기도 전에 내가 화났다는 걸 알아차렸다. 내가 외로울 때면 항상 형이 옆에 있었다.

형이 갑자기 사라졌을 때 내가 그토록 힘들었던 건 그 때문일 것이다.

형이 돌아와서 이렇게 기쁜 것도 분명 그 때문일 것이다.

하지만 나는 형과 다시 죽이 잘 맞는 사이가 되기는 쉽지 않으리란 걸 알고 있었다. 형은 떠나 있는 동안 무슨 일을 했는지 자세히 얘기하지 않았지만 그게 뭐든 형의 거친 면들이 훨씬 더 날카로워졌다. 그냥 스트레스 때문일 수도 있겠지만 분명 성미가 더 급해졌다.

카이를 따라 비에 젖은 토끼굴 같은 골목들을 지나 만두가게로 가는 동안, 테오 형은 우리보다 천천히 걸었다.

나는 아이들로부터 뒤처져서 형의 옆으로 갔다.

형은 뭣 때문인지 잔뜩 골이 나 있었다.

"왜 그래?"

"여긴 중국이야, 렉스. 세계에서 가장 감시가 심한 나라지. 우리가 여기서 하는 모든 일이 기록돼. 우리가 얘기하는 장면을 누군가가 지켜보지 않는다 해도 우리가 유령으로 사는 건 그리 오래가지 않을 거야."

"카이는 진짜배기야. 그리고 여기서 살아. 이곳이 카이의 홈 그라운드라구."

"카이의 어린 친구도? 난 아직 그 친구를 믿지 않아."

음, 우리 방법이 마음에 들지 않으면 형 마음에 드는 일을 하면 돼.

하지만 형을 괴롭히는 다른 무언가가 있었다.

"사실대로 말해줘. 뭐가 문젠데?"

"우린 카이 아빠를 빼내느라 중요한 시간을 허비하고 있어."

"뭐? 그건 아니야. 우린 상황을 바로잡아야 해. 툰데의 마을 전체가 위험에 처했었어. 카이 아빠는 지금 구금돼 있고 다시는 교도소 밖으로 못 나올 수도 있어. 그리고 우리 아빠, 엄마는 우리 도움이 없으면 집에 돌아가지 못할 거야. 문제를 해결할 수 있는 사람은 우리뿐이야. 지금 더 중요한 일은 없어."

형이 걸음을 멈췄다.

"키란은? 나한텐 아주 중요하게 생각되는데."

"우린 키란을 막을 거야."

"우리가 막지 못하면…?"

앞서 가던 툰데가 우리가 따라오지 않는다는 걸 알아차렸다.

"아무 문제 없어." 내가 말했다. "우리한테 잠시만 시간을 줘."

툰데가 고개를 끄덕였다. "알았어, 친구. 하지만 잠깐만이야."

나는 다시 형을 쳐다봤다.

"우린 키란을 막을 거야. 막을 거고, 막아야 해."

나는 형과 잠깐 눈을 마주쳤다. 내가 지금 얼마나 진지한지 형이 알아줬으면 했다.

"알았어." 형이 말했다. "지금 당장은."

2.1

한 시간 뒤, 우리는 만두가게의 칸막이 자리에 비집고 앉았다. 창에 네온등이 번쩍이고 식탁 위에 기름기가 번들거리는 작은 가게였다. 하지만 맛있는 냄새가 진동했다! 가게 안은 냄새의 천국이었다. 중국에 온 지 여러 시간이 지났지만 이 만두가게에 발을 들여놓은 뒤에야 내가 정말로 다른 나라에 와 있다는 실감이 났다.

모든 냄새가 종소리처럼 또렷하게 코끝을 자극해서 나는 연신 물을 들이켰다. 다들 몹시 배가 고팠기 때문에 육즙이 가득한 샤오룽바오를 몇 접시 시켰는데, 이 샤오룽바오라는 음식은 말도 안 되게 맛있었다.

종업원이 접시들을 치웠을 때, 열두 살도 안 돼 보이는 여자애가 플라스틱 의자를 끌고 와서 우리 맞은편에 앉았다. 나이에 비해 몸집이 작은 중국인이었다.

"네 머리가 파란색인 줄 알았어." 여자애가 당황한 표정으로 카이한테 말했다.

"로저 도저?" 카이가 물었다.

"무슨 부탁이든 말만 해." 여자애가 나무랄 데 없는 영어 발음으로 대답했다.

테오 형이 티 나게 끙 하고 신음 소리를 냈다. "어린애네."

나는 형한테 조용히 하라고 눈치를 줬다.

"우리 상황을 로저 도저한테 얘기할 거야."

카이가 그렇게 말한 뒤 로저 도저한테 중국어로 우리 상황을 설명하기 시작했다. 카이는 그 애를 굳게 믿는 것 같았다.

"음, 내가 그분의 기록을 지울 수 있을 것 같진 않아." 로저 도저가 말했다. "내겐 그런 식으로 접근할 방법이 없어. 이분을 다른 곳으로 옮기는 계획은 충분히 가능하다고 생각해. 하지만 적절한 계획을 세우려면 상당한 시간이 필요할 거야."

카이를 흘깃 봤더니 풀이 죽은 모습이었다. 아빠 때문에 스트레스를 받는 것 같았다.

그때 아이디어 하나가 떠올랐다. 좀 기발한 발상이었다.

"방법을 알 것 같아." 내가 말했다. "먼저 나야를 뒤쫓는 거야. 나야가 그 데이터를 전부 훔쳐 갔잖아. 우리가 나야의 흔적을 찾을 수 있다면 터미널과 곧장 연결될 수 있을 거야. 우리한테 필요한 모든 게 나야한테 있어. 내 말은, 그 데이터를 입수한 뒤 그걸 이용해 터미널을 무릎 꿇리고 울프 지인의 오명을 씻어주자는 거야."

로저 도저가 내 제안을 곰곰 생각하더니 나를 쳐다봤다.

"맞아, 우리에겐 그 방법밖에 없는 것 같아." 로저 도저가 말했다.

"너무 복잡해 보여." 툰데가 말했다. "나도 너희들 못지않게 나야를 찾고 싶어. 하지만 그 계획엔 유동적인 부분이 많아. 일단 우린 나야가 어디에 있는지도 몰라. 그리고 터미널을 상대하는 데는 걱정되는 부분이 많아…."

"위험도 많지." 테오 형이 덧붙였다.

카이와 로저 도저가 테오 형을 쳐다봤다.

"잊지 마. 우리가 아직 감옥에 잡혀 들어가지 않은 건 우리의 디지털 흔적이 지워져 있기 때문이야. 우린 사실상 유령이고, 이런 상태를 계속 유지해야 해. 영상이나 로그인을 통해 우리가 인지되는 순간 키란은 자취를 감출 거야. 지금 당장은 우리가 유리한 입장에 있어. 키란은 허둥대고 있고. 지금 울프의 어, 지인을 구치소에서 빼내는 게 최선은 아니라고 생각해. 먼저 키란을 끌어내려야 해."

아무도 입을 떼지 않았다.

그 틈을 타서 테오 형이 말을 이었다.

"우리에겐 필요한 게 다 있어. 내 바이오컴퓨터 드라이브를 이용하면 키란한테 접근하는 데는 그리 오래 걸리지 않을 거야."

"난 반대예요." 카이가 끼어들었다. "렉스의 생각이 맞는 것 같아요. 우린 나야랑 터미널을 노려야 해요. 그게 가장 쉽고 논리적인 방법 같아요."

툰데가 헛기침을 했다.

"미안해, 친구. 하지만 테오 형의 말에도 일리가 있어. 우린 키란의 방어가 약할 때 그를 공격해야 해. 나야랑 터미널, 그리고 구치소에 있는 울프 지인은 그다음 문제야. 지금 키란을 공격할 기회를 놓치면 문이 영영 닫혀버릴지도 몰라."

"난 동의 못 해." 카이가 말했다.

우리는 잠시 교착상태에 빠졌다.

"그럼," 테오 형이 허리춤에 손을 올리며 말했다. "이제 우린 뭘 하지?"

우리는 잠깐 동안 아무 말 없이 앉아 있었다.

그러다 툰데가 외쳤다.

"기막힌 생각이 떠오른 것 같아."

2.2

툰데의 아이디어는 단순했다.

"팀을 나누면 돼. 렉스랑 울프, 로저 도저는 나야를 추적하고 난 테오 형하고 이 도시에 있는 형의 아파트에 가는 거지. 키란을 찾는 건 우리 둘이 맡을게."

"맘에 들어." 테오 형이 말했다. "내 아파트는 여기서 멀지 않아."

카이가 고개를 끄덕였고 우리는 악수를 나눴다.

"좋아." 내가 말했다. "나야를 찾으면 바로 알려줄게."

나는 툰데가 테오 형과 함께 빗속으로 걸어 나가는 모습을 지켜봤다.

곧 다시 만나.

카이와 로저 도저는 즉시 나야가 나이지리아에서 달아난 뒤의 행보를 추적하기 위해 태블릿 컴퓨터로 각자의 정보원 네트워크와 접촉하기 시작했다.

쉬운 일은 아니었다.

두 사람은 나야가 아프리카에서 도착했는지 알아내기 위해 몇 테라바이트에 달하는 영상들을 하나하나 훑어나갔다. 다행히 로저는 카이처럼 빠른 연역적 추리력의 소유자였다.

로저가 나야의 디지털 흔적을 알려주자, 카이가 나야의 다음 행보를 예측하기 시작했다.

"나야는 되도록 빨리 터미널을 만나려고 할 거야." 카이가 말했다.

"데이터를 넘겨줘야 하니까." 내가 덧붙였다.

터미널과 관련된 다양한 소셜 미디어 계정들을 살펴나가던 카이가 태블릿 화면을 가리켰다.

"여기, 빵 부스러기 찾았다."

"뭔데?"

터미널 지지자들을 위한 포럼이었다. 그들은 '대규모 데이터 이동'과 '승리의 만남'에 대해 얘기하고 있었다. 하지만 전부 다 너무 애매했다. 적어도 내게는.

"나야는 지금 베이징에 있어." 로저가 화면에 뜬 정보들을 살펴보며 말했다.

"진짜?"

내가 묻자, 로저가 798 예술구*에 대한 언급을 가리켰다.

---

*베이징 동북부에 위치한 예술 특화 지구. 런던의 테이트 모던이나 뉴욕의 소호 지역처럼, 버려진 공장 지대에 예술가들이 하나둘씩 모여들면서 중국의 대표적인 예술 거리가 되었다.

"지금 중국에서 벌어지고 있는 일에 관해 터미널 사람들이 떠드는 얘기들에서 힌트를 발견했어." 카이가 설명했다. "나야가 데이터를 갖다 주려고 해."

"누구한테?"

"그건 모르겠어."

"지금 나야가 정확히 어디 있는지 알아내야 해. 나야가 넘기기 전에 잡아야 해."

"당연하지." 로저가 말했다. "나한테 조금만 시간을 더 줘."

테오 형이 느꼈던 좌절감이 내게도 찾아왔다. 하지만 나는 안달하는 대신 만두를 한 접시 더 주문하기로 했다. 메뉴판이 중국어로 되어 있어서, 종업원이 왔을 때 구미가 당기는 만두 사진을 가리켰다. 종업원이 고개를 끄덕이더니 자리를 떴다.

"그 만두 맛있어." 로저가 고개를 들지도 않고 말했다.

"만두에 뭐가 들어 있어?"

"양고기."

"맛있겠다."

카이가 나를 팔꿈치로 쿡 찌르더니 속삭였다.

"귀여워."

그런 뒤 다시 태블릿 화면에 코를 박은 채 터미널의 포럼들 중 하나에 올라온 어떤 글 위로 손가락을 움직였다. 로저가 그걸 읽더니 고개를 끄덕였다.

로저와 하이파이브를 한 뒤 카이가 나를 쳐다봤다.

"나야가 고객을 찾았어."

"그게 누군데?"

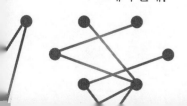

"터미널 지도부 같아." 로저가 대신 대답했다.

"우리가 해냈어." 카이가 말했다. "이제 터미널의 리더를 찾을
거야."

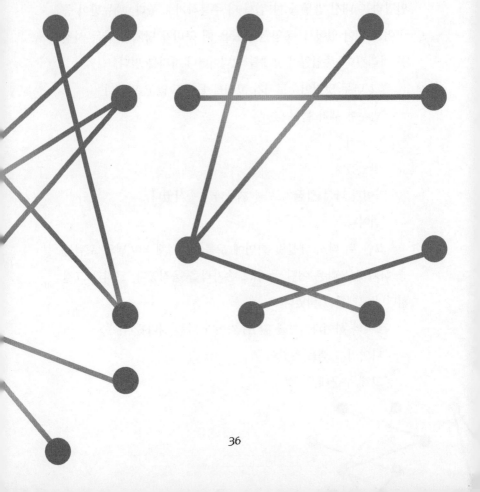

3. 툰데

시바 출범까지 6일

테오와 나는 테오의 아파트로 발걸음을 옮기기 시작했다.

비가 내리고 있었지만 상쾌한 공기 속으로 나오니 기분이 좋았다. 몇 주 동안 느끼지 못했던 내면의 평화가 느껴졌다. 나이지리아의 우리 가족과 마을 사람들이 안전하니 이제 내 친구들을 위한 임무를 수행하는 데 어느 때보다 더 관심이 갔다. 내가 우리 중에서 가장 용감한 사람은 분명 아니지만 내 친구들을 지켜주고 싶은 강한 충동을 느꼈다.

하지만 만두가게로 가는 동안 인파 속에서 봤던 애들의 모습이 자꾸만 머릿속에 맴돌아서 기분이 찝찝했다. 여행객은 아니었다. 그건 확실했다. 그렇다고 여기 사는 사람들 같아 보이지도 않았다.

궁금했다. *뭐가 문제일까?*

거리는 여전히 시끌벅적했다. 베이징은 절대 잠들지 않는 도시 같아 보였다.

낮잠조차 자지 않는!

공회전을 하고 있는 수백 대의 차들이 꽉 들어찬 번잡한 교차로를 건널 때, 이런 걱정이 좀 바보같이 느껴졌다.

왜 이렇게 불안해하는 거야? 왜 이렇게 마음을 졸이는 거야?

아무도 나를 보고 있지 않았다. 모퉁이에 몰래 숨어 있는 사람도 없었다. 내 의심이 전혀 근거가 없다는 생각이 들기 시작했다. 그저 낯선 도시에 있어서 조바심이 나는 것일 수도 있었다.

나는 테오를 따라 나무들이 드문드문 서 있는 넓은 광장을 지나갔다. 우산 쓴 사람들 사이를 능숙하게 헤쳐 나아가는 테오를 놓치지 않으려고 애썼다. 그때였다. 내가 그들을 본 것은.

괜히 찝찝한 기분이 든 게 아니었다!

그곳에는 아이 셋이 있었다. 꼭 지니어스 게임의 경쟁자들 같은 모습이었지만 내가 아는 얼굴들이 아니었다. 내 친구들보다 나이가 많아 보이지 않는 여자애 두 명과 남자애 한 명이 광장 건너편에 서 있었다. 그 애들은 신중하게 배치되어 있었는데, 여자애들은 휴대폰을 들여다보고 키가 큰 남자애는 인파를 쳐다보고 있었다. 하지만 나는 그 애들이 남몰래 나를 보고 있다는 걸 눈치챘다. 그리고 그 애들이 아까 시장에서 은밀히 우리를 따라왔던 사람들이라는 것도 알아차렸다.

저 애들이 원하는 게 뭘까? 누구 편일까?

이런 의문들로 머릿속이 핑핑 돌았다.

"툰데?" 테오가 걸음을 멈추고 물었다. "무슨 일이야?"

나는 내가 본 것을 테오한테 말하려고 했지만, 그 3인조가 서 있던 곳을 돌아봤을 때 그들은 사라지고 없었다. 비 내리는 밤

속으로 유령처럼 자취를 감추고 말았다.

"너, 괜찮아?"

"우린 미행당하고 있어요. 가요."

나는 테오와 함께 붐비는 인파 속으로 최대한 빨리 걸어 들어갔다.

"내가 착각한 줄 알았는데 진짜였어요. 애들 셋이 우릴 따라오고 있어요."

"누군지 알아봤어?"

"아뇨. 처음 보는 사람들이었어요."

테오가 찬찬히 주변을 둘러봤다.

"키란 쪽 사람 같아?"

"모르겠어요. 어쨌든 그 애들을 따돌려야 해요."

우리는 인파를 뚫고 광장 가장자리까지 달렸다. 반 블록 떨어진 곳에 지하철역 입구가 보였다.

"저기 들어가면 그 애들을 따돌릴 수 있을 거예요."

테오도 동의했다.

차들로 미어터지는 거리를 달리면서 나는 휴대폰을 꺼내 카이한테 전화를 걸었다. 카이는 벨이 한 번 울리자마자 전화를 받았다.

"카이, 우리가 미행당하고 있어."

"미행당한다고?"

"응. 로저 도저를 만나기 전에도 봤던 애들이야. 그땐 내가 착각한 줄 알았는데 방금 전 그 애들을 다시 봤어. 우린 만나야 해. 일단 그 애들을 따돌린 뒤에⋯."

"그런 뒤 이리로 돌아와."

"우리가 있던 곳이 정확히 어딘지 기억나지 않아."

나는 길을 잃을까 봐 몹시 걱정이 되었다.

"우리가 너희들을 찾을게." 카이가 장담했다. "그냥 움직여."

3.1

테오와 나는 지하철역 계단을 달려 내려갔다.

베이징의 다른 곳들과 마찬가지로 지하철역도 말도 안 되게 붐볐다. 다른 때 같으면 깡통 속의 정어리처럼 콘크리트 공간에 꽉꽉 눌려 담긴 느낌에 투덜댔겠지만, 지금은 북적이는 인파가 그저 고맙기만 했다.

티켓을 구입하는 1층에 도착했지만, 실제로 전철에 올라탈 필요는 없다는 걸 깨달았다. 그냥 추적자들이 우리가 전철에 탔다고 생각하게 만들면 되는 것이다.

"저기."

테오가 아래로 내려가는 또 다른 계단을 가리켰다.

계단을 밟는 내 신발 소리가 천둥처럼 쾅쾅 울렸다. 발을 헛디뎌 굴러 떨어질까 봐 걱정이 될 정도였다.

아래층에 도착하자 테오가 문 하나를 열고 쏜살같이 달려 들어갔다. 나는 걸음을 멈추고 주위를 살폈다. 우리 뒤의 계단에는 아무도 없었다.

문 안쪽은 긴 통로였다.

몇 명의 사람들이 우리 쪽으로 걸어왔고, 나는 여기가 지하도라는 걸 알아차렸다. 아마 이 역과 한 블록쯤 떨어진 다른 역을 연결하는 통로인 것 같았다.

지하도를 서둘러 걸어가면서 테오가 물었다.

"로저 도저를 만나기 전에도 그 애들을 봤다고 했지?"

"네."

"그럼 어쩌면 그쪽과 연관이 있겠네."

"그런 것 같진 않아요. 형이 로저 도저를 의심한다는 건 알지만 그 애들은 로저 도저랑 관련 없다고 봐요. 페인티드 울프는 내가 아는 최고로 빈틈없는 사람이에요. 울프가 속임수에 걸려들었을 리는 없어요."

나는 걱정하는 티를 내지 않으려고 애쓰면서도 계속 어깨 너머로 뒤를 돌아봤다. 우리 뒤에 몇 사람이 따라오고 있었지만 광장에서 봤던 아이들은 아니었다.

"이젠 안전한 것 같아요."

"그냥 계속 걸어." 테오가 대꾸했다.

통로 맞은편에 또 다른 계단이 있었다.

우리는 지하철역의 공식 출구로 빠져나가는 대신 옆문을 찾아보기로 했다. 다행히 우리 바로 오른쪽에 약간 열려 있는 문이 보였다. 그 문은 악취를 풍기는 쓰레기통들이 가득한 어두운 골목을 향해 열려 있었다.

아까보다 더 세차게 다시 비가 내리기 시작했고, 우리는 어두운 골목 속으로 뛰어들었다.

우리를 미행하던 아이들은 전혀 보이지 않았다.

이제 감시에서 벗어나 자유로워진 것 같았다.

"그럼 이제 어디로 가지?" 테오가 물었다.

"왔던 길을 되돌아가요."

"그건 좋은 생각이 아닌 것 같은데."

"내 생각이 아니에요. 울프가 그러라고 했어요."

테오가 투덜거렸다.

"미안해요. 하지만 울프는 언제나 좋은 아이디어만 내요."

3.2

물론 카이는 자기 말을 지켰다.

테오와 나는 가로등과 전봇대에 달려 있을 CCTV 카메라를 피하기 위해 뒷골목과 어두운 구석으로만 다니며 아까 우리가 달려왔다고 생각되는 방향으로 갔다. 테오는 지구상에서 가장 감시가 심한 나라가 중국이라고 했다. 건물 옥상들에도 틀림없이 카메라가 설치되어 있을 터였다.

교차로에 멈춰 섰을 때 주머니 속에서 휴대폰이 울렸다.

카이였다.

"네 왼쪽."

왼쪽을 보니 카이와 렉스가 길 건너편에 서 있었다. 신호등에 보행 신호가 들어오자마자 나는 친구들한테 달려가 카이를 껴안고 렉스와 하이파이브를 했다.

그런데 로저 도저가 보이지 않았다.

"로저는 어디 있어?"

"눈에 띄지 않게 숨어 있어." 카이가 대답했다. "우리가 미행 당하고 있다는 사실은 누군가가, 키란이나 다른 누군가가 우리에 대해 알고 있다는 뜻이야. 로저는 온라인으로 우릴 도울 거야."

그러고는 따라오라는 시늉을 했다.

"어디로 가는 거야?"

내 옷은 흠뻑 젖었고 신발에도 물이 들어갔다.

"저기."

카이가 비를 피해 옹기종기 모여 있는 승객 몇 명을 태우기 위해 잠깐 멈춰선 길 건너편의 트롤리버스를 가리켰다.

나는 우리 목적지에 대한 정확한 대답을 듣지 못해 약간 짜증이 났다.

"저 트롤리버스는 어디로 가는데?"

베이징의 트롤리버스

43

카이가 내 어깨에 손을 올렸다.

"터미널로 갔으면 좋겠네."

우리는 길을 건너 버스가 출발하기 몇 초 전에 올라탔다. 카이가 신용카드로 우리 차비를 낸 뒤(카드에 박힌 이름은 카이가 아니었다) 우리는 버스 뒷좌석에 앉았다. 자리에 앉자 내 몸에서 흐른 물이 의자에 고여 버스 바닥으로 떨어졌다. 마치 방금 태평양을 헤엄쳐 건넌 것 같은 기분이 들었다.

"내 아파트로 가야 해." 테오가 말했다. "바이오컴퓨터로 읽어야 할 데이터 파일들이 있거든."

"그건 소용없을 거예요."

카이가 그렇게 말하고는 가까이 모이라는 시늉을 했다. 버스 안은 붐비지 않았지만 카이는 언제나처럼 신중했다.

"이 문제는 이미 의논했잖아." 카이가 끼어들자 화가 난 테오가 말했다.

"그랬죠. 하지만 상황이 바뀌었어요. 우린 지금 미행당하고 있어요."

"키란이나 터미널 쪽 사람 같아?" 렉스가 물었다.

"모르겠어." 카이가 대답했다. "어느 쪽이라도 불길해."

"터미널을 쫓는 건 우리가 키란을 잡는 데 도움이 안 될 거야." 테오가 의자에 등을 기대고는 팔짱을 끼며 말했다.

테오는 이 상황에 대해 더 이상 의논하기 싫은 것 같았다.

정말 무례한 사람이야!

"아니요." 카이가 말했다. "터미널이 우릴 키란한테 데려다줄 거예요. 터미널을 찾으면 키란을 찾을 수 있다고 확신해요."

"왜 그렇게 확신하는 건데?"

테오가 묻자, 카이가 로저 도저한테서 입수한 휴대폰들 중 하나를 들어 올렸다.

터미널의 토론 게시판에 올라온 메시지가 화면에 떠 있었다. 암호문과 중국어로 쓰여 있어서 세부적인 내용은 좀 아리송했지만 나는 '온드스캔'과 '비스와스'라는 글자를 단번에 알아봤다.

"나야랑 일하고 있는 사람이 올린 글이에요." 카이가 번역을 해주며 말했다. "터미널 동조자이거나 중국의 터미널 멤버 같아요. 메시지에는 그들이 키란을 위태롭게 만들 암호화된 정보를 갖고 있다고 나와 있어요. 온드스캔의 일부 비밀 기술에 없어선 안 되는 도난당한 데이터래요. 이 사람은 데이터를 해독할 수 있으면 키란을 끌어내릴 수 있다고 주장해요."

이 말을 듣고 렉스가 휘파람을 불었다.

"와우~"

"와우 소리가 나올 만하지." 카이가 말했다. "그리고 누가 도움을 줄지 알아맞혀봐."

45

4. 카이

시바 출범까지 6일

우리가 엄청난 위험을 감수하고 있다는 건 잘 알고 있었다.

하지만 로저 도저가 달아나고 있고(붙잡히지 않았기를) 누군가가 우리를 미행하고 있는 상황에서 우리에겐 선택의 여지가 없었다. 테오가 화를 낼 만도 했다. 내게도 이상적인 상황은 아니었다. 테오는 키란한테 집중하길 원했다.

하지만 내 생각에는 이 방법이 모두가 행복해지는 길이었다. 중국에서 말하는 일석이조였다.

버스가 중산공원을 지날 때 나는 계획을 설명했다.

"이 사람의 요청에 답하는 글을 포럼에 올릴 거야. 이 사람이 사용한 암호문을 흉내 내면서 동시에 우리 패를 슬쩍 내보일 거야."

"무슨 말이야?" 툰데가 몹시 걱정스러운 표정으로 물었다.

"우리가 누구인지에 대해 힌트를 줄 생각이야. 나야는 우리가 자기가 훔친 데이터를 찾아 여기에 왔다고 생각하면 훨씬 더 흥미를 느낄 거야. 우리가 도움을 요청하면 나야는 기회라고 생각할 수도 있어."

"우릴 또다시 골탕 먹일 기회." 렉스가 말했다.

"바로 그거야."

툰데가 의아한 표정으로 나를 쳐다봤다.

"나야와 터미널은 자기들이 우릴 이용해먹을 수 있다고 생각할 거야. 물론 사실은 우리한테 그들이 필요한 것보다 그들한테 우리가 더 필요하지. 이렇게 하면 우리한테 영향력이 생길 거고, 일단 데이터를 손에 넣으면 우리 아빠의 오명을 씻고 키란의 나머지 계획도 밝혀낼 수 있어."

렉스가 자기 형을 쳐다봤다. 테오는 말없이 어깨만 으쓱했다.

"툰데 넌 어때?" 렉스가 물었다.

"난 언제나 카이와 카이의 지혜를 믿어. 키란한테 힌트를 주거나 우리가 노출될 위험을 감수하면 안 된다는 테오 형의 생각엔 동의하지만, 우린 이미 그 선을 지난 것 같아. 우릴 뒤쫓고 있는 사람들은 우리가 이곳에 있다는 걸 알고 있어. 터미널한테 미끼를 던지자."

내가 메시지를 작성하는 데는 2분이 걸렸다. 나는 아주 신중하게 단어를 선택했다. 글을 설득력 있게 만드는 열쇠는 적절한 단어를 사용하는 것이다. 나는 사정을 잘 알지만 절박하지는 않은 사람처럼 보이고 싶었다. 또 나야가 이 글을 읽으면 곧바로 로지라는 걸 알아보도록 하고 싶었다. 미끼라는 툰데의 표현이 맞았다. 나야가 미끼를 물면 낚싯바늘이 표적을 찾아갈 것이다.

반응을 기다리는 동안 나는 숨을 좀 돌리려고 애썼다. 우리

나라에 돌아온 뒤 멈추지 않는 롤러코스터를 타는 기분이어서 몇 분이라도 적응할 시간이 간절했다. 나는 창밖으로 내가 사는 도시의 불빛들이 스쳐 지나가는 모습을 바라봤다. 창에 부딪치는 빗방울 때문에 각각의 불빛이 빛나는 꽃처럼 보였다.

툰데와 테오가 바이오컴퓨터에 관해 얘기하며 기계를 연결시킬 방법을 의논하는 동안 렉스가 손을 뻗어 내 손을 잡았다. 렉스의 손은 아주 따뜻했다. 내 손이 그렇게 차가운지 미처 몰랐다.

"괜찮아?" 렉스가 물었다.

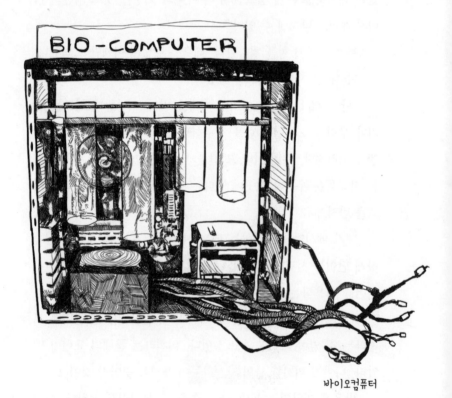

바이오컴퓨터

"난 괜찮아."

그 말은 부분적으로만 사실이었다. 나는 우리가 이 미션을 헤쳐나갈 수 있다는 자신감이 있었다. 우리는 나야와 터미널을 찾아내고 아마 아빠도 빼낼 수 있을 것이다. 하지만 키란 문제에는 의문이 갔다. 너무 많은 요인이 작용하고 있었다. 우리가 지금 디지털 유령 상태여서 눈에 띄지 않고 움직일 수 있지만(적어도 몇 분 전까지는) 그 때문에 키란의 최근 행보에 대해선 전혀 모르는 상태였다. 우리를 뒤쫓는 사람들이 있다는 걸 알자 아빠가 더욱 걱정되었다. 당국이 우리를 아빠와 연결시킨다면(아직 불확실하긴 하지만 가능성이 있었다) 아빠의 오명을 씻을 가능성이 훨씬 더 불투명해진다.

수갑을 찬 아빠를 보니 가슴이 아팠다. 진짜 감옥에 갇힌 아빠를 면회하러 가서 철창 안에 계신 모습을 본다는 게 상상이 안 갔다. 그러면 엄마가 엄청난 충격을 받을 것이다. 그 생각만 해도 눈물이 날 것 같았다. 나는 강해져야만 했다. 희망을 포기하거나 암울한 생각에 굴복할 수 없었다.

우리는 아직 시동을 거는 중이다. 계획에 충실해야 한다.

나는 렉스한테 기분이 어떤지 물었다. "형이 돌아와서 신나지?"

"응." 렉스가 자기 형을 힐끗 보며 말했다. "이제 더더욱 아무도 우릴 막을 수 없을 것 같은 기분이 들어. 지금 우리 상황을 생각하면 바보 같은 소리처럼 들리겠지만."

"아니, 네 말이 맞아. 낙관적으로 생각해야지."

트롤리버스의 종점을 한 블록 앞두고 아까 올린 메시지의 답이 왔다. 나는 얼른 읽어봤다.

"성공이야?" 툰데가 물었다.

"응. 약속이 잡혔어."

"좋아." 렉스가 툰데와 하이파이브를 하며 말했다.

"나야가 우리라고 의심해?" 툰데가 다시 물었다.

"그런 것 같아. 하지만 나야는 쓸데없는 모험은 피하고 있어."

"그럼 이제 우린 어디로 가?" 테오가 물었다.

"경극 공연장요."

나는 빙긋 웃으며 대답했다.

4.1

중국의 오페라인 경극은 서구의 오페라와 다르다.

물론 비슷한 점도 얼마간 있다. 하지만 서구의 오페라가 주로 목소리에 초점을 맞추는 반면 베이징의 경극은 범위를 넓혀 춤, 무언극, 곡예까지 아우른다. 현악기, 페이스페인팅, 코스튬플레이가 포함되는 건 말할 것도 없다. 서커스와 비슷한 요소도 있지만 서커스와 같은 유치한 느낌은 없다.

중국인들에게 경극은 문화적 긍지다.

나야가 내 메시지에 보낸 답에서 지정한 경극 공연장까지 가는 데는 두 시간이 걸렸고 버스를 한 번 갈아타야 했다. 부모님과 함께 몇 번 가본 적이 있는 극장이었다. 공연 중인 작품이 없

어서 안내 데스크에 앉아 있던 여자가 정문을 두드리는 우리를
보고 좀 당황한 것 같았다. 그녀는 잠시 투덜거리더니 마침내 일
어나서 문을 끼익 열었다.

"오늘은 휴관입니다."

"죄송하지만," 내가 말했다. "여기서 만나자는 연락을 받았어
요."

"공연자들인가요?"

나는 우리가 공연자처럼 보일지 확신이 안 섰지만 고개를 끄
덕였다.

여자가 얼굴을 찡그리더니 오른쪽을 가리켰다.

"그럼 직원 출입구로 가야 해요. 모퉁이를 돌면 있어요. 담당
자가 미리 말을 해줬어야 했는데."

"그러게요. 귀찮게 해서 미안합니다."

건물 북쪽의 배달용 경사로 가까이에 직원들이 드나드는 두
번째 입구가 있었다. 문이 열려 있어서 들어갔더니 무대 뒤였다.
우리는 멋진 무대의상들에 둘러싸였다. 우리 위에는 깃털로 뒤덮
이고 금박을 입힌 용이 밧줄과 도르래에 매달려 있었다. 길이가
족히 6미터는 되어 보였고 이빨이 사람만큼이나 컸다. 멋진 저녁
노을이 그려진 배경 막도 머리 위로 어렴풋이 보였다. 또 다른 세
계로 들어온 것만 같았다.

"오셨군요."

커튼 뒤에서 목소리가 들렸다. 돌아보니, 머리를 파란색으로
염색한 젊은 중국인 남자가 뒷짐을 진 채 흐릿한 빛 속으로 걸어
나왔다.

경극 공연장의 무대 뒤

"난 코스모라고 합니다. 따라오세요."

코스모가 돌아서서 우리를 무대 뒤의 복도로 안내했다.

나는 그의 이름을 전에 들어본 적이 있었다. 그는 마이크로블로거들의 커뮤니티에서 활동했는데 글을 자주 올리지는 않았다. 그가 올린 글들에는 통렬한 정치적 비판이 담겨 있었지만 터미널 지지자일 줄은 꿈에도 몰랐다. 코스모를 따라 계단을 올라가는 동안, 나는 그가 나야가 가져온 데이터를 해독하기 위해 도움을 구하던 사람인지 궁금했다.

코스모는 '공연자 외 출입금지' 팻말이 붙은 문들이 쭉 늘어선 복도 끝의 방으로 우리를 데려갔다. 문 밖에 남자 두 명이 서 있었다. 코스모보다 나이가 많은 중국인들이었는데, 둘 다 터미널 사람처럼 보이진 않았다. 고용된 폭력배에 더 가까워 보였다. 누군가가 지시하면 별 고민 없이 상대를 걸어차 바닥에 쓰러트릴 사람들.

코스모가 문을 세 번 두드린 뒤 문을 열었다. 경호원들이 옆으로 물러섰고 우리는 거울과 분장용 조명등이 쭉 늘어선 방으로 들어갔다. 우리 뒤에서 문이 닫혔다. 테이블 몇 개와 방 한가운데에 급하게 늘어놓은 의자들 말고 방은 텅 비어 있었다.

"만나서 반갑군요, 로지 여러분." 나야가 말했다.

나야는 우리 맞은편에 익숙한 얼굴들과 함께 앉아 있었다. 그중 두 명은 이름은 모르지만 지니어스 게임에서 본 사람들이었다. 우리와 경쟁한 천재들이지만 1단계나 2단계를 통과하지 못한 사람들 같았다. 나야 옆에는 긴 머리를 땋아 내린 10대 여자애가 앉아 있었다. 피부가 거무스름하고 눈동자가 깊고 까맸다. 그리고 기모노를 입고 있었다. 그 애가 우리한테 앉으라는 시늉을 했고 우리는 그 말에 따랐다.

테오는 방 뒤쪽의 문 옆에 섰다.

"내 이름은 두랄 칼랄리예요." 머리를 땋아 내린 여자애가 말했다.

단조로운 오스트레일리아 억양이어서 나는 그 애가 오스트레일리아 원주민일 거라고 생각했다.

"안녕, 툰데. 만나서 정말 반가워."

툰데가 깜짝 놀라서 몸을 앞으로 숙였다.

"두랄! 여기서 뭘 하는 거야?"

"이건 내 쇼야." 두랄이 대답했다. "내가 터미널의 리더야."

툰데가 나와 렉스를 쳐다봤다.

"두랄은 세계에서 가장 뛰어난 로봇 기술자 중 한 명이야." 툰데가 설명했다. "지니어스 게임에는 안 왔지만 모르는 사람이 없을 정도로 유명해. 음, 적어도 로봇공학 분야에서는. 진짜 충격 이야."

두랄이 미소를 지었다.

"당신들은 전부 큰 곤경에 빠져 있어요. 그리고 곤경에서 벗어나게 도울 수 있는 사람은 나뿐입니다."

4.2

"이 만남이 협상 자리가 되진 않을 겁니다."

두랄이 그렇게 말하고는 나야를 쳐다보며 고개를 까딱했다.

나야가 방 한구석의 의자에 있던 서류가방을 가져와 나한테 건넨 뒤 자기 자리로 돌아가 앉았다.

나는 벌써부터 불안했다. 두랄의 자신만만한 태도는 위협적 이었다. 우리 계획은 상황에 맞춰 시시각각 바뀐다는 걸 되새기면서 나는 다시 정신을 집중하려 애썼다. 두랄의 속마음을 더 정확하게 읽어야 했다.

서류가방은 잠겨 있었다.

"나야가 나이지리아에서 가져온 데이터예요…."

"훔친 거야." 툰데가 끼어들었다.

"음," 두랄이 말을 이었다. "이 데이터는 우리가 기대했던 것과 달라요. 물론 키란의 작전에 대한 통찰력은 주지만. 여기엔 계좌번호, 비밀번호, 그리고 온갖 흥미로운 정보들이 담겨 있어요. 하지만 혼란스러운 부분도 있어요. 우리가 열 수 없는 잠금장치의 열쇠 같은 거요."

"어떤 잠금장치죠?" 내가 물었다.

"아마 알고 있겠지만 키란은 전 세계적인 파괴를 불러올 프로그램을 출범시키길 원해요. 화폐 계정들을 침몰시키고, 기업들에게 충격을 주고, 정부를 방해하려 하죠. 본질적으로 세상을 혼란에 빠트릴 프로그램이에요."

"시바 말이군요." 렉스가 말했다.

"맞아요." 두랄이 말을 이었다. "키란은 그렇게 부르죠. 키란은 세상을 혼란에 빠트린 뒤 자기가 만든 일종의 해결책, 그러니까 라마를 출범시키는 게 목표예요. 키란은 라마를 세계의 힘의 균형을 재조정하고 빼앗긴 자들에게 더 많은 것을 주는 방법이라 생각하지만, 우린 불안정화라는 우리 목표에 대한 직접적인 위협이라고 생각해요."

"그것도 좋은 목표는 아닌 것 같네요." 렉스가 비아냥댔다.

"음, 그건 논쟁의 여지가 있어요. 우린 어느 한 사람이 권력을 잡아서는 안 된다고 믿어요. 그래서 키란의 궁극적인 사명은 이해할 수 있지만 그의 방법을 따르거나 최종 결과를 지지할 수는 없어요. 우린 그걸 막아야 합니다."

나는 고개를 끄덕였다. "우린 한 가지 점에서는 뜻이 맞네요."

우리는 터미널을 약화시키려고 이곳에 왔지만 오히려 타협을 해야 할 것 같았다. 그게 너무 화가 났다. 특히 아빠가 위태로운 상황이어서 더 그랬다.

"시바의 출범을 막으려면," 두랄이 말했다. "여기 베이징에 있는 데이터 보관소에 접근해야 해요. 온드스캔의 블랙박스 실험실이죠. 렉스 당신이 인도에서 방문했던 실험실과 아주 비슷해요. 우린 아까 페인티드 울프한테 건넨 데이터를 확보하긴 했지만 실험실의 시스템에 성공적으로 침투할 방법이 없어요."

"그래서 도움이 필요한 거야?" 툰데가 물었다.

"당황스럽지만, 그래." 두랄이 대답했다.

렉스가 물었다. "우리가 블랙박스 실험실에 해킹해서 들어가길 원하나요?"

두랄이 고개를 젓더니 몸을 앞으로 숙였다.

"아뇨, 그건 우리도 할 수 있어요. 당신은 자기가 이 방에서 최고의 컴퓨터 프로그래머라고 생각하겠지만, 장담하는데 그건 아니에요. 터미널은 기계에 침투해 소프트웨어를 조작하는 데 탁월한 전문가들이거든요. 하지만 이 임무는 외부에 맡겨야 해요. 우리에겐 툰데와 페인티드 울프가 필요해요."

툰데가 깜짝 놀라 물었다. "왜?"

"베이징의 블랙박스 실험실은 완전히 아날로그 식으로 되어 있거든요. 그곳엔 어떤 디지털 시스템도 없어요. 컴퓨터도, 인터넷 연결도, 심지어 전화선도 없죠. 실험실 내에 보관된 모든 데이터는 책으로 묶여 있거나 녹음테이프에 담겨 있어요. 서류가방 안에 그 건물로 들어가는 열쇠가 있어요. 나야가 나이지리아에서 몰래 갖고 나온 데이터 안에 숨겨진 코드에서 3D 프린팅 한 건데, 말 그대로 열쇠예요. 우린 당신들이 베이징의 블랙박스 실험실에 들어가서 키란이 숨겨놓은 시바 관련 파일들을 찾아 우리가 사용할 수 있는 형태로 가져다주길 원해요."

우리가 두랄의 말을 곰곰이 생각하는 동안 방 안에 잠시 침묵이 흘렀다.

터미널은 우리와의 판을 뒤집으려 하고 있었다. 터미널을 전 세계 관계 당국들의 골칫거리로 만든 장본인답게 두랄은 굉장히 치밀하게 작전을 짜고 있었다. 두랄의 자신감을 흔들긴 어려울 것이다. 나는 그 자리에서 곧바로 전략을 바꿔야 한다는 걸 깨달았다. 두랄로 하여금 우리가 원하는 걸 자기가 정확히 간파했다고 생각하게 만들어야 한다. 두랄은 결정을 내리는 데 익숙한 만큼 도전을 받는 데도 익숙한 것 같았다. 그 점을 이용해 두랄한테 우리가 기꺼이 타협하고 그녀에게 주도권을 쥐어줄 것처럼 보여야 한다. 두랄은 절대 경계심을 늦추지 않겠지만, 우리가 그녀의 자신감을 계속 유지시켜주면 언젠가 허점을 드러낼 때가 올 것이다.

"우리가 이 일을 하면 어떻게 돼?" 마침내 툰데가 물었다.

두랄이 뒤로 기대앉으며 팔짱을 끼었다.

"그럼 여러분이 제23 시립구치소에서 빼내고 싶어 하는 사람이 풀려나고 그 사람에 대한 모든 고소가 취하되도록 하겠습니다. 그리고 사실 여러분은 키란의 더 광범위한 계획을 막겠다는 여러분의 목표를 위해 일하는 셈입니다."

"만약 우리가 거절하면요?" 테오가 내 뒤에서 물었다.

두랄이 어깨를 으쓱했다.

"그럼 여러분은 당국에 넘겨질 겁니다."

"생각할 시간이 좀 필요해요." 내가 말했다.

"좋아요. 2층에 방이 있습니다. 하룻밤 드리죠. 코스모한테 음식과 차를 갖다 주라고 할게요."

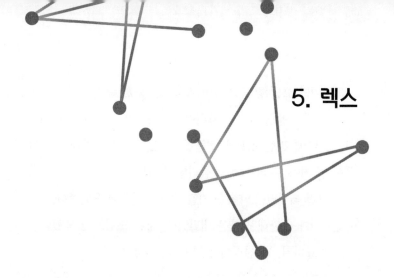

5. 렉스

시바 출범까지 6일

코스모는 쓰레기들이 어수선하게 널려 있는 작은 방으로 우리를 데려갔다.

음, 사실은 소품과 의상들이었지만 어두침침한 방구석에 쌓여 있으니 쓰레기 더미 같았다. 방에는 접이식 테이블이 펼쳐져 있었고 그 위에 국수 그릇 두 개와 찻주전자, 컵들이 놓여 있었다. 국수에서 맛있는 냄새가 났다. 그제야 우리가 밥을 먹은 지 너무 오래되었다는 걸 깨달았다.

코스모가 문을 닫고 나가자마자 우리는 얘기를 시작했다.

툰데가 먼저 말했다. "이건 장난이야. 우린 이 제안을 받아들일 수 없어."

카이가 테이블 앞에 앉아 차를 따랐다.

나는 카이 맞은편에 앉았다.

잠을 못 자서 피곤하고 혼란스러운 얼굴이었지만 카이는 여전히 멋있어 보였다.

카이만 보면 항상 가슴이 뛰지. 안 그래, 렉스?

"내 생각엔 합리적인 계획이야." 카이가 차를 따르면서 말했다. "시바에 관한 정보에 접근할 수 있다면 우리한테 상당한 도움이 될 거야. 우리 아빠도 풀려날 수 있고."

"그건 터미널이 약속을 지킬 때 얘기지." 내가 말했다.

카이가 나한테 찻잔을 내밀었다. 차는 뜨겁고 달콤했다.

"투표하자. 난 찬성이야." 카이가 말했다.

툰데는 문 옆에 서 있었다. 툰데의 머릿속이 바쁘게 돌아가는 게 내 눈에 보이는 것 같았다.

"난 싫어." 툰데가 말했다. "이건 우리가 내려갈 아주 미끄러운 내리막길이야. 알잖아, 우리가 터미널을 도우면 그들은 우릴 속이려 할 거야. 게다가 이건 윤리적인 문제야. 우린 터미널의 도움 없이도 그 정보를 손에 넣을 수 있어. 그냥 우리끼리 하는 게 더 나아. 우린 몇 번이나 경찰을 피해 달아났어. 장담하는데, 우린 다시 그들을 따돌리고 달아날 수 있어."

테오 형이 방 안을 서성거리며 말했다. "이 상황이 맘에 안 들어. 난 투표하지 않을 거야."

툰데가 실망해서 고개를 절레절레 젓다가 나를 돌아봤다.

"렉스, 네 생각은 어때? 난 반대야. 카이는 찬성이고."

나는 차를 한 모금 마시고 카이와 눈을 맞췄다.

카이는 나처럼 위험을 무릅쓰는 사람이 아니었다. 카이가 했던 모든 행동은 아무리 예상치 못한 것이라 해도 신중하게 생각해서 나온 결과였다. 이 방에서 가장 똑똑한 사람이 이 제안에 찬성한다면 나도 그래야 한다는 생각이 들었다.

"제안을 받아들여야 한다고 생각해. 미안해, 툰데. 지금 이 시점에서 우리에겐 선택의 여지가 없는 것 같아. 게다가 우리가 제대로 해내면 우리가 원하는 것도 얻을 수 있어."

"일이 잘못되면?" 툰데가 물었다.

"잘못되게 놔두지 않을 거야." 카이가 말했다. "이제 앉아서 먹자."

결정이 내려지자 우리는 모두 작은 접이식 테이블에 앉아 종이그릇에 담긴 국수를 먹고 차도 몇 잔 마셨다. 그렇게 몇 분 동안 말없이 먹다 보니 배가 불러왔다.

"이번 일에 내 기술이 필요하지 않다는 건 바로 알겠어." 내가 말했다. "이건 툰데랑 카이한테 맞는 일이야. 내 추측으로는, 이 열쇠가 정확히 뭔지에 따라 잠금장치를 푸는 기계공학 기술이나, 블랙박스 실험실 사람들을 속이는 사회공학 기술이 필요할 것 같아."

"하지만 실제로 실험실에 들어가본 사람은 우리 중에 너뿐이잖아." 카이가 말했다.

"그래. 하지만 그곳은 전부 다 아날로그 방식이라니까 콜카타의 실험실과는 많이 다를 거야. 뭐, 사람들은 비슷하겠지만."

"두뇌 위원회 사람들?" 툰데가 물었다.

"응. 그 사람들이 어떤지 알잖아."

"그래도 우린 네 기술이 필요해." 카이가 말했다. "데이터가 컴퓨터 화면에 있지 않다고 코딩된 게 아니라는 뜻은 아니니까. 내 생각엔 그곳에 어떤 데이터가 보관돼 있건 분명 암호화되어 있을 거야. 우린 네 수학 실력이 필요해."

"좋아." 툰데가 말했다. "그럼 우리가 정보를 손에 넣었다고 쳐. 그런 다음엔 어떻게 해?"

"터미널을 속여야지." 카이가 말했다. "뭐든 우리가 실험실에서 빼낸 자료에 터미널이 접근하게 만들면 안 돼. 터미널이 우리만큼 간절히 시바를 중단시키길 원한다 해도 그 사람들은 결국 단지 자기들 목표를 위해 그 데이터를 이용할 테니까."

"어쩌면 그 목표는 네가 생각하는 만큼 나쁘지 않을 수도 있지 않을까?" 테오 형이 말했다.

형은 몹시 풀이 죽은 모습이었다.

"무슨 뜻이에요?" 카이가 물었다.

"터미널이 우리가 모르는 뭔가를 알고 있을 수도 있다는 말이야."

"어떤 정보요?" 툰데가 물었다.

테오 형이 국수 그릇을 밀어내더니 일어나서 방 안을 서성거리기 시작했다.

뭔가 이상했다. 왠지 안절부절못하는 모습이었다.

"뭐가 문제야?" 내가 물었다.

형이 걸음을 멈추고 목을 우두둑 소리가 나게 꺾었다.

"내 생각엔 터미널에 시간을 낭비하는 게 좀 바보짓 같아. 울프 아빠를 구치소에서 빼내는 데 시간을 낭비하는 것과 똑같아. 여기서 핵심은 키란이야. 키란이 더 중요한 문제라고! 우리가 키란을 막지 않으면 누구도 막지 못할 거야. 너희들 모두 너무 단순하고 감정적인 것 같아. 아무도 논리적으로 생각하질 않아!"

카이가 걱정스럽게 나를 쳐다봤다.

나는 자리에서 일어나 형한테 다가갔다.

"하고 싶은 말이 뭐야?"

형의 얼굴이 사나웠다. 두 눈은 내가 한 번도 본 적 없는 분노와 혼란으로 이글거렸다. 뭔가 끔찍한 비밀을 숨기고 있는 것 같았다. 털어놓아야 하는 뭔가를. 털어놓지 않으면 형은 폭발해 버릴 것이다.

"제발, 형. 괜찮아."

형이 거친 한숨을 길게 토해냈다.

마음 단단히 먹어, 렉스.

"난 터미널과 한편이야."

5.1

거짓말은 하지 않겠다. 나는 형한테 주먹을 날릴 뻔했다.

나는 주먹을 꽉 쥐고 형을 때리려 했지만 참았다. 화가 가라앉은 게 아니었다. 오히려 점점 더 화가 치밀어 올랐다. 하지만 형의 눈빛이 나를 막았다. 형은 죄책감을 느끼는 것 같았다. 자기 자신에게 실망한 것처럼 보였다.

"왜 그랬어?" 나는 분노로 몸을 떨며 물었다.

"그들은 우리 대부분이 실행할 배짱이 없는 일을 하고 있어."

"모든 걸 파괴하는 거?"

"때로는 과거를 깨끗이 지우고 새로 출발하는 게 나아. 상황이 끔찍해, 렉스. 넌 아프리카와 인도에 가봤잖아. 불균형을 봤잖

아. 매 순간 얼마나 많은 사람들이 고통받고 있는지 봤잖아. 우리린 가면 뒤에 안전하게 숨어서 자기가 도덕적인 사람이라는 완벽한 착각 속에 살고 있어. 하지만 우리 바로 코앞에서 가난한 사람들은 점점 더 가난해지고 있어. 병든 사람들은 더 병들고 있어. 환경은 엉망이 되고 공기는 오염됐어. 체계가 너무 망가져서 이제 고칠 방법이 없어. 뭔가, 근본적인 뭔가를 하지 않으면 더 악화되기만 할 거야."

"하지만 터미널은 도덕적이지 않잖아."

형이 고개를 끄덕였다.

"알아. 하지만 때로는 목적이 수단을 정당화시켜."

"우리나라 사람들도 그런 식으로 말하죠." 카이가 말했다. "내가 부정부패를 폭로한 사람들 말이에요. 불에는 불로 맞서는 게 문제를 해결하는 최선의 방법이라고 생각할 수도 있어요. 하지만 그런 방법으로는 결국 모든 사람이 화상을 입을 뿐이에요."

형이 나를 봤다.

"아빠는 계란을 깨는 방법에 정답은 없다고 항상 말씀하셨어."

"우린 문명에 관해 얘기하고 있어. 오믈렛이 아니라."

"무조건 터미널의 계획이 성공하지 못할 거라고, 처참하게 끝날 거라고 가정하는 건 어리석은 짓이야."

"난 그렇지 않을 거라고 가정하는 형이 틀렸다고 생각해."

"나보다 더 큰 어딘가에 소속되면 안심이 돼. 학교 다닐 때 난 계속 반복되는 역사와 같은 실수를 저지르는 사람들에 관해 배우면서 무기력함을 느꼈어. 터미널은 이 문제에 관해 뭔가를 하라고 제안했지. 내가 원한 건 그것뿐이었어. 세상은 한 방향으로 가고 있어. 키란은 다른 방향으로 가고 있고. 터미널은 대안만 제시했어. 그리고 지금은…."

형이 벽에 구부정하게 기대섰다.

"터미널이 모든 걸 안다거나 잘못을 저지르지 않았다고 말하진 않겠어. 하지만 난 그들이 이 일을 해낼 수 있다고 봐. 그들은 키란을 끌어내리고 그 과정에서 세상에 메시지를 전할 수 있어. 난 이게 끝이 아니라 더 중요한 무언가의 시작이라고 생각해."

내가 듣고 있는 말이 도저히 믿기지 않았다. 콜카타의 식물원에서 만난 이후 지금까지 쭉, 나는 형이 파괴를 일삼는 핵티비스트 조직에 들어가기 위해 가족을 버린 게 아니라고 믿고 있었다.

그런 낌새가 보일 때도 부인했다.

내 친구들이 그럴지도 모른다고 말했을 때도 무시했다.

그런데 내 혈육인 형이 나를 속였다.

정말 참담했다.

질주하는 버스에 치인 기분이었다.

"두랄은 당신이 누군지 알고 있나요?" 카이가 물었다.

"아니, 그들은 내 이름도, 얼굴도 몰라. 온라인에서 쓰는 내 별명만 알지. 난 지난 14개월 동안 그들을 도왔지만 거리를 뒀어. 두랄은 나하고 연결된 적이 없어."

"하지만 형은 그들을 보호할 거죠?" 툰데가 물었다.

형은 대답하지 않았다.

"내가 형을 못 믿게 만들지 마." 나는 형한테 또 주먹을 날리고 싶어졌다. "질문에 대답해. 만약 우리가 시바에 관한 정보를 찾아내면 형은 우리가 그들을 배신할 계획이라고 알려줄 거야?"

"난 그냥 너한테 내 생각을 알려주는 거야. 나도 터미널이 하는 모든 일에 동의하진 않아. 내가 그들과 싸웠다는 건 하늘만 알겠지."

그러고는 형이 고개를 저었다.

그때 툰데가 일어섰다.

"진짜 어이없어." 툰데가 말했다. "난 터미널과 일하지 않을 거고 네 형도 믿지 않을 거야. 미안해, 렉스. 너무 괴로워. 하지만 난 이 일에 참여할 수 없어."

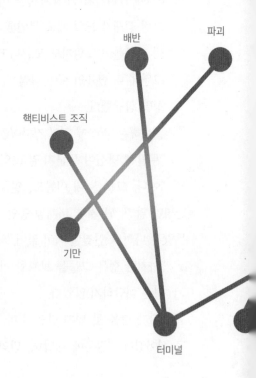

6. 툰데

시바 출범까지 6일

친구들이여, 나는 그 자리에서 바로 벌떡 일어섰다.

이 일이 우리에게 어떻게 도움이 될지 알 수가 없었다. 나는 이야보 장군 같은 사람이 얼마나 많은 피해를 줄 수 있는지 직접 목격했다. 우리가 시바에 관한 정보를 터미널에 넘기면 그들은 전 세계에 대대적인 파괴를 일으킬 것이다.

테오가 그런 사람들과 한통속이라는 걸 알게 되자 실망스러웠다. 실망이라는 말도 그나마 좋게 표현한 거다. 이 일이 내 절친의 어깨에 지운 짐을 생각하니 속이 뒤집혔고 렉스한테 정신적 해를 끼칠까 봐 걱정이 되었다.

"난 확신해." 나는 카이와 렉스한테 큰 소리로 말했다. "이 계획에서는 어떤 좋은 결과도 나올 수 없다는 걸. 터미널이 시키는 대로 하느니 당국을 상대로 모험을 하는 편이 더 나아. 카이, 네가 처음 아이디어를 제안했을 때는 터미널을 속이자는 거였어. 돕는 게 아니라!"

"우린 그들을 속일 거야." 렉스가 말했다.

"그게 성공할지 확신이 안 들어." 내가 말했다. "한마디로 너무 위험해."

렉스가 카이를 쳐다봤다.

카이는 몇 분 동안 말이 없었다. 앞으로 어떻게 해야 할지 심사숙고하는 것 같았다. 안타깝게도 이 계획에서 가장 잃을 게 많은 사람이 카이였다. 우리가 터미널과 키란을 둘 다 막으려고 시도하는 동안 가장 위태로워지는 건 카이 아빠의 목숨이었다.

"결정을 내리기 전에," 카이가 말했다. "테오한테서 더 많은 정보가 필요해."

"그래야지." 나도 동의했다.

테오가 팔짱을 끼고 대답할 준비를 했다. 하지만 테오의 표정을 볼 때 그의 대답이 카이의 마음에 들지 의심스러웠다.

"우리가 중국에 도착했을 때," 카이가 묻기 시작했다. "계속 우릴 터미널로 데리고 갈 속셈이었나요? 더 큰 계획이 진행 중이었던 거예요?"

"아니." 테오가 대답했다. "난 너희들을 도와 키란을 막으려고 여기에 왔어. 그건 절대 바뀌지 않아."

"그럼 터미널을 끌어들일 생각은 없었나요?"

"필요하지 않는 한은."

"그 대답 맘에 안 들어." 내가 끼어들었다. "우리한테 터미널이 필요할 일은 절대 없어."

렉스가 손을 들어 나한테 잠깐 조용히 하라고 한 뒤 카이한테 물었다.

"네 생각은 어때?"

카이가 의자에 구부정하게 앉아 말했다.

"미안해, 툰데. 하지만 우리에겐 선택의 여지가 많지 않은 것 같아. 우리 아빠가 이 문제에 휘말려 있어. 난 아빠가 감옥으로 이송돼서 다시는 못 보게 되기 전에 구치소에서 빼내야 해. 우리가 이 일을 해낼 수 있을지, 키란을 막을 정보를 입수할 수 있을지, 아빠의 오명을 씻을 수 있을지, 그런 동시에 터미널의 뒤통수를 칠 수 있을지 장담하진 못하겠어. 하지만 시도해봐야 한다고 생각해."

내가 투표에서 진 것 같았다. 하지만 친구들, 이 말은 해야겠다. 나는 이 일을 할 수 없었다. 우리 엄마가 도덕적으로 무책임한 사람을 키우지는 않았다. 이건 내가 맞서야 하는 일이었다.

동시에 내가 사랑하는 절친들이 아무 도움 없이 위험 속으로 뛰어들게 놔둘 수도 없었다. 나는 우리 마을에서 친구들과 함께 보냈던 시간을 되돌아봤다. 카이는 이야보 장군 밑에서 일하는 사람들을 얼마나 교묘하고 신중하게 다루었던가? 어떻게 착각을 불러일으키고 사회공학 기술을 이용해 상황을 조종했던가?

내가 그런 일을 할 수 있을까?

나는 카이를 지켜보며 너무나 많은 것을 배웠기 때문에 내 친구들이 안전한 동시에 이 작전에서 외부로부터 도움을 받을 방법을 찾을 수 있었다. 내가 할 수 있는 건 카이가 부렸던 마법의 10분의 1도 안 되겠지만 우리의 성공에 엄청난 도움이 될 것이다.

나는 최대한 그럴듯하게 보이기 위해 목소리를 높이고 주먹을 들어 올려 분노를 표현했다. 사실 너무 과장되긴 했다.

"좋아." 나는 외쳤다. "그게 네 결정이라면 난 빼줘."

그 말과 함께 나는 방에서 뛰쳐나갔고 테오의 곁을 지나면서 일부러 어깨를 부딪쳤다. 문을 쾅 닫기 전에 렉스와 카이를 돌아보니 둘 다 놀라서 충격 받은 얼굴이었다.

내 계획이 먹혔다.

6.1

친구들, 나는 렉스와 카이를 보호하기 위해 속임수를 써야 했다.

방에서 나가 경극 공연장 1층으로 계단을 뛰어 내려가면서 심장이 쿵쾅쿵쾅 뛰었다.

쫓아오는 소리는 들리지 않았지만 나는 개의치 않고 최대한 빨리 움직였다. 렉스가 나를 붙잡고 돌아오라고 설득하면 내 결심이 무너질 것 같았다.

내 계획이 성공하려면 얼른 떠나야 했다. 우리에겐 외부의 도움이 필요했다. 그리고 나보다 더 도움이 필요한 사람은 없었다.

두랄은 베이징의 블랙박스 실험실에 있는 정보를 찾기 위해 내 전문 기술이 필요하다고 말했다. 하지만 나는 렉스와 카이가 나 없이도 이 일을 해낼 수 있다는 걸 알고 있었다. 당연히 내가 도울 것이기 때문에 더욱 그랬다. 단, 테오와 터미널의 눈에 띄지 않게.

다행히 비가 멈추고 차들의 속도가 느려졌다. 나는 가장 가까운 교차로로 가서 주머니에서 휴대폰을 꺼냈다. 그리고 로저 도저한테 전화를 걸었다.

로저가 아무 전화나 받을지는 모르겠지만 로저가 우리를 돕기로 했고 이 전화번호를 알려줬다고 카이가 얘기했었다. 벨이 세 번 울렸고, 내가 전화를 끊고 다른 방법을 써볼까 생각하기 직전, 로저가 전화를 받았다.

"툰데?"

"나라는 걸 어떻게 알았어?"

"나야 선수잖아. 별일 없어?"

"지금 만나야 해. 시간 있어?"

로저가 잠깐 뜸을 들이더니 대답했다.

"시내 상황이 꽤 위험해졌어. 울프 말로는 너희들이 미행당하고 있다고 하던데, 난 아까 너희들을 만나느라 이미 큰 위험을 감수했어. 다시 그럴 수 있을지 모르겠어."

"그냥 나하고만 만날 거야. 네가 예상했던 것보다 깊이 이 일에 끌어들여 미안하지만 난 네 도움이 간절히 필요해. 이건 중대한 일이야."

"중대하다는 게 무슨 뜻이야?"

"음, 터미널이 연루돼 있어…."

로저는 잠깐 아무 말이 없었다.

"농담이지?"

"아니. 날 도와주겠어?"

"20분쯤 뒤에 거기로 갈 수 있어. 지금 있는 곳에서 움직이지 마. 다른 친구들은 전부 괜찮아? 너랑 함께 있는 거 아냐?"

"그렇기도 하고 아니기도 해. 설명할 게 많아."

로저는 약속대로 정확히 20분 뒤에 택시를 타고 나타났다. 로저를 기다리는 동안 나는 우리를 미행하던 아이들이 있는지 인파를 살펴봤다. 생각해보니 내가 그렇게 주변을 자세히 관찰한 적은 지니어스 게임에 참가하러 갈 때 이후로 처음이었다. 친구들, 그때가 먼 옛날 일처럼 느껴졌다.

내가 택시 뒷좌석의 로저 옆에 올라타자 로저가 운전사한테 중국어로 몇 마디 했다. 운전사는 꽤 스피드를 즐기는 사람이어서 즉시 말도 안 되게 빠른 속도로 차들 사이를 질주했다. 나는 거의 토할 뻔했다!

"어떻게 된 일인지 말해줘." 로저가 영어로 말했다.

나는 운전사를 흘깃 쳐다봤다.

"저분은 중국어밖에 할 줄 몰라. 걱정 마."

나는 로저한테 터미널에 대한 내 계획과 속임수를 얘기했다. 로저는 내 계획을 이해했고 내가 그런 '외부인' 입장이 되기로 한 게 아주 현명한 판단이라고 말했다.

택시가 고가도로로 진입하는 경사로를 올라가는 동안 로저가 나한테 추적이 불가능한 암호화된 휴대폰을 내밀었다. 나는 예전에 로지가 사용하던 보안 메신저 앱에 로그인 한 뒤 카이와 렉스한테만 보내는 메시지를 작성했다.

내용은 아주 간단했다.

친구들, 내가 정말로 화가 난 건 아니야. 싸우는 척한 거야. 내가 방에서 뛰쳐나온 이유는 테오 형한테 내가 돕지 않을 거라는 확신을 주기 위해서였어. 물론 난 도울 거야. 외부에서. 너희들이 할 일에 대해 더 자세히 알게 되면 연락해줘. 로저 도저랑 내가 너희들을 도울 거야. 걱정 마. 모든 게 잘될 거야! 너희들은 할 수 있어! 하지만 아주, 아주 조심해야 해. 곧 만나자.

11분 뒤, 택시가 거대한 아파트 앞에서 멈췄다.

택시에서 내려 현관으로 걸어가면서 로저는 이곳에 자기 고모가 산다고 설명했다. 좋은 소식은 그 고모가 비행기 승무원이어서 여행을 자주 다닌다는 것이었다. 아파트는 앞으로 최소한 며칠은 비어 있을 거라고 했다.

"가장 좋은 건," 로저가 말했다. "고모가 단것을 좋아해서 집에 아이스크림과 사탕이 잔뜩 있다는 거야."

당장은 제일 반가운 소리였다.

7. 카이

툰데가 갑작스레 떠나서 렉스와 나는 충격을 받았다.

우리는 툰데가 몇 분 뒤에 다시 나타날 줄 알았다. 하지만 몇 분이 지나도 툰데가 돌아오지 않자 걱정이 되기 시작했다. 렉스는 테오한테 몹시 화가 나 있었다. 아까는 형이 자기를 속여서 화가 났지만 지금은 툰데가 급히 떠나버리게 만든 것에 화가 나 있었다.

"툰데는 괜찮을 거야." 테오가 말했다. 그렇게 말하면 상황이 수습되기라도 하는 것처럼.

"형은 진짜 얼간이야." 두랄한테 블랙박스 실험실 임무를 맡겠다고 말하러 아래층으로 내려가면서 렉스가 말했다.

예상대로 두랄은 우리 결정을 듣고 만족했다.

"좋아요." 두랄이 말했다. "올바른 선택이에요."

두랄이 아까 나한테 내밀었던 서류가방을 꺼내서 열었다. 그 안에는 두랄이 3D 프린팅 했다고 말했던 열쇠가 들어 있었다. 마스터키였다. 열쇠 맨 위쪽에 지름 약 2.5센티미터의 투명한 플라스틱 디스크가 내장되어 있다는 점만 제외하면 꽤 평범해 보였다. 가방 안에는 베이징 블랙박스 실험실의 청사진도 들어 있었다. 두랄은 그 청사진을 간신히 구할 수 있었다고 말했다.

우리는 도면을 살펴봤다. 렉스는 이 건물이 자기가 인도에서 갔던 곳과 흡사하다고 말했다. 배치가 아주 비슷하고 방의 개수도 동일하다고 했다. 그 말은 직원 수도 비슷하다는 뜻이었다.

"내 생각에 이곳에서 일하는 사람들 대부분이 키란의 두뇌 위원회 출신일 거야. 내가 인도에서 만났던 사람들은 진짜 추종자들이었어. 키란의 어떤 말이나 행동도 절대 의심하지 않았어. 내가 인도에 있었을 때의 일에 대해 소문이 퍼졌을 게 분명해. 그들이 나를 알아본다면 경보를 울릴 거야."

"우리가 변장하는 방법도 있어." 내가 제안했다.

"음," 렉스가 방을 둘러보며 말했다. "마침 극장에 와 있네."

"변장은 필요 없을 거예요." 두랄이 우리한테 다가와서 청사진을 보며 말했다. "블랙박스 실험실은 비어 있을 테니까요. 우린 건물 안의 자료에 직접 접근하진 못하지만 갖가지 접근 방법엔 베테랑이죠. 아침 일찍 근방 건물들에 가스 누출 사고가 일어나도록 손쓸 거예요. 경찰이 예방 조치로 동네 전체를 폐쇄할 거고, 그럼 블랙박스 실험실도 비게 되겠죠. 일단 건물 안에만 들어가면 별다른 방해 없이 데이터를 찾을 수 있을 거예요."

같은 생각을 했는지 렉스가 나를 쳐다봤다.

"잠깐만요." 내가 말했다. "정확히 언제 우리가 이 일을 하는 거죠?"

두랄이 싱긋 웃었다. "내일 아침이죠, 당연히."

"계획을 세울 시간이 부족해요."

지금까지 일어난 모든 일을 감안하면 하룻밤, 겨우 다섯 시간으로는 충분하지 않을 것 않았다.

"여러분은 충분히 해낼 능력이 된다고 생각해요." 두랄이 말했다. "로지는 신속하게 결단을 내리잖아요, 그렇죠? 우리나 여러분이나 이미 필요한 것을 가지고 있어요. 미룰 이유가 없죠. 오히려 시간이 많은 것 같은데요? 여러분은 패닉 상태에서 지구 건너편으로 달아났어요. 오늘 밤 푹 쉬면서 기운을 회복하세요. 그건 그렇고, 코스모가 조금 전 툰데가 여길 나갔다고 하던데… 좀 씩씩거리면서요. 안타깝네요. 툰데 없이 이 일을 할 수 있겠어요?"

"우리한테 선택의 여지가 있기나 해요?" 렉스가 물었다.

"좋은 지적이네요. 그럼 아침에 봐요."

두랄이 방을 나가려고 돌아섰을 때 내가 물었다.

"우리가 정확히 뭘 찾아야 하죠?"

두랄은 대답하지 않았다.

두랄이 방에서 나가자 나는 렉스, 테오와 함께 다시 청사진을 살펴봤다. 청사진에는 건물 내부의 설계가 나와 있었지만 데이터가 어떻게 보관되어 있는지에 대해서는 아무 힌트가 없었다. 책? 마이크로필름? 무엇이든 될 수 있었다.

이제 우리에겐 대충 계획을 세우고 몹시 절실한 잠을 잘 몇 시간이 남았다. 원래 목표들을 달성해야 할 뿐만 아니라 그에 더해 두랄도 속여야 했다. 툰데가 뛰쳐나가버려서 상황이 훨씬 더 불안정해졌다. 다음 24시간 동안의 전략을 짜려면 내가 지금껏 갈고 닦은 모든 기술이 필요할 것이다.

그때 렉스와 내 휴대폰이 동시에 울렸다.

툰데가 보낸 메시지였다.

메시지를 읽은 뒤 렉스가 나를 보며 활짝 웃었다.

7.1

우리는 두 시간 동안 최선을 다해 전략을 짠 뒤 바닥에서 잠을 청하며 초조한 세 시간을 보냈다.

동이 트기 직전, 두랄이 우리를 직접 현장에 태워다 줬다.

두랄의 차는 어울리지 않게 미니밴이었다. 우리는 휴대폰, 자물쇠 따는 도구, 스크루드라이버, 확대경, 손전등 등 두랄이 준 도구들을 들고 밴 뒷자리에 탔다.

우리는 말없이 차를 타고 갔다. 지나치는 거리 풍경이 익숙했지만 이런 특이한 상황에서 보니 낯설게만 느껴졌다. 엄마 생각이 났다. 엄마와 연락한 지 며칠이 지났으니 걱정하고 계실 게 분명했다. 나는 블랙박스 실험실에서 무슨 일이 일어나건 오전에 엄마한테 전화를 걸기로 마음먹었다.

교통체증이 풀리고 밴이 속도를 낼 때 렉스가 손을 뻗어 내 손 위에 올렸다. 나는 렉스의 손을 꽉 잡으면서 내 손이 너무 축축할까 봐 걱정이 되었다. 큰 스트레스를 받고 있었기 때문에 내 손이 떨리지 않는 게 좀 놀라웠다.

"우리가 해냈어." 렉스가 나한테 몸을 기울이며 속삭였다.

"툰데 덕분이야."

"툰데는 엄청나게 복잡한 기계만 설계하는 줄 알았는데."

고벽식 채굴기를 생각하니 피식 웃음이 나왔다.

그러다 당면한 임무로 생각이 되돌아갔다.

"우리 아빠를 이 난장판에서 벗어나게 해야 돼. 구치소에 있는 아빠를 보는 건… 끔찍했어. 그런 아빠 모습은 절대 다시 안 보고 싶어."

렉스가 내 손을 꽉 잡았다.

5분 뒤 우리는 도시의 산업 지구에 있는 동네에 도착했고, 두랄이 신분증을 흔들어 보인 뒤 많은 경찰이 배치된 바리케이드를 통과했다. 경찰들을 지날 때 두랄이 백미러로 우리를 보며 신분증을 들어 올렸다.

"우린 여러분에게 한두 수 가르쳐줄 수 있는 사람들이에요."

하지만 나는 그 말을 인정하고 싶지 않았다.

베이징의 블랙박스 실험실은 평범해 보이는 건물이었다. 벽돌과 강철로 지어진 2층짜리였는데 창문이 없었다. 그냥 커다란 벽돌 상자 같았고, 동네 한구석에 유리벽으로 된 사무실 건물 두 개 사이에 끼어 있었다.

"인도에 있는 실험실도 여기와 비슷했나요?" 두랄이 렉스한테 물었다.

렉스가 더 자세히 보려고 몸을 앞으로 숙였다.

"아니요." 두랄이 차를 세울 때 렉스가 말했다. "그 건물이 더 고급스러웠어요."

두랄이 버튼을 누르자 밴의 뒷문이 스르르 열리면서 습한 밤 공기가 차 안으로 밀려들었다.

"성공하면 전화하세요."

두랄이 전화번호가 적힌 종이를 나한테 내밀었다.

"우리가 뭘 찾아야 하는지는 말해주지 않는군요."

"보면 알 거예요."

나는 렉스, 테오와 함께 미니밴에서 내려 건물로 걸어갔다. 렉스가 경찰 저지선 테이프를 들어 올렸고, 우리는 그 아래를 통과해 블랙박스 실험실의 현관으로 갔다.

"정전이야." 렉스가 꺼진 가로등을 가리키며 말했다.

"카메라도 꺼졌다고 생각하면 될 것 같아." 테오가 덧붙였다. 그러면서 건물 밖에 설치된 여러 대의 카메라를 가리켰다.

"난 아무 추측도 안 할래."

나는 그렇게 대꾸하고는 전등을 꺼내 쭉 늘어선 카메라들을 자세히 비추며 광센서를 확인했다. 카메라들은 작동이 멈춰 있었다. 렉스가 돌아보며 나한테 윙크를 했다.

계단을 올라간 뒤 나는 주머니에서 3D 마스터키를 꺼냈다. 현관문의 잠금장치가 생체 인식이나 망막 인식 장치가 아니어서 깜짝 놀랐다. 튼튼하고 무거운 기계식 장치였다. 베이징 블랙박스 실험실을 아날로그로 유지한다는 정책이 현관에까지 확장된 것 같았다. 하긴 전자식 자물쇠는 분명 해킹당할 위험이 크니까.

마스터키는 자물쇠에 맞지 않았다.

"이 열쇠가 아니야." 내가 말했다.

"그럼 분명 다른 뭔가의 열쇠일 거야." 테오가 거들었다.

내가 자물쇠를 여는 데 2분 6초가 걸렸다.

평소의 내 실력을 생각하면 놀라우리만큼 긴 시간이었다.

긴장하거나 내 솜씨가 녹슬어서가 아니었다. 이 자물쇠에는 비상시에 대비한 몇 가지 속임수가 숨어 있었다. 초보자나 참을성 없는 사람은 쉽게 포기하게 만들 만한, 단순하지만 효과적인 방법이었다. 게다가 내부의 잠금 핀들이 끈적거렸다. 그건 분명 의도된 것이었다.

어쨌거나 나는 자물쇠를 열었다.

그리고 안으로 들어가기 전에 테오를 보며 말했다.

"망을 봐줄래요?"

테오가 코웃음을 쳤다.

"진심이야? 나보고 여기 밖에서 기다리라고?"

"모든 상황을 고려할 때, 그게 제일 좋을 것 같아요."

내가 렉스를 쳐다보자, 렉스가 테오의 어깨에 손을 올렸다.

"형은 우리한테 거짓말을 했어. 그리고 우리에겐 망을 볼 사람이 필요해. 난 두랄을 믿지 않아. 사람들이 하는 말을 다 믿었더라면 우린 여기까지 오지 못했을 거야. 부탁인데, 그냥 우릴 위해 망을 봐줘."

테오가 잠시 생각에 잠겼다가 입을 열었다.

"알았어. 하지만 너희가 처리할 수 없는 일이 생기면 전화해."

"당연하죠." 내가 말했다.

렉스와 내가 전등을 비추며 안으로 들어가 보니 더 큰 방으로 이어지는 좁은 복도가 있었다. 건물 내에는 불이 켜져 있었다.

7.2

하지만 건물은 비어 있는 게 맞는 것 같았다.

블랙박스 실험실 사람들은 급히 나간 것 같았다. 건물 안으로 들어갔을 때 내 눈에 처음 들어온 건 현관 옆 책상 위의 커피잔이었다. 그 옆에는 반쯤 먹은 크루아상이 놓여 있었는데 아직 신선해 보였다.

"이런." 렉스가 말했다. "청사진과 다르네."

청사진이 틀렸다. 두랄이 실수해서 틀린 설계도를 입수한 건가 싶었다. 하지만 그보다는 키란을 위해 이곳을 지은 사람이 공사가 시작되기 전 행정관청에 다른 청사진을 제출했을 가능성이 더 높았다. 아니면 리모델링을 했거나.

방은 하나밖에 없었다. 2층 높이의 거대하고 툭 트인 방이었는데, 도서관과 비슷해 보였다. 카펫, 벽, 가구, 심지어 조명기구까지 모든 게 흐릿한 베이지색이었다. 그래서 특별한 물건들을 알아보기가 거의 불가능했다.

"어디서부터 시작하지?" 렉스가 물었다.

벽을 따라 책상과 의자, 소파들이 놓여 있었고 방 가운데 부분은 책장들로 채워져 있었다. 책장들에는 똑같은 베이지색 가죽 표지로 장정한 책들이 꽂혔는데, 얼핏 보기에 모든 책의 크기가 비슷해 보였다. 각 책장에 약 300~400권이 있으니, 전부 합치면 수천 권이었다.

나는 3D 마스터키를 다시 꺼냈다.

"이 열쇠로 시작하자."

먼저 우리는 방 주변을 살피며 우리가 미처 보지 못한 옆방이나 뭔가를 숨길 수 있는 공간이 있는지 확인했다. 아무것도 발견되지 않았다. 즉 이 열쇠가 우리가 이미 본 뭔가를 열기 위해 만들어졌다는 뜻이었다.

"잠깐만."

렉스가 팔을 뻗어 다음 단계를 시작하려는 나를 막았다.

"봐봐."

렉스가 몸을 웅크리며 바닥을 가리켰다.

카펫 바닥에서 7센티미터쯤 위에 철선이 보였다. 벽에서 책장까지 바닥을 가로질러 팽팽하게 뻗어 있었다.

"이게 뭘까? 경보 시스템? 덫?"

"덫이라고?" 렉스가 웃었다. "영화에 나오는 것 같은 뭐 그런 거?"

"농담이 아니야. 키란이라면 그러고도 남아."

렉스가 철선 앞에 엎드려 책장에서 벽까지 눈으로 철선을 따라갔다. 철선은 벽의 작은 구멍 속으로 이어졌다. 철선이 딱 들어갈 만한 크기의 구멍이었다.

"이게 뭐든 건드리면 안 될 것 같아." 렉스가 말했다.

우리는 철선을 넘어가봤다. 아무 일도 일어나지 않았다. 그런데 9미터쯤 떨어진 곳에 또 다른 철선이 보였다. 이번에는 내가 먼저 발견했다. 그 철선도 방을 가로질러 한 책장에서 다른 책장으로 이어졌다. 하지만 이번 철선은 바닥 바로 위가 아니라 가슴 높이에 있었다.

"황당하네." 렉스가 말했다. "일하는 곳에 이런 걸 설치하다니."

인계철선

블랙박스 실험실

"사람들이 나가면서 설치한 게 분명해."

"아니면 사실은 이곳에서 일하는 사람이 아무도 없거나."

"그럼?"

"그냥 보관소일 수도 있어."

"그럼 크루아상은 어떻게 된 거야?"

렉스가 어깨를 으쓱했다.

"경비원은 있을 수 있지."

그때 우리 주머니 속의 휴대폰이 동시에 울렸다. 우리는 휴대폰을 꺼내 툰데의 문자를 읽었다. 두랄이 우리를 차에서 내려준 뒤 우리가 아직 연락을 하지 않아서 툰데는 걱정을 하고 있었다.

나는 괜찮다고 답을 보냈다. 그런 뒤 영상 메신저 앱을 열어 전화를 걸었다. 툰데가 바로 전화를 받았고, 온통 흐릿한 베이지색뿐인 곳에서 툰데의 웃는 얼굴을 보니 기분이 좋았다.

"툰데, 이걸 확인해줘."

나는 휴대폰으로 방을 쭉 보여준 뒤 철선에 카메라 렌즈를 가까이 갖다 댔다. 그리고 툰데가 철선이 어떻게 연결돼 있는지 볼 수 있도록 철선을 쭉 따라가 양쪽 끝을 보여줬다.

"뭐라고 생각해?"

"책장을 넘어뜨리거나 경보를 울리기 위한 건 아닌 것 같아. 끝부분들을 다시 보여줄 수 있어?"

나는 그렇게 했다.

"이제 천장을 보여줘봐."

툰데가 특색 없이 단조로운 천장 타일들을 자세히 살피더니 철선이 책장과 연결된 곳을 더 자세히 살펴보자고 했다. 나는 카메라를 최대한 바짝 갖다 댔다.

툰데가 책장의 나무판에 정체불명의 원통형 물체가 내장되어 있는 걸 발견했다. 새끼손가락만 한 크기에 은색과 검은색으로 된 물체였다.

"그게 뭐야?" 렉스가 물었다.

"뇌관인 것 같아." 툰데가 대답했다.

"잠깐만, 뭐라고?"

"친구들." 툰데가 걱정 가득한 목소리로 말했다. "그건 폭파용 뇌관이야. 전에 비슷한 걸 본 적 있어. 내 추측으론, 그냥 추측인데, 너희가 서 있는 방이 폭발물과 연결돼 있는 것 같아. 아

니면 그냥 불길에 휩싸일 수도 있어. 너희가 그 철선들 중 하나를
건드리면….”

“그냥 불길에 휩싸인다고?”

7.3

렉스와 나는 방 안을 둘러봤다.

온통 책들에 나무 책장과 가구, 심지어 의자도 나무였다. 성
냥 한 개비만 던져도 방 안이 장작불처럼 활활 타오를 수 있었다.
그러면 여기에 보관된 모든 정보가 몇 분 만에 연기가 되어버리겠
지. 그 시각에 불행히도 방 안에 있었던 사람들과 함께.

“이곳이 왜 비어 있는지 알겠다.” 렉스가 말했다. “너무 위험
하니까.”

“여기에 있는 게 무엇이든 보호할 가치가 있다는 뜻이야. 그
걸 찾아보자.”

우리는 철선 세 개를 더 발견했다. 3D 마스터키가 들어갈 만
한 다른 곳이 없어서 우리는 책장에 주의를 집중했다. 철선 다섯
개 외에는 다 똑같아 보이는 책 수천 권뿐이었다. 렉스와 나는 책
장에서 몇 권을 꺼내 조심스럽게 넘겨봤다.

“출력한 코드들이야.”

렉스가 페이지를 넘기면서 말했다. 그러고는 책장에서 책장
으로 옮겨 다니며 책들을 빠르게 훑어봤다. 그런 뒤 내가 들고 있
는 책을 어깨 너머로 봤다. 모든 책의 모든 페이지마다 컴퓨터 코

드가 담겨 있었다. 수많은 코딩 언어들(일부는 단순하고 일부는 믿을 수 없을 정도로 복잡했다)이 사용되었다.

렉스가 코드를 읽으며 해독했다.

"이건 선풍기의 시간 조정에 관한 코드고 이건 카메라 움직임을 위한 코드야. 전부 특별할 것도 없는 쓰레기 코드들이야. 토스터나 휴대폰 같은 전자제품을 구입하면 딸려 오는 모든 설명서를 도서관에 고급스럽게 꽂아놓은 거나 마찬가지지."

렉스가 도서관의 나머지 공간을 가리켰다.

"이건 속임수야. 아무것도 쓸모가 없어. 태울 가치도 없는 것들이야."

"그럼 열쇠는 다른 뭔가를 위한 것이네."

그때 렉스의 휴대폰이 울렸다. 테오가 보낸 문자였다.

서둘러야 할 것 같아. 누군가가 거리를 내려오고 있어. 경찰이나 뭐 그런 것 같아. 지금 건물마다 돌아다니며 체크하고 있어. 상당히 천천히 움직이고 있지만 5분쯤 뒤면 여기에 올 것 같아. 내가 주의를 돌려보겠지만 너희들도 서둘러야 해.

우리는 신속하게 결단을 내려야 했다. 이 상황에서 열쇠 구멍을 찾기란 거의 불가능할 것이다. 열쇠 구멍이 카펫 밑이나 천장에 숨겨져 있을지도 모르지만 분명 아무 곳에나 있지는 않을 것이다. 어쩌면 열쇠가 어디에 맞는지가 아니라 열쇠의 정체를 알아내는 게 더 중요할지도 모른다.

좋은 생각이 났다. 3D 마스터키의 목적과, 이 모든 쓰레기 코드가 아날로그 도서관에 보관된 진짜 이유를 밝히는 유일한 방법은 키란이 왜 이곳에 정보를 뒀는지 직관적으로 생각하는 것이다. 지니어스 게임, 온드스캔, 나야가 훔친 데이터, 이 모든 게 키란에게서 나왔다. 키란이 이끈 그의 작품이었다.

"만약 이 열쇠가 열쇠가 아니라면 어떨까?"

"무슨 뜻이야?" 렉스가 물었다.

"난 키란처럼 생각하려고 애쓰고 있어. 열쇠는 너무 빤해. 누구나 열쇠를 받으면 자물쇠만 찾게 될 거야, 안 그래?"

"그렇지…."

렉스는 약간 혼란스러워 보였다.

"만약 중요한 게 자물쇠가 아니라 열쇠 그 자체라면?"

나는 주머니에서 3D 마스터키를 꺼내 자세히 살펴봤다. 열쇠가 뭔가를 열기 위해 설계된 게 아니라면 다른 방식으로 사용되도록 고안되었을 것이다. 그 답은 당연히 열쇠 맨 위에 있는 투명 디스크에 있었다.

그건 디스크가 아니었다. 렌즈였다.

"알아낸 것 같아."

나는 열쇠 맨 윗부분을 눈에 갖다 댔다. 아니나 다를까, 내 생각이 맞았다. 이 열쇠는 열쇠가 아니었다.

렌즈를 통해 도서관과 책장이 보였지만 내가 보고 있는 것들의 위에 격자무늬가 겹쳐졌다. 3차원의 파란색 형광 무늬였다. 나는 미소를 지었다. 기발한 아이디어군.

"뭐가 보여?" 렉스가 물었다.

"증강현실이야. 방 전체에 격자무늬가 중첩돼 있어."

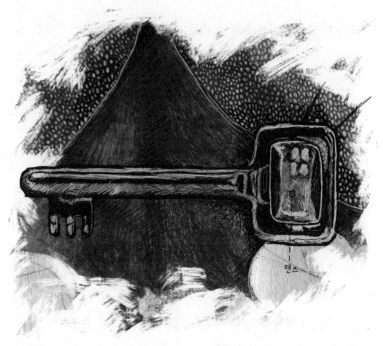

렌즈

마스터키

내가 고개를 돌리자 선들이 나와 함께 움직였다. 놀랍게도 커다란 파란색 화살표가 나타나 철선이 설치된 곳들 위를 맴돌았다. 더 멀리 보니 책장의 책들 중 일부도 파란색 형광으로 빛이 났다. 나는 그중 한 권으로 다가갔다. 렌즈를 통해 보니 책등과 표지가 으스스한 파란색으로 빛났다. 나는 같은 식으로 밝게 빛나는 책을 15권 발견했다.

그중 한 권을 렉스한테 건네줬다.

"이 도서관에 어떤 암호가 숨겨져 있다면 아마 이 책들 안에 들어 있을 거야."

빛이 나는 책들을 전부 꺼내는 데 몇 분이 걸렸다. 우리가 마지막 책을 꺼낼 때 테오가 시간이 다 되어간다고 알리는 문자를 보냈다. 근방의 회사들을 점검하는 남자가 거리를 건너 테오를 향해 다가오고 있다고 했다. 당장 떠나야 했다. 도서관을 더 살펴볼 시간이 없었다.

하지만 이 책들 안에 무엇이 담겨 있는지 알지도 못한 채 터미널에 넘겨줄 수는 없었다. 경극 공연장으로 돌아가는 중에 꼼꼼히 검토할 수도 있지만 테오가 그것들을 볼까 봐 걱정이 되었다. 테오가 터미널과 관련되어 있다는 걸 인정한 이상 조심할 필요가 있었다.

렉스와 나는 현관 근처의 책상에 책을 쌓았다.

페이지들을 주의 깊게 넘기면서 렉스가 최대한 빨리 코드들을 죽 읽었다.

"이것들도 다 쓰레기야." 렉스가 말했다. "다른 책들과 다른 점이 전혀 없어."

테오가 다시 문자를 보냈다. 서둘러. 남자가 안으로 들어가려고 해.

눈알이 터질 것 같았고 심장박동이 빨라졌다. 이것들이 뭔지 적어도 대충이라도 알아야 했다. 터미널에 키란의 제국으로 들어가는 열쇠를 넘기지 않으려면.

내가 그걸 발견한 건 그때였다. 선과 점으로 된 일련의 형상들이 각 페이지의 하단 오른쪽 모서리를 따라 이어져 있었다.

"그게 뭐야?" 렉스가 물었다.

나는 선들과 점들을 가리켰다. 렉스가 그 형상들을 보며 책을 휙휙 넘겼다.

"그래." 렉스가 책에서 눈을 떼지 않은 채 말했다. "뭔가가 있어."

렉스가 페이지들을 점점 더 빨리 넘기는 동안 나는 그게 뭔지 알아냈다.

"이거야."

나는 다른 책들 중 하나를 집어 들고 최대한 빨리 페이지를 넘겼다. 페이지들이 넘어가면서 선들과 점들이 조금씩 합쳐지더니 하단에 숫자가 나타났다. 숫자들이 페이지를 가로지르는 것처럼 흔들리며 움직이자 이 책들의 목적이 갑자기 분명해졌다.

"이건 플립북이야. 전부 플립북."

플립북

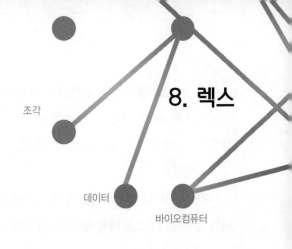

조각

데이터

바이오컴퓨터

8. 렉스

시바 출범까지 5일

카이의 말이 맞았다.

열다섯 권의 책 전부가 기본적으로 아이들 장난감의 큰 버전이었다.

동물원이나 박물관에서 파는 플립북을 아는가?

책장을 빨리 넘기면 원시의 늪을 쿵쿵거리며 걸어가는 공룡이나 별들 사이를 날아다니는 로켓을 보여주는 책 말이다.

음, 이 책들도 같은 방식이었다. 하지만 이 책들은 멋진 삽화 대신 일련의 프로그램 코드들을 보여줬고 나는 그중 대부분을 곧바로 알아차렸다. 나는 그 안에 무엇을 숨기고 있는지 파악하기 위해 최대한 많은 책을 넘겨봤다. 그런 뒤 카이와 함께 책들을 가득 안고 출입구로 향했다.

"여기 다 있어. 내가 읽을 수 있었던 코드들엔 워크어바웃 2.0의 일부, 나야가 이야보 장군한테서 훔친 데이터의 일부, 테오 형의 바이오컴퓨터에 있는 자료의 상당 부분이 포함돼 있었어."

"그 코드로 뭘 하려는 걸까?" 카이가 물었다.

"키란의 의도는 확실히 모르겠어. 하지만 터미널을 잔뜩 흥분시킬 만해. 내가 보기에 그건 바이러스야."

"바이러스라고?"

우리는 문 앞에서 걸음을 멈췄다. 터미널과 한패라고 자백한 테오 형이 문 바로 너머에 있었다. 꼭 그럴 필요는 없지만 그래도 나는 목소리를 낮췄다.

"서로 전혀 다른 이 모든 요소들이 코드에 합쳐져 있어. 급히 작성된 코드라서 좀 엉성하긴 하지만, 이런 식으로 작용해. 나야가 이야보 장군한테서 훔친 데이터에는 표적으로 삼은 계정들의 이름과 주소가 들어 있어. 그러니까 은행, 다국적 기업, 재벌, 정부 계정들 말이야. 이 계정들이 워크어바웃 2.0 프로그램에 입력되고, 워크어바웃은 이 계정들에 백도어 접근 프로그램을 심어. 그런 뒤 테오 형의 바이오컴퓨터가 거대한 유기적 프로세서 역할을 해서 바이러스 유포에 필요한 데이터를 이 계정들 모두에 저장해. 본질적으로 이건 스텔스 폭격이야."

"뭘 폭격하는데?"

"세계 무역 전체."

그 말을 입 밖에 내고 나서야 나는 이 모든 일이 얼마나 심각한 것인지 깨달았다. 지니어스 게임에서 키란은 워크어바웃과 양자컴퓨터로 수천 개의 계정을 해킹해 은행과 기업 등의 데이터를 훔쳤다. 하지만 이건 반대였다. 이 코드는 그 계정들에 바이러스를 심어 파괴할 것이다.

"이 코드가 실행되면 복구 불가능한 심각한 피해를 불러올

거야. 국가들이 파괴되고, 경제가 붕괴되고, 사람들이 죽을 거
야."

"그게 시바구나?" 카이가 물었다.

"맞아."

"그런데 이게 터미널의 손에 들어가면?"

"더 끔찍하겠지."

카이와 나는 우리가 믿을 수 없을 정도로 아슬아슬한 상황
에 처했다는 걸 깨닫고 서로를 쳐다봤다. 키란이 시바 프로그램
에 이 바이러스를 사용하게 놔둘 수 없었다. 또 터미널이 이걸 넘
겨받게 해서도 안 되었다.

양쪽 다 막다른 길이었다.

말 그대로.

"그럼 우린 뭘 하지?"

내가 묻자, 카이가 트레이드마크인 페인티드 울프 미소를 지
었다.

"충격적인 얘기겠지만… 나한테 계획이 있어. 밖으로 나가면
툰데한테 전화해서 우리가 필요한 걸 말할 거야. 이 책들을 스캐
닝해서 코드를 추출할 스캐너가 필요해. 그런 뒤 코드를 터미널
이 이용할 수 있는 형태로 옮길 때 우리가 그걸 바꿀 거야."

"어떻게 바꿔?"

"네가 알아내야 하는 게 바로 그거야."

문을 열고 밖으로 나가니, 테오 형이 보안요원과 옥신각신하고 있었다.

보안요원이 영어를 전혀 하지 못해서 형은 서투른 중국어를 더듬거리고 있었다. 형은 독학해서 6개 국어를 할 줄 알지만 그 중에서 중국어가 제일 약했다.

카이가 곧바로 그 남자를 넘겨받았다.

그리고 책들을 형한테 건넨 뒤 손을 격렬히 흔들어대며 보안요원과 얘기를 나눴다. 몇 분간 열띤 대화가 이어지더니 보안요원이 두 손을 들어 올렸다. 그러더니 뒷걸음쳐서 옆 건물로 걸어갔다.

나는 카이가 그 남자를 어떻게 쫓아버렸는지 알고 싶었다. 하지만 지금 우리에겐 그런 얘기를 할 시간이 없었다. 위험한 바이러스가 담긴 플립북을 절대 그걸 가져선 안 되는 집단에게 어떤 방식으로 넘겨야 할지 생각해내야 했다.

우리가 길 쪽으로 돌아가 제한구역에서 벗어났을 때 테오 형이 우리한테 건물 안에서 뭘 봤는지 물었다.

"일단," 내가 말했다. "두랄이 준 청사진은 완전 틀렸어. 그곳은 아날로그 도서관이지만 거대한 방 하나에 철선과 폭발물이 늘어서 있었어."

"폭발물이라고?"

형은 진짜로 충격을 받은 것 같았다.

"키란은 진심으로 그곳을 보호하고 싶어 해."

"뭘 보호하는데?"

"이 책들요." 카이가 대답했다.

형이 혀를 끌끌 찼다. "너무 어렵네. 무슨 일인지 그냥 말해 줘."

"이 책들 안에 코드가 숨겨져 있어." 내가 설명했다. "그게 무슨 일을 하는지는 잘 모르겠지만 그 코드를 추출해야 해."

"어떻게 숨겨져 있는데?"

"이 책들은 플립북이야. 페이지를 빠른 속도로 휙휙 넘겨야 코드를 볼 수 있어. 비실용적이지만 교묘한 방법이지."

"코드가 무슨 일을 하는지 짐작은 가?"

나는 어깨를 으쓱했다. "이제 알아내야지. 잠깐만…."

나는 전화가 온 척하고는 형 몰래 툰데한테 전화를 걸었다. 그리고 카이한테 신호를 보낸 뒤 돌아서서 통화했다.

툰데가 말했다. "난 준비가 됐어, 친구. 우리가 해야 하는 일을 말해줘."

"코드가 숨겨져 있는 열다섯 권의 책을 찾았어. 본질적으로 그 책들은 커다란 플립북이고…."

"플립북? 플립북이 뭔데?"

"진짜 몰라? 어, 그러니까 페이지를 휙휙 넘기면 그림이 움직이는 것처럼 보이는 책 말이야."

"아, 그거! 나도 알아."

"키란, 그 약삭빠른 녀석이 플립북에 코드를 숨겨놨어. 내가 잠깐 살펴본 바로는 그 코드는 바이러스야. 세계 경제를 붕괴시키고 국가들을 몰락시키도록 설계된 바이러스."

"시바 말이지?"

"그래. 그리고 우린 터미널의 손에 그게 들어가게 해서도 안 돼."

"아." 툰데가 냉소적인 목소리로 말을 이었다. "내가 너희한 테 경고한 딱 그 상황이잖아. 난 터미널을 끌어들이고 싶지 않았 어…."

"너무 늦었어. 우린 이 책들을 넘겨줘야 해. 하지만 방법이 있 어. 그건 극도로 손이 많이 가는 작업이라, 네가 스캐너를 만들어 줘야 해. 책의 페이지들을 사진으로 찍고 코드를 추출해 짜 맞출 기계 말이야. 이 책들은 사전만 한 크기야. 책 한 권이 최소 500 페이지 이상이고."

"알겠어. 하지만 반전이 있지, 안 그래?"

"항상 반전이 있지. 우린 스캐너에서 코드를 바꿀 거야. 코드 를 쓸모없게 만드는 거지. 하지만 눈에 띄지 않는 방식으로 해야 해. 터미널이 코드를 사용하게 만들어야 하거든. 바로 그때 우리 가 놓은 덫을 작동하는 거야."

"코드가 활성화됐을 때 당국들한테 경보를 보내게 하는 거 지."

"그렇게 되면 터미널도 무너트리고, 카이 아빠의 누명도 벗길 수 있어. 힘든 일인 건 알아. 하지만 우리가 얼마나 영리하게 잘 해내는지 한번 보자구."

툰데가 웃었다. 전화선 너머에서 싱긋 웃고 있는 툰데의 얼굴 이 그려졌다.

"당연하지, 친구. 필요한 부품들만 빨리 찾으면 기계를 만들기는 쉬울 거야. 하지만 코드에 관한 부분과 그걸 어떻게 바꿀지는 네가 날 도와줘야 해. 나한테 시간이 얼마나 있어?"

"모르겠어. 두 시간쯤?"

나는 테오 형과 카이를 돌아봤다. 두 사람은 경찰 저지선 테이프 바로 너머의 모퉁이에 서 있었고, 경찰들이 서성거리며 담배를 피우고 있었다.

"두 시간이 딱 두 시간을 말하는 거야, 아니면 두 시간 이상이야?" 툰데가 물었다.

"최대 두 시간이라고 봐야겠지."

바로 그때 차 한 대가 달려왔다. 아까 우리를 내려줬던 차였다. 두랄이 운전대를 잡고 있었다.

"중요한 순간이야, 툰데."

"우린 준비가 됐어." 툰데가 말했다. "녀석들을 무너트리자."

8.2

경극 공연장으로 차를 타고 돌아가는 동안, 나는 형을 힐끔쳐다보면서 어쩔 수 없이 마음이 불편해졌다.

나는 이제 막 형을 찾았다. 그토록 오랫동안 형을 찾기 위한 계획을 세우고 워크어바웃을 설계하느라 수많은 불면의 밤을 보낸 끝에, 지금 나는 끔찍한 현실과 마주하고 있었다. 카이 아빠를 구하기 위해, 키란을 막기 위해 나는 터미널, 그리고 내 형을 쓰러트려야 한다.

터미널

활성화

덫

재앙

이 생각을 하자 오싹했다.

부모님이 어떻게 생각하실까? 내가 형을 배반했다고 생각하실까?

형을 설득해서 터미널을 버리고 올바른 결정을 내리게 할 방법을 찾아야 했다. 형한테 터미널의 계획은 재앙이고 형이 나와 함께 세상을 바꿀 수 있다는 걸 보여주어야 했다.

스캐너로 작업을 다 끝내기 전에.

그리고 우리가 하고 있는 일의 진실을 어떻게든 두랄한테 숨겨야 했다.

"설계도가 도움이 됐나요?" 두랄이 나를 돌아보며 물었다.

"아뇨. 도움이 안 됐어요."

"전혀?"

"당신이 자료를 잘못 판단한 것 같아요." 카이가 말했다. "그 건물은 완전히 리모델링되어 있었어요. 설계도와 딴판이었죠. 건물 내에 직원은 없었고 덫은 많았어요. 그런데 당신은 우릴 그곳에 빈손으로 들여보냈죠."

"난 당신들 힘으로 처리할 수 있다고 생각했어요."

카이가 나를 힐끗 보더니 두랄한테 말했다. "그러니 당신은 다음 단계를 처리하는 데도 우리가 필요할 거예요."

두랄이 속도를 늦추더니 짜증난 표정으로 목을 우두둑 소리가 나게 꺾었다.

"다음 단계가 뭐죠?"

"이 책들은 코드로 가득 채워져 있어요." 내가 설명했다. "코드를 추출하기 쉽지 않을 거예요. 하지만 우리한테 방법이 있어요. 우리한테 시간을 주세요. 일곱 시간이나 여섯 시간쯤. 그럼 코드를 추출해서 당신한테 넘길게요."

두랄이 웃었다.

"정말 친절하시군요. 게다가 아무 대가 없이 공짜로?"

"거래를 해야죠." 카이가 대답했다.

두랄이 다시 속도를 내서 고속도로 진입로로 들어갔다.

"내 지인을 구치소에서 빼내주는 대가로 당신한테 코드를 넘길게요." 카이가 말을 이었다. "하지만 이걸 해독하려면 나야가 나이지리아에서 훔친 모든 파일이 필요해요. 그게 유일한 방법이거든요."

"만만찮은 요구네요. 그 파일들은 아주 가치가 높으니까요."

"우리도 아주 가치가 높죠."

내가 그렇게 응수하자, 두랄이 미소를 지었다.

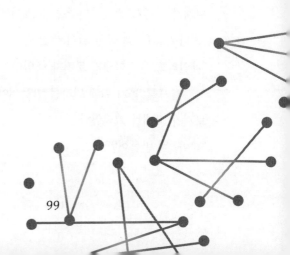

9. 툰데

시바 출범까지 5일

친구들, 다시 기계를 만들 시간이었다!

렉스는 스캐너로 작업할 책에 관한 정보를 거의 주지 않았지만 나는 스캐너가 어떻게 작동하는지 기본적인 특성들을 알고 있었다. 스캐너는 대부분의 사람들이 추측하는 것보다 훨씬 더 예전에 나온 비교적 단순한 장치다. 1950년대 말에 이미 비슷한 기능을 가진 기계들이 있었다.

나는 전화를 끊고 주방으로 갔다. 로저 도저가 냉장고에서 꺼낸 초콜릿 케이크를 먹고 있었다.

로저가 나한테 손짓하며 초콜릿 케이크 한 조각을 권했다.

"고마워. 그런데 급한 일이 생겼어."

"페인티드 울프한테?" 로저가 물었다.

"응. 울프를 돕기 위해 뭔가를 만들어야 해."

로저가 고개를 끄덕였다.

"좋아. 뭘 만들어?"

친구들, 나는 대답을 망설였다. 로저가 나를 도울 능력이 안 될 거라고 생각해서가 아니었다. 로저를 끌어들이는 데 대한 걱정이 더 컸다. 로저는 고작 열두 살이었다! 이런 생각이 내 표정에 드러난 게 분명했다. 로저가 조리대 위로 뛰어오르며 이렇게 말했기 때문이다.

"난 엔지니어가 아니야. 하지만 절대 도전을 포기하지 않지. 그리고 지금껏 늘 기대 이상의 성과를 보여줬어. 뭘 해야 하는지만 말해주면 최선을 다해볼게. 뭘 만들 건데?"

놀라운 여자애군!

나는 로저한테 상황을 설명한 뒤 스캐너를 만드는 데 필요한 재료들을 말해줬다. 다른 컴퓨터와 스캐너들을 뒤지면 재료는 쉽게 찾을 수 있을 터였다. 하지만 수백 페이지로 이루어진 책 15권을 효과적으로 스캐닝하려면 굉장히 강력한 기계가 필요했다. 산업용 기계 수준이어야 했다.

"뭐든 구하는 건 어렵지 않지만," 로저가 말했다. "지금은 가게들이 대부분 문을 열지 않았을 거야. 우리가 직접 재료를 뒤져서 찾아야 해."

"난 뒤지는 걸 좋아해."

로저가 종이와 연필 몇 자루를 가져왔고, 나는 종이에 몇 가지 아이디어를 스케치했다. 내가 처음 떠올린 생각은 기계의 중심부에 '원통'을 사용하는 것이었다. 많은 책을 스캐닝할 때 가장 큰 문제는 책이 제본이 되어 있다는 것이다. 즉, 한 페이지를 스캐닝하고 페이지를 넘긴 뒤 다시 스캐닝해야 한다. 너무 손이 많이 가는 과정이다! 하지만 원통을 사용하면 원통이 돌면서 페이지가 넘어간다.

나는 우리가 구할 수 있는 재료들을 검토하다가 (내 입으로 말하긴 좀 그렇지만) 상당히 독창적인 아이디어를 떠올렸다. 우리는 고속의 고화질 디지털 카메라들을 책 위에 각도를 맞춰 설치하기로 했다. 책을 원통 위에 펼쳐놓고 표지를 단단히 고정시키면 손가락처럼 생긴 '페이지 뒤집개'(우리가 붙인 이름이다)가 최대한 빨리 페이지를 넘긴다. 자동으로 플립북의 페이지를 넘기는 장치!

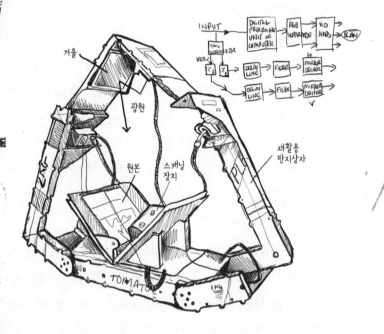

툰데가 만든 스캐너

페이지의 사진이 찍히면 처리를 위해 컴퓨터로 이미지가 전송되고, 컴퓨터에 있는 프로그램이 평평한 문서 이미지의 실시간 3D 인식과 고정밀 복원 작업을 조율한다. 나머지는 렉스가 설계한 프로그램이 알아서 할 것이다.

설계도만 보면 아주 간단해 보였다. 우리에게 필요한 건 부품뿐이었다.

나는 로저한테 스캐너가 어때 보이는지 물었다.

"죽여줄 것 같아." 로저가 대답했다. "당장 시작하자구."

친구들, 바로 그때 아파트 문을 두드리는 소리가 들렸다.

9.1

나는 곧바로 로저를 돌아봤다.

로저가 어깨를 으쓱하며 고개를 가로젓는 걸 보니 문 밖에 있는 사람이 누구일지 모르겠다는 눈치였다. 누군가 단순히 실수로 문을 두드린 건지, 경찰이 들이닥쳤다는 신호인지 알 수 없었다. 어쨌거나 우리는 아파트가 비어 있는 척하기로 했다.

하지만 또다시 노크 소리가 들렸다.

우리 둘 다 얼어붙었다.

"큰일 났네."

로저가 고개를 끄덕였다.

"어떡하지?"

"갈 때까지 기다려야지."

그때 현관문 반대편에서 목소리가 들렸다.

"우린 안 갈 거예요."

처음 듣는 젊은 여자 목소리였다. 나는 귀가 둔한 편이지만
남아메리카 억양이 느껴졌다.

"안에 있는 거 알아요, 툰데 오니. 문을 열어줘요. 중요한 일
이에요."

"미치겠네."

나는 어떻게 해야 할지 감이 안 왔다. 우리는 지난 몇 주 동
안 너무나 다양한 함정들을 경험했기 때문에 이제 내 그림자조차
믿을 수 없을 지경이었다. 하지만 문 건너편의 목소리가 위협적으
로 들리지는 않았다.

"제발, 툰데. 시간이 별로 없어요. 우린 당신 도움이 필요해
요."

점점 더 혼란스러워졌다.

나는 일어나서 조심스레 현관으로 다가갔다. 내가 그러는 동
안 로저가 주방 창문들 중 하나를 열었다. 그리고 급히 달아나야
할 경우 이용할 수 있는 바깥 베란다를 가리켰다.

나는 현관문을 한 발 남겨놓고 멈춰 섰다.

"내가 당신을 어떻게 도울 수 있죠?"

"우린 목표가 같아요."

"그게 뭔데요?"

"키란 비스와스를 막는 거죠."

왜 그 목소리에 신뢰가 갔는지는 모르겠지만, 여자의 말투에
서 진심과 결기가 느껴져서 무시할 수가 없었다.

내가 문을 열었을 때 로저가 차에 치이기 직전 같은 표정을 지었다. 나는 로저의 걱정을 가라앉히려고 고개를 끄덕였지만 나역시 속이 바싹바싹 탔다.

문을 열자 뜻밖의 광경이 펼쳐졌다.

베이징 시내에서 우리를 미행했던 아이 세 명이 아파트 복도에 서 있었다. 친구들, 내 직감이 맞았다!

그 애들은 우리를 미행하고 있었다. 하지만 내가 짐작했던 이유 때문이 아니었다.

"난 하비에라야." 나랑 얘기를 나눴던 여자애가 말했다. "페루에서 왔어."

하비에라는 내 또래였고 검은 머리를 길게 땋아 내렸다. 하이톱 스니커즈를 신었고 다양한 색으로 된 고무 팔찌를 여러 개 끼고 있었는데, 그중 하나에 'EAT.SLEEP.CODE'라고 쓰여 있었다. 렉스가 봤다면 흐뭇해했을 문구였다.

"들어가도 될까?" 하비에라가 물었다.

나는 다른 두 아이를 살펴봤다. 여자애는 로저와 비슷한 나이의 아시아인이었고, 빵모자를 쓴 남자애는 키가 크고 깡마른 몸매에 얼굴이 굉장히 창백했다.

어린 여자애가 말했다. "난 스텔라야. 디트로이트에서 왔어."

"난 이반. 노릴스크에서 왔어." 남자애가 강한 러시아 억양으로 말했다.

"하비에라, 스텔라, 이반." 내가 말했다. "들어와."

9.2

"우린 울트라^{ULTRA}라고 불러." 하비에라가 말했다.

하비에라, 스텔라, 이반이 맞은편 소파에 자리 잡았고, 로저는 주방에서 와서 내 뒤에 섰다. 로저는 여전히 몹시 불안한 표정이었다. 몇 년 동안 숨어서 생활하면 누구나 그렇게 될 것이다.

울트라의 멤버들을 보면서 나는 카이의 방식대로 이 상황에 접근하려고 노력했다. 카이라면 어떻게 했을까? 이 친구들의 정체가 정말 자기들이 말한 대로라고 어떻게 판단할 수 있을까? 나는 몇 분 동안 곰곰이 생각하다가 로저를 돌아보며 말했다.

"이 애들은 우릴 도우려고 왔대."

"우린," 하비에라가 말했다. "우린 너희들과 비슷해. 로지 말이야."

"내가 의심하는 것처럼 보인다면 미안해." 내가 말했다. "하지만 우리 로지를 정말로 알고 있다면 이해할 거야."

"증거가 있어. 여기."

하비에라가 가방에서 태블릿 컴퓨터를 꺼내 나한테 내밀었다. 화면에는 우리 로지 사이트의 포럼이 떠 있었다. 사용자 계정 페이지가 열려 있고, 하비에라의 사용자명과 가입일 옆에 사진이 있었다. 가입일은 12개월 전이었는데, 하비에라는 포럼에 210번 글을 올렸다.

"이반은 내가 가입한 직후, 스텔라는 두 달 뒤에 가입했어."

하비에라가 그렇게 말하고는 손을 뻗어 로지 사이트에서 그들의 사용자 계정 페이지를 차례로 보여줬다. 각 페이지에 사진과 가입일이 나와 있었다. 이 친구들이 지니어스 게임이 시작되기 오래전부터 로지 사이트를 자주 이용한 건 분명했다.

하비에라가 말했다. "넌 우리에 대해 들어본 적이 없겠지만 우린 오랫동안 로지의 팬이었어. 난 렉스처럼 컴퓨터 프로그래머야. 스텔라는 너처럼 엔지니어고 이반은 암호 언어 전문가야. 우린 지니어스 게임이 끝난 뒤 렉스한테 닥친 일을 알게 됐어. 제로 아워 동안 일어난 일로 렉스가 누명을 뒤집어쓴 게 틀림없다고 생각했지. 우린 조사하고 단서를 추적한 뒤 작은 그룹을 만들었어. 우리가 여기에 온 이유는 네 도움이 필요해서야."

"뭘 하려고? 지금은 상황이 좀 복잡해."

그러자 스텔라가 말했다. "너희들이 나이지리아, 인도, 중국에서 키란의 사업 관계자들을 쫓고 있는 동안 우린 독일과 그리스에서 그들을 추적했어. 그리고 멕시코시티에 실험실이 있다는 걸 발견했어. 우린 키란이 만들고 있는 바이러스에 대한 열쇠가 그곳에 있다고 믿어."

"하지만 우린 이미 바이러스를 발견했어. 그 바이러스는 여기 중국에 있어."

스텔라가 하비에라를 쳐다봤다.

하비에라가 나한테 물었다. "그 바이러스는 뭘 하는 건데?"

"내가 직접 살펴보진 않았어. 렉스 말로는 그 바이러스가 은행 시스템에 영향을 미쳐서 세계 경제를 무너트리려고 설계됐대. 우린 그 바이러스가 세계 질서를 다시 세우려는 키란의 시바 프로젝트가 아닌가 생각해."

"우리도 시바를 알아." 스텔라가 말했다. "하지만 그건 우리가 쫓고 있는 바이러스가 아니야."

이제 내가 놀랄 차례였다. "무슨 뜻이야?"

하비에라가 가방에서 휴대폰을 꺼내 급히 검색한 뒤 내가 화면을 볼 수 있도록 들어 올렸다. 화면에는 파괴의 신이자 변화의 신인 시바의 이미지가 떠 있었다. 시바 신은 호랑이 가죽 위에 가부좌를 틀고 앉아 다양한 물건들을 손에 쥐고 있었다.

"보여?" 하비에라가 물었다. "시바 신은 팔이 네 개야."

사실이었다. 화면 속 시바 신은 팔이 네 개였다.

"각각의 팔이 바이러스야." 이반이 설명했다. "우린 그중 두 개를 확인했어. 하나는 키란의 그리스 실험실에 있어. 통신에 영향을 미치도록 설계됐지. 그리고 독일에서 발견한 바이러스는 보안 시스템을 공격하기 위해 만들어졌고. 그리고 너희들이 여기 중국에서 발견한 바이러스가 은행을 노린다고 했지? 그게 세 번째고, 마지막 네 번째 바이러스는 멕시코에 있어. 우린 그 바이러스가 인터넷을 연결하는 루트 서버*를 노린다고 생각해."

"루트 서버?"

"알다시피," 하비에라가 이어서 설명했다. "인터넷은 하나의 거대한 시스템이 아니라, 서로 연결된 엄청나게 많은 작은 시스템들이야. 수십만 개의 작은 인터넷들이 연결돼 있지. 이것들은 루트 서버들을 통해 서로 통신해. 누군가가 그 서버들을 오프라인

---

*root server. 사용자의 인터넷 주소와 가고자 하는 웹사이트의 주소 등을 인식해 연결, 관리하는 서버로, 전화의 교환국과 비슷한 역할을 한다. 전 세계적으로 A에서 M까지 13개의 원본 서버가 있으며 복제 서버를 포함하면 283개가 각국에 분산돼 있다. 세계 어느 지역에서나 웹사이트를 이동하려면 13개의 상위 루트 서버 중 하나를 반드시 통과해야 한다. (출처: 네이버 지식백과)

으로 전환해버리면 모든 작은 인터넷들이 사실상 중단될 거야. 물론 그런 유형의 문제는 바로잡을 수 있지만, 키란이 다음 단계를 시작하기 전에는 불가능해."

"라마 말이지?"

"맞아. 그래서 우린 지금 키란을 막아야 해."

"너희들이 그 모든 걸 알아내다니 대단해. 키란의 계획을 뒤엎으려면 최대한 많은 도움이 필요해. 그런데 나한테 원하는 게 뭐지? 왜 멕시코에서 멀리 중국까지 온 거야?"

"우린 멕시코시티의 실험실에 들어갈 수 없어." 스텔라가 말했다. "우린 계속 그 실험실을 감시해왔는데, 그곳은 말도 안 되게 철저히 보호되고 있어. 널 찾아온 건 아이디어가 필요해서야. 우린 로지와 울트라가 함께 힘을 합치면 더 효과적일 거라고 생각했어. 너희 팀이 우리한테 합류하면 당장 내일 아침 비행기 편을 준비할 수 있어."

나는 팔다리를 좀 뻗어야 할 것 같은 기분에 자리에서 일어섰다. 로저 도저와 나는 내가 포기할 수 없는 프로젝트를 한창 진행하던 중이었다. 나는 주방으로 눈을 돌려 식탁에 놓인 스캐너 도면을 봤다. 울트라가 지구를 반 바퀴 돌아 나를 찾아왔지만, 지금 내겐 스캐너를 만들어 터미널을 무너트리고 카이 아빠의 누명을 벗기는 게 먼저였다.

나는 하비에라가 보여준 로지 사이트의 사용자 계정 페이지들을 휴대폰으로 찍어 카이와 렉스한테 보냈다. 그리고 문자를 보냈다.

친구들 몇 명을 발견했어. 그들은 우리

와 힘을 합치고 싶어 해.

내가 결정을 내리기 전에 카이와 렉스의 의견을 듣고 싶었다.

카이한테서 먼저 문자가 왔다.

네가 보기에 어떤 사람들 같아?

나는 답을 보냈다.

정직한 사람들 같아. 그리고 도움이 될 것 같아.

이번에는 렉스한테서 문자가 왔다.

완전 좋아. 오리지널 팬들이구나!

카이는 침착했다.

그 사람들과 뭔가를 공유할 땐 조심해줘. 하지만 넌 사람을 읽을 줄 아니까, 네 판단을 믿어. 곧 만나자.

나는 칭찬에 기운이 나서 울트라 멤버들을 돌아봤다.

"좋아. 함께 일하기로 했어."

이반이 박수를 쳤고, 스텔라는 신이 나서 하비에라와 하이파이브를 했다.

"하지만," 내가 말을 잇자 아이들의 표정이 걱정스럽게 바뀌었다. "여기 중국에서 내 일을 끝내는 데 일손을 보태주면 고맙겠어. 울트라와 로지는 한 팀이 될 거야. 하지만 우리의 일은 여기서부터 시작이야. 바로 지금."

10. 카이

시바 출범까지 5일

나는 렉스와 테오와 함께 그날 나머지 시간을 경극 공연장에서 보냈다.

공연장으로 돌아온 우리는 플립북들을 옮겼고 두랄과 다른 터미널 멤버들이 책들을 훑어보기 시작했다. 나는 그들이 코드를 곧바로 짜 맞추기 시작할까 봐 잠깐 걱정이 됐지만 그런 일은 일어나지 않았다. 그들은 지루하고 좀이 쑤시는 모양인지 국수를 먹으러 나가기로 했다. 테오가 함께 가서 우리한테 음식을 좀 가져다주겠다고 했다. 렉스는 그 말에 화가 난 것 같았지만 그러라고 했다.

분장실 문밖에는 보안요원들이 배치되어 있었다. 나는 구석의 선반에 있는 낡은 휴대용 카세트 라디오를 가져와서 음악을 틀었다. 보안요원들이나 터미널이 설치해놓은 마이크에 우리 대화가 잡히지 않도록.

"울트라라는 팀에 관해 어떻게 생각해?" 렉스가 물었다.

"조심스럽긴 하지만 괜찮을 것 같아."

"난 좋아. 도와줄 일손이 더 생겼으니까." 그런 뒤 렉스가 화제를 바꿔 말했다. "툰데는 앞으로 두 시간 뒤면 스캐너를 완성할 거야. 그동안 우린 나야가 훔친 데이터를 파헤쳐야 해. 뭐가 있는지 보자."

"또다시 긴 하루가 되겠군."

렉스가 눈을 꼭 감고 이마를 문질렀다.

"괜찮아?"

나는 렉스의 어깨에 손을 올렸다. 내 손의 무게만으로도 렉스는 한숨을 내쉬었다.

"응." 렉스가 나를 보며 말했다. 까만 눈동자에 피로가 가득했다. "그냥 스트레스가 쌓여서. 테오 형 때문에… 형이 제발 정신 차렸으면 좋겠어."

"그럴 거야."

나는 우리가 테오를 설득할 수 있을 거라고 확신했다. 렉스는 형을 찾으려고 많은 시간을 보냈고, 성공했다. 하지만 렉스가 생각했던 방식은 아니었다. 워크어바웃이 테오를 찾은 게 아니라 사실 테오가 스스로 모습을 드러냈다. 나는 테오의 등장이 터미널과 관련되어 있을 수 있다는 걸 알았다. 우리가 알고 있는 것들을 감안하면 테오한테 숨겨진 의도가 있다는 데는 의심의 여지가 없었다. 만약 테오가 터미널을 도우려 애쓰지 않는다면 그의 등장은 오직 키란을 막기 위해서일 것이다. 어쨌거나 테오가 동생을 깊이 사랑한다는 건 확실했다. 테오는 힘든 상황에 처해 있지만 나는 그가 올바른 선택을 할 거라고 확신했다.

"형은 고집이 세." 렉스가 말했다. "최종 목표만 생각하지. 난 형이 우리가 뭘 하고 있는지, 우리가 코드를 어떻게 바꿀지 알면 터미널에 일러줄까 봐 걱정돼. 형이 우리 손 안의 패를 알려줄지도 몰라."

"우린 그렇게 하도록 놔두지 않을 거야."

"형은 똑똑해. 그걸 알아차릴 거야."

나는 몸을 숙여 렉스를 안았다. 그리고 렉스의 어깨에 머리를 기댔다.

"테오는 네 말을 들을 거야. 우리가 일하는 방식에 동의하지 않는다 해도, 우리가 결국 같은 걸 원한다는 걸 아니까."

나는 말을 이으면서 목이 메었다.

"이번이 아빠를 구치소에서 나오게 할 마지막 기회야. 일이 잘못되면 아빠 다시는 감옥 밖 세상을 보지 못할 거야. 더 나쁜 건 우리 실수의 대가를 세상이 치른다는 거야. 키란은 시바를 가동하고, 터미널은 나야의 데이터를 이용해 은행들을 무너트리고… 그걸 막을 수 있는 사람은 우리뿐이야. 우리가 이 일을 해낼 수 있기를 바랄 수밖에."

"당연히 할 수 있지." 렉스가 몸을 뒤로 젖혀서 나와 눈을 맞췄다. "난 카이 널 믿어. 그게 뭐든 너의 지휘를 따를 거야."

"고마워."

"넌 여태까지 정말 잘해왔잖아." 렉스가 한숨을 쉬며 눈길을 돌렸다. "내가 걱정하는 건 형뿐이야."

"테오는 선한 사람이야."

"하지만 우리가 형에 대해 알게 된 것들을 생각하면 형한테 예전처럼 믿음이 안 가. 지난 2년 동안 내가 나 자신을 속이고 형이 실제로 어떤 사람인지 꾸며낸 것 같은 기분이야. 어쩌면 형은 집을 떠나기 전에도 종잡을 수 없는 사람이었을 거야. 그땐 내가 어려서 형이 얼마나 얼간이인지 보지 못했던 거지."

"그렇게 말하지 마. 테오는 네 가족이야. 테오가 과거에 어떤 선택을 했건, 넌 형이 이제 올바른 일을 할 거라고 믿어야 해."

"그랬으면 좋겠다."

"넌 나한테 세계의 운명을 맡겼어." 나는 미소를 지으며 말을 이었다. "이 문제에서도 나를 믿었으면 좋겠어. 테오는 결국 올바른 선택을 할 거야."

"항상 낙관주의자네."

"아니. 낙관주의자는 툰데지. 난 현실주의자야."

렉스가 미소를 짓더니 내 이마에 다정하게 입을 맞췄다.

"일을 시작하자."

10.1

우리는 코드를 이해하는 데 여섯 시간이 걸렸다.

테오는 우리가 일을 시작한 뒤 얼마 지나지 않아 두랄, 나야, 그리고 터미널의 다른 멤버들과 함께 돌아왔다. 두랄과 다른 사람들은 다른 방으로 식사를 하러 갔고, 테오는 우리를 도와 플립북을 살펴보기로 했다. 테오는 키란이 뭘 숨기고 있는지 알고 싶어 했다.

렉스와 나는 아주 조심스럽게 줄타기를 해야 했다.

"형은 이걸로 시작하면 될 거야." 렉스가 테오한테 책 한 권을 내밀며 말했다. "내가 보기엔 그 코드가 형의 관심사랑 더 관련이 있어. 그 책에서 생물학적 저장 프로그램에 관한 걸 본 것 같아."

책을 받은 테오가 구석에 놓인 작은 가죽 소파에 앉아 코드를 훑어보기 시작했다. 하고 있는 일에 완전히 몰두하는 점이 렉스와 비슷했다. 주위에서 무슨 일이 일어나도 거의 의식하지 못했다. 렉스와 내가 얘기를 나누는 동안 테오의 눈은 노려보듯이 책에만 붙박여 있었다.

플립북을 한 권, 한 권 살펴보며 사소한 것들까지 다 포착할 시간이 없기 때문에 우리는 코드를 변경할 다른 방법을 생각해내야 했다. 게다가 터미널이 알아차리지 못하게 해야 했다.

그건 코드를 수정하기보다는 다른 무언가, 그러니까 터미널에겐 안 보이지만 바이러스가 마침내 실행되었을 때 열릴 일종의 트랩도어*를 코드에 심어야 한다는 뜻이었다.

테오는 두 시간 동안 거의 말이 없다가 마침내 소파에서 잠이 들었다.

테오가 코를 골 때, 렉스는 파괴용 코드를 작성했다. 지니어스 게임 때와 마찬가지로 렉스는 다른 생각과 걱정에서 벗어나 지금 하고 있는 일에 완전히 집중했다. 나는 렉스가 페이지를 넘

---

*trapdoor. 시스템 보안이 제거된 비밀 통로로, 서비스 기술자나 유지·보수 프로그램 작성자의 액세스 편의를 위해 시스템 설계자가 고의로 만들어놓은 시스템의 보안 구멍. 백도어(backdoor)라고도 한다. (출처: IT용어사전)

기며 맹렬히 코드를 작성하는 모습을 지켜봤다. ──

한 시간 뒤, 렉스가 종이 한 뭉치를 들고 와서 지친 한숨을 내쉬며 자리에 앉았다.

"이렇게 하자." 렉스가 말했다. "이건 코드의 첫 부분일 뿐이지만 우린 이걸로 시작할 수 있어. 그런데 내가 악필이라, 이걸 플립북의 귀퉁이에 옮겨줄 수 있어?"

"물론이지. 그게 정확히 무슨 일을 하는데?"

"내 생각에 터미널은 이 바이러스를 훔쳐서 키란이 시스템들을 중단시킨 뒤에 실행하고 싶어 할 것 같아. 그렇게 하면 터미널은 라마가 출범하기 직전에 급습해서 뭐든 그들의 손에 들어오는 걸 훔칠 수 있어. 우리가 추가할 코드는 원래의 바이러스를 재작성해서 누구든 그걸 실행하는 사람을 노출시켜. 터미널은 눈치채지 못하겠지만, 바이러스를 사실상 쓸모없게 만들 뿐 아니라 터미널의 모든 더러운 비밀을 폭로할 거야."

"어떻게?"

"내가 워크어바웃 2.0에 설치했던 것과 같은 백도어 프로그램을 통해서. 프로그램이 실행되어 바이러스가 열리면 터미널이 서버에 숨겨놓은 모든 것이 정부 당국들에 노출될 거야. 터미널이 프로그램을 발견하지 않는 한은 일이 순조롭게 진행될 거야. 결국 프로그램을 숨기는 우리 솜씨에 달려 있어."

"내 글씨도?"

"어느 정도는."

나는 렉스가 메모지에 쓴 것들을 받아서 플립북의 페이지들 귀퉁이에 코드를 쓰기 시작했다. 많은 시간이 걸렸지만 플립북

활자의 글꼴, 크기와 얼추 비슷한 글씨를 쓸 수 있었다. 완벽하진 않아도 툰데의 스캐너가 읽기엔 충분할 것 같았다.

그런 뒤 우리는 스캐닝이 제대로 되었을 때 코드를 순서대로 조합하도록 1부터 15까지의 번호를 각 책의 책등에 썼다. 우리가 추가한 코드는 6번 책의 구석에 숨겼다.

우리가 작업을 마치고 20분 뒤 방문이 열렸다. 어느덧 저녁 무렵이었고, 두랄이 김이 오르는 뜨거운 녹차를 여러 잔 들고 들어왔다. 눈 밑에 다크서클이 크게 생긴 나야는 몹시 지쳐 보였다.

문이 찰칵 닫히는 소리에 테오가 잠에서 깼다. 눈을 비비며 테오가 렉스와 나를 바라봤다.

"알아냈어?" 테오가 물었다.

"어떻게 옮길지 알아냈어요." 내가 대답했다.

두랄이 의자를 끌어당겨 앉더니 녹차를 한 모금 마셨다.

"그럼," 두랄이 말했다. "그 책들에 흩어져 있는 코드를 어떻게 추출해서 우리가 이용할 수 있는 형태로 만들지 말해주세요."

그때 렉스의 휴대폰이 울렸다. 툰데였다.

렉스가 짤막하게 통화한 뒤 다시 두랄을 봤다.

"당신 질문에 대한 답이 적재구역에 와 있네요."

10.2

두랄이 아래층의 적재구역으로 우리를 안내했다.

우리는 저녁 공연의 예행연습을 하기 위해 일찍 공연장에 온

배우들과 곡예사들을 지나쳤다. 터미널의 리더 옆에서 걷고 있는
데다 과장된 분장을 한 배우들을 보자 비현실적인 느낌이 더욱
강해졌다. 지금 상황과 꽤 어울려 보였다. 스캐너, 플립북, 이 모
든 것이 위장이니까.

스캐너는 텔레비전 정도의 크기였다.

속이 빈 정육면체였고 틀은 검은색 금속으로 만들어졌다. 맨
아랫부분에 원통을 올린 플랫폼이 있고, 책을 이 원통에 올려 고
정한다. 컴퓨터는 수직의 빔들 중 하나에 여러 대의 모니터와 함
께 설치되어 있고, 스캐너의 맨 위에 아래의 원통 쪽으로 맞춰진
두 개의 고해상도 카메라가 달려 있었다. 단순해 보이는 기계이
지만 분명 말도 안 되게 효율적일 것이다. 툰데는 아무리 복잡한
프로젝트라도 어김없이 뛰어난 기술력을 발휘한다.

"이건 스캐너예요." 렉스가 두랄이 묻기 전에 말했다. "플립북
의 페이지들을 사진으로 찍은 뒤 컴퓨터에 보내면 프로그램이 모
니터에 텍스트를 생성합니다. 내가 알기로 이 기계는 1분에 250페
이지를 스캐닝해요. 모든 플립북의 작업을 끝내는 데 약 30분 걸
린다는 뜻이죠."

"누가 이걸 만들었죠?" 두랄이 물었다.

"친구가요."

두랄이 나야를 불러 말했다. "속임수가 없는지 확인하세요."

커다란 가방을 맨 나야가 스캐너 옆에 쪼그리고 앉아서 꼼꼼
히 살폈다. 그런 뒤 자기 휴대폰을 USB 케이블을 통해 컴퓨터에
연결하고 몇 번 스캐닝을 해봤다. 우리는 스캐닝이 완료되어 나
야가 두랄을 쳐다볼 때까지 기다렸다.

나는 나야를 자세히 관찰했다. 애초에 우리가 여기에 오게 된 건 나야 때문이었다. 나야가 나이지리아에서 데이터를 훔치지 않았다면 아빠가 구치소에 갇히는 일도 없었을 것이다. 나는 나야가 자기가 한 짓의 대가를 치르는 걸 꼭 보고 싶었다. 나야가 그렇게 자신만만해 보이고 터미널의 승리를 확신한다는 사실이 나를 분노하게 만들었다.

"대단해요, 대단해." 나야가 말했다. "깨끗하네요."

우리는 툰데의 스캐너를 분장실로 옮겨 바닥에 놓았다. 그런 뒤 플립북들을 스캐너 옆에 쌓았다. 이 모든 과정이 최대한 전문적으로 보이도록 해야 했다. 또 우리가 손으로 쓴 코드가 들어 있는 책이 눈에 띄지 않게 해야 했다. 두랄이나 테오가 추가된 코드를 본다면 분명 의심할 테니까.

"해봅시다." 두랄이 휴대폰의 타이머 앱을 열면서 말했다.

우리는 첫 번째 책을 원통 위에 올리고 전원을 켰다. 카메라가 준비되자 모니터가 켜지고 책 페이지가 자동으로 페이지를 넘기는 클립으로 들어갔다. 버튼을 누르자 스캐닝이 시작되었다. 기계는 조용했다. 책 페이지가 아주 짧은 순간 클립 안에 머물다가 클립이 풀어주면 맞은편으로 넘어갔다. 이 과정에서 들리는 건 페이지가 넘어가면서 부드럽게 바스락거리는 소리뿐이었다.

카메라가 페이지를 캡처하면 모니터에 실시간으로 이미지가 나타났다. 툰데는 기계가 페이지의 텍스트를 즉시 인식하여 추출하고 기록해서 우리가 모니터 한쪽에 줄줄이 나타나 흘러가는 코드들을 볼 수 있도록 시스템을 설계했다. 그걸 처음 알아차렸을 때 나는 가슴이 철렁했다. 만약 두랄이 모니터를 자세히 관찰한다면 휙휙 지나가는 코드들을 보고 우리가 추가한 부분을 알아볼 것이다. 나는 두랄이 코딩에 얼마나 재능이 있는지 잘 몰랐다. 다행히 첫 번째 책이 스캐닝을 시작하자 화면에 보호 장치가 뜨더니 코드들이 여러 번 겹쳐졌고 책의 마지막 페이지가 가까워졌을 때는 화면에 코드들이 뒤죽박죽 섞였다.

두랄이 그걸 곧바로 알아차렸다.

"모니터가 왜 이러는 거죠?"

"모니터에 작은 문제가 있어요." 렉스가 다음 책을 올리면서 말했다. "이번 프로젝트는 상당히 급하게 진행돼서 사소한 말썽이 있는 게 당연해요. 하지만 그냥 디스플레이 문제일 뿐이에요. 시스템은 잘 작동하니 걱정 마세요."

"아뇨." 두랄이 말했다. "고치세요."

"시간이 좀 걸릴 텐데⋯."

"당장요."

두랄이 고집을 부렸다. 그래서 렉스는 그 말대로 했다. 렉스가 스캐너의 코드를 분석하는 데 몇 분이 걸렸다. 그런 렉스를 두랄과 나야가 유심히 지켜봤다. 코드를 중첩시킨 건 우리가 코드에 숨겨놓은 걸 듀랄과 나야가 알아차리지 못하게 하기 위해서였다. 우리는 그저 숨을 죽인 채 두랄도, 나야도 변경된 부분을 알아차리지 못하기만 바랐다.

"자," 렉스가 말했다. "고쳤어요."

모니터가 깜박거리며 다시 켜졌고, 코드가 뒤섞임 없이 순조롭게 흘러갔다. 두랄이 다시 시작하라는 신호를 보낼 때 나는 또 가슴이 철렁했다.

하지만 렉스는 아주 천연덕스럽게 아무렇지도 않은 척했다.

두랄과 나야는 책들을 차례로 기계에 올려 스캐닝하는 걸 자세히 지켜봤다. 나는 의자에 기대앉아 기다렸다.

내 눈은 6번 책에 붙박여 있었다. 드디어 때가 되었다. 렉스가 6번 플립북을 스캐너에 올리고 기계를 가동할 때 나는 마음을 진정시키려고 애썼다.

처음 몇 페이지까지는 모든 게 순조로웠다. 페이지를 스캐닝하는 즉시 화면에 코드가 나타났다. 질문을 던지거나 이 책에 추가된 숫자와 부호를 알아차리는 사람은 아무도 없었다. 내가 코드를 얼마나 깔끔하게 썼는지 속으로 감탄이 나왔다. 페이지들이 잠자리의 날갯짓처럼 넘어가서 나도 우리가 추가한 걸 거의 분간할 수 없었다.

그때 테오가 소리쳤다.

"잠깐만. 잠깐 스캐닝 멈춰봐."

렉스가 기계를 멈췄고 나는 숨을 죽였다.

소파에 앉아 있던 두랄이 몸을 앞으로 숙이고 테오를 쳐다봤다. "무슨 일이죠?"

테오가 렉스를 봤다. "마지막 페이지를 잘못 스캐닝한 것 같아."

"알았어." 렉스가 말했다. "다시 스캐닝하면 돼. 쉬워."

렉스가 책 페이지를 도로 넘긴 뒤 다시 기계를 작동하려 할 때, 테오가 두랄을 보며 말했다.

"오른쪽 카메라에 문제가 있는 것 같아요. 잠깐 복도로 나가 뭘 좀 가져와도 될까요? 이 문제는 쉽게 고칠 수 있어요."

두랄은 걱정스러운 표정이었다. "얼마나 걸릴까요?"

"아마 1, 2분이면 될 겁니다."

"좋아요." 두랄이 테오와 렉스한테 나가라고 손짓했다.

나는 두 사람이 나가는 모습을 지켜봤다. 문이 닫혔고, 나는 얼굴에 핏기가 빠져나가지 않게 하려고 애썼다. 우리가 6번 책에 변경된 코드를 숨긴 사실을 테오가 알아차렸다면 우리의 모든 계획이 물거품이 되고 말 것이다.

그 파일들이 없으면 아빠가 구치소에서 교도소로 이송될 것이고 다시는 아빠를 보지 못할 것이다. 이 생각을 하자 속이 뒤집힐 것 같았다. 만약 테오가 우리를 배신한다면, 우리는 국제 은행 시스템을 망가트리고 국가들을 무너트릴 수 있는 무기를 터미널의 손에 쥐여주게 되는 것이다.

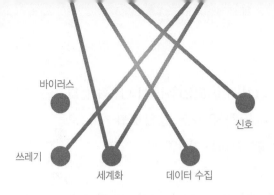

바이러스

신호

쓰레기

세계화   데이터 수집

11. 렉스

시바 출범까지 5일

"너희들 대체 무슨 짓을 하고 있는 거야?"

뒤에서 문이 철컥 닫히자마자 형이 나를 벽 쪽으로 밀어붙였다. 그런 뒤 얼굴을 바짝 들이대고 레이저빔처럼 나를 쏘아봤다.

"형은 지금 여기서 올바른 결정을 해야 해."

형이 고개를 저었다.

"무슨 짓을 한 거야?"

"난 터미널을 쓰러트릴 거야."

형이 나를 놔주고 뒤로 물러섰다. 그런 뒤 무슨 말을 할까 고민하며 잠깐 동안 말이 없었다.

나는 형이 지금 나한테 불같이 화를 내며 고함을 지르고 싶어 한다는 걸 느꼈다. 하지만 형은 그래봤자 소용없다는 걸 잘 알고 있었다.

나는 형한테 다가갔다.

"키란은 그 책들에 바이러스를 숨겨뒀어. 우리가 지금 스캐닝하고 있는 코드가 그거야. 그게 유출돼서 터미널이 이용하게 되면 세계 경제를 파괴할 거야. 사람들은 모든 걸 잃게 될 거야. 고통을 겪을 거야. 그게 정말 형이 원하는 거야?"

"그들은 이미 고통받고 있어, 렉스."

"하지만 이 일이 터졌을 때처럼은 아니야. 이건 완전히 새로운 차원이라구."

형이 한숨을 내쉬었다.

"코드에 뭘 한 거야? 난 코드에서 뭔가를 봤어. 내 바이오컴퓨터와 관련된 한 줄. 넌 그걸 살짝 손봤더라. 데이터를 수집하는 툴을 데이터를 전파하는 신호로 바꿨어."

나는 고개를 끄덕였다.

"그 신호가 뭐야?"

"그건 내 워크어바웃 프로그램을 이용해. 내가 형을 찾고 터미널의 파일과 숨겨진 데이터 캐시를 뒤지기 위해 구축하고 설계한 프로그램이야. 만약 터미널이 그 바이러스를 실행하면 워크어바웃은 세계 경제를 공격하는 대신 터미널의 데이터를 인터폴, FBI 등에 보내게 돼."

형이 그 말을 듣고 비틀거리며 뒤로 물러섰다. 꼭 내가 형의 가슴을 치기라도 한 것 같았다.

"렉스… 제발 네가 무슨 일을 하고 있는지 생각해봐."

"형은 가족을 버렸어. 하지만 우린 형을 찾는 걸 절대 포기하지 않았어. 난 내 인생의 몇 년을 형을 찾는 데 바쳤어. 학교도, 사회생활도, 평범한 10대 애들이 하는 것들도 다 제쳐놨어. 형의 티끌만 한 흔적이라도 찾으려고 말이야. 나한테 형이 필요해서 그런 건 아니었어. 형에 대한 믿음을 절대 잃지 않았기 때문이었어. 사람들은 형이 터미널 소속이라고 말했어. 형이 사기꾼이 됐다는 소문도 돌았어. 하지만 난 형이 내가 알고 기억하는 형일 거라고 언제나 굳게 믿었어."

형이 울컥해서 눈을 깜박거리며 자기 발을 내려다봤다.

드디어, 여기서 뭔가 건지는 건가….

"난 알고 있었어. 내가 형을 찾았을 때 형이 나를 도와서 이 세상을 바로잡으리라는 걸. 이 세상이 얼마나 엉망진창인지, 얼마나 이상하고 불공평한 상황인지, 화가 나는 건 당연해. 하지만 결국 형은 올바른 일을 할 거야."

잠시 말이 없던 형이 고개를 들어 나를 봤다.

"올바른 일이 뭔데?"

"터미널을 막고 울프 아빠의 오명을 씻고 키란을 찾는 거지."

형이 고개를 끄덕였다.

"지금 너희가 하는 일이 키란을 찾는 데 어떻게 도움이 돼?"

"툰데가 다른 그룹을 알게 됐어. 키란이 네 개의 바이러스를 만들었다는 걸 그 애들이 알아냈어. 이곳에 있는 바이러스가 최악의 것은 아니야. 최악의 바이러스는 다른 나라에 있어. 우리가 한 팀이 되면, 우리 모두가 힘을 합치면 키란을 막고 세상을 변화시킬 수 있어. 제발 형, 난 형이 고립 상태에서 벗어났으면 좋겠어. 우리 로지와 한편이 돼줬으면 좋겠어."

엄청난 순간이었다.

나는 집에서 지구 반대편인 이곳에서 형한테 내 팀에 들어오라고 부탁하고 있었다. 나는 오랫동안 이 순간을 꿈꿔왔다. 우리

가 어릴 때 얘기했던 방식으로 형과 함께 세상을 바꿀 기회였다.

그때 분장실의 문이 열렸다. 나야가 우리를 내다봤다.

"필요한 걸 구했나요? 시간이 가고 있어요."

"네." 내가 대답했다. "찾았어요."

"잘됐네요. 얼른 들어와요."

나는 문으로 걸어가면서 형을 흘깃 쳐다봤다.

형이 고개를 끄덕이더니 입모양으로 말했다. *알았어.*

11.1

우리가 방으로 다시 들어갔을 때, 나는 카이가 냉정을 유지하느라 안간힘 쓰고 있는 걸 알아차렸다. 카이를 지나 스캐너로 가면서 나는 카이의 손을 꼭 잡아줬다.

그런 뒤 형과 나는 카메라들 중 하나를 조작하는 척했다. 형은 열쇠고리에 달린 작은 스크루드라이버를 사용했다.

우리는 쇼를 꽤 잘해냈다. 하지만 두랄과 나야가 쇼에 넘어갔는지는 확신이 서지 않았다. 그들이 서슴없이 프로그램을 실행할 만큼 충분히 믿어야 하는데. 두랄이 엔터 버튼을 누르기만 하면 터미널은 끝장이 날 것이다.

나는 스캐너에서 한 발 물러났다.

"다시 작업을 시작할게요."

내가 전원 버튼을 누르자 윙 소리와 함께 스캐너가 다시 페이지의 사진을 찍고 디지털화하기 시작했다.

두랄은 소파에 기대앉아 모니터를 채우는 코드를 지켜봤다. 스캐너가 6번 책을 처리하는 동안 카이와 나는 신경이 잔뜩 곤두서 있었다. 그러다 마침내 별 말 없이 6번 책 작업이 완료되자 스르르 긴장이 풀렸다.

나는 7번 책을 올려놓고 스캐너를 실행했다.

20분 뒤, 스캐닝이 모두 끝났다. 스캐너가 마지막 페이지의 사진을 찍고 컴퓨터가 완성된 코드를 뱉어냈다. 작업을 끝낸 나는 두랄한테 다가갔다.

"플래시 드라이브 있나요?"

두랄이 빙그레 웃더니 나야한테 눈짓했다.

나야가 목에서 목걸이를 풀었다. 목걸이 끝에 플래시 드라이브가 달려 있었다. 그걸 보자 형이 남겨놓고 갔던 플래시 드라이브가 생각났다. 형이 실종된 몇 년 동안 나는 그걸 목에 걸고 다녔다.

나는 나야한테서 플래시 드라이브를 받아 스캐너로 돌아왔다. 스캐너에 드라이브를 끼우고 완성된 코드 문서를 담은 뒤 다시 뺐다.

드라이브를 두랄한테 건네기 전, 나는 잠깐 멈췄다.

"이게 키란이 가진 모든 걸 당신한테 알려줄 겁니다."

"이게 무슨 일을 해?" 두랄이 나야한테 물었다.

"바이러스야." 나야가 대답했다. "주식시장에 접근하는."

"어떤 주식시장?"

"모든 주식시장." 나야가 싱긋 웃었다. "전부 다 무너트리지."

두랄은 몹시 만족스러워 보였다.

두랄이 일어섰을 때, 카이가 두랄의 얼굴을 마주봤다.

"우린 거래를 했어요." 카이가 말했다. "약속 지킬 거죠?"

두랄이 말했다. "플래시 드라이브를 주세요."

카이가 말했다. "당신 쪽에서 하기로 약속한 일을 먼저 하면 요."

"좋아요."

두랄의 차세대 휴대폰

두랄이 어깨를 으쓱하더니 휴대폰을 꺼냈다. 뭔가 근본적으로 색다른 휴대폰이었다. 최첨단 제품은 아니지만 갖가지 추가적인 잡동사니 기능들이 갖춰져 있었다. 내 짐작엔 통화를 은폐하기 위한 기능들인 것 같았다. 두랄이 최고의 보안 기능 없이 통화할 리는 없으니까.

두랄이 전화를 걸었다가 다시 건 뒤 휴대폰에 대고 얘기하기 시작했다.

나는 두랄이 하는 말을 알아들을 수 없었다. 독일어 같았다.

그런 뒤 두랄이 나야를 쳐다봤다.

"네가 파일을 지워줘야겠어. 지금 네 이메일 주소로 링크를 보내고 있어. 에콰도르 작전에서 했던 것처럼 그 파일들을 깨끗이 지워줘. 그 사람을 유령으로 만들고 잘 해명해줘. 오해를 불러일으킬 빵 부스러기도 좀 남겨놓고."

나야가 커다란 가방에서 태블릿 컴퓨터를 꺼냈다.

그사이 카이는 두랄의 모든 행동을 아주 주의 깊게 관찰하고 있었다. 단지 자기 아빠 때문에 열심히 귀 기울이는 건 아닌 것 같았다. 카이는 터미널이 아빠를 빼내기 위해 어떤 방법을 쓰는지 알아내고 싶은 것 같았다. 더 이상 페인티드 울프 분장을 하지는 않지만 세상을 보는 울프의 시각은 절대 잃지 않은 것이다.

나야가 타이핑을 했고, 몇 분 만에 일을 끝냈다.

나야가 두랄한테 엄지손가락을 들어 보이자 두랄이 스피커폰을 켰다. 그 뒤에 일어난 일은 우리 모두가 들을 수 있었다.

"장 선생이 구류에서 풀려났습니다." 강한 중국어 억양의 남자가 말했다. "관리들이 장 선생을 지정된 차량까지 호위하고 있

고 자택으로 데려다줄 겁니다. 장 선생에 대한 모든 기소가 취하
되었습니다. 장 선생의 기록은 깨끗합니다."

두랄이 전화를 끊고 나야한테 신호를 보냈다. 우리가 화면을
볼 수 있도록 나야가 태블릿 컴퓨터를 돌렸다. 화면에는 화질이
좋지 않은 CCTV 영상이 떠 있었는데, 구치소에서 나와 대기 중인
차로 안내받는 카이 아빠의 모습이 나왔다.

차에 타기 직전, 카이 아빠가 우리가 보고 있는 CCTV 카메
라를 똑바로 쳐다보며 고개를 끄덕여 감사를 표현했다. 미묘하지
만 분명한 메시지였다.

카이가 두랄을 보며 말했다. "감사합니다."

"거래는 거래니까요." 두랄이 말했다. "이제 그 프로그램을
실행시키죠."

나는 일부러 큰 소리로 말했다. "엄청 기대되네요."

두랄이 싱긋 웃었다.

"이런 재미난 구경을 놓쳐선 안 되죠."

11.2

우리는 터미널을 따라 경극 공연장의 가장 깊은 곳으로 내려
갔다.

두랄은 우리가 방금 전에 준 바이러스가 뭘 할지 볼 생각에
흥분해서 서둘렀다. 나야도 엄청 들떠서 크리스마스 아침의 꼬마
처럼 계단을 건너뛰며 내려갔다.

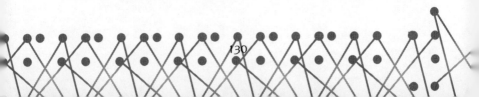

테오 형은 그 뒤에서 무거운 발걸음으로 천천히 내려갔다.

카이는 휴대폰에서 한시도 눈을 떼지 않았다. 아빠에 관한 소식을 기다리고 있는 것 같았다.

나는 걱정이 되었다. 그저 그 코드가 내가 설계한 대로 작동하기만 바랄 따름이었다.

내가 괜찮은 코드를 썼다는 건 알지만, 그중 많은 부분이 내 통제 밖이었다. 터미널이 인터넷에 바이러스가 자연적으로 퍼지도록 놔두는 대신 특정 기관, 가령 노르웨이의 한 은행을 바이러스 침투 표적으로 삼는다면 코드의 속도가 떨어질 수 있었다.

지하에는 물건들이 가득 찬 실험실이 있었다. 터미널은 창고를 첨단 공학 공간으로 바꿔놓았다. 컴퓨터들이 줄줄이 늘어서 있고 제작 중이거나 개조 중인 갖가지 조립된 부품들이 들어차 있었다.

공학 실험실

로고
T

두랄이 바퀴 달린 의자를 끌고 오는 동안 머리 위에서 깜박거리며 불이 커져 어둠을 싹 지웠다.

두랄이 컴퓨터들 중 하나 앞에 의자를 놓고 앉아서 플래시 드라이브를 끼웠다. 순간, 내 심장이 쪼그라드는 것 같았다.

모니터에 터미널의 로고가 빙글빙글 돌며 나타났다.

나쁜 놈들은 항상 그들의 로고로 구별할 수 있다.

빙글빙글 돌고 있는 냉정하고 무자비한 은색의 대문자 T.

나야가 카이와 나를 쳐다봤다. "로지는 저런 게 필요해요. 당신들은 너무 지루해요. 흥분을 불러일으키려면 번쩍거리는 게 필요하죠."

카이가 대꾸했다. "우린 번쩍거리는 것에 관심 없어요."

두랄이 로그인을 하고 스캐너에서 받은 바이러스 파일들을 연 뒤 다크 웹의 터미널 사이트에 올렸다. 거기서부터 터미널의 봇넷*이 순식간에 바이러스를 전 세계로 퍼트리기 시작했다.

내 혈압이 천장을 뚫을 기세로 치솟았다.

바이러스가 일할 준비를 갖추는 동안 내 머릿속에는 실패 가능성밖에 떠오르지 않았다. 각 단계마다, 인터넷에서 컴퓨터들이 접속할 때마다 뭔가가 잘못될 가능성이 있었다. 매 순간이 우리가 놓은 덫을 두랄이 알아차리고 피할 수 있는 기회였다. 나는 문제가 터지는 순간 카이와 테오 형을 와락 잡아당겨 도망칠 준비를 했다.

---

*botnet. 스팸 메일이나 악성 코드 따위를 전파하도록 하는 악성 코드 봇에 감염되어, 해커가 마음대로 제어할 수 있는 좀비 PC들로 구성된 네트워크.

하지만 그런 일은 일어나지 않았다.

믿을 수 없게도, 침투가 성공적으로 이뤄졌다.

두랄이 몸을 뒤로 젖히고 점잔을 빼며 고개를 끄덕였다.

나야가 박수를 치고 카이와 나를 보며 미소를 지었다.

"잘했어요." 나야가 말했다. "정말로 잘…."

그런데 그 순간, 모니터에 끝없이 이어지는 데이터 흐름이 느려지기 시작했다. 몇몇 화면이 깜빡이기 시작하더니 바이러스가 차단되고 침투가 발각되었다는 경고가 떴다.

두랄은 처음에는 코드를 의심하지 않고 나야한테 고함을 질렀다.

"우리 시스템이 너무 느려빠졌어. 우리가 발각되고 있잖아."

두랄은 연결에 문제가 있어서 봇 네트워크가 보안 소프트웨어에 노출되고 차단되는 줄 알았다. 하지만 틀렸다. 사실은 내가 끼워 넣은 약간의 코드가 바이러스에 태그로 붙어 쉽게 발각되게 만들었기 때문이었다. 두랄은 키란의 바이러스가 유령처럼 몰래 들어갈 줄 알았다. 하지만 내가 수정한 바이러스는 시끄러운 술주정뱅이처럼 우당탕거리며 들어가고 있었다.

바이러스가 비틀거려서 보안 서버에 경고음이 울릴 때마다 당국에 경보가 전해졌다. 그들은 몇 분 뒤면 경극 공연장의 문을 부수고 들어올 것이다.

터미널 사람들이 화면에서 눈을 떼지 못하고 있는 사이, 나는 몰래 휴대폰을 꺼내 툰데한테 문자를 보냈다. 스캐너가 아무 문제 없이 완벽하게 작동했고, 이제 몇 분 뒤면 터미널이 끝장날 거라고 알렸다.

하지만 경찰이 들이닥치기 전까지 우리는 심각하게 위태로운 상태였다.

두랄은 프로그램을 실행하는 것이 사실은 터미널을 노출시키는 것이라는 사실을 알아차리는 순간 그걸 막으려고 무슨 짓이든 할 것이다. 두랄이 조직을 보호하기 위해 무슨 짓을 할지 생각하기도 싫었다.

당장 여기서 나가야 해.

내 마음을 읽기라도 한 것처럼 카이가 몸을 숙여 속삭였다.

"우린 나가야 해."

나야는 문제를 해결하려고 안간힘 쓰고 있었다.

하지만 점점 더 많은 화면이 방화벽들과 보안 소프트웨어들로 인해 깜박거리며 빨간색으로 변하자, 두랄도 뭔가가 심각하게 잘못되었다는 걸 알아차렸다. 두랄은 나야의 주변을 초조하게 뱅뱅 돌았고 나야는 문제를 수습하려고 키보드를 미친 듯이 두들겨댔다.

카이와 테오 형이 먼저 방에서 나갔다.

두랄과 나야는 지금 벌어지고 있는 일에 정신 팔려서 뒤를 돌아보지도 않았다.

나는 출구 쪽으로 뒷걸음치면서 화면을 다시 한 번 확인했다. 나야는 터미널의 데이터가 네트워크에 쏟아지는 걸 막으려고 할 수 있는 온갖 방법을 총동원하고 있었다. 두랄은 공포로 눈이 휘둥그레져서 그걸 지켜보고 있었다. 나야가 사태를 막기엔 역부족이었다.

임무 완료.

나는 조용히 문을 열고 몰래 밖으로 나갔다.

내가 복도를 달려 나가는 동안, 뒤에서 나야의 분노에 찬 목소리가 들렸다.

"대체 무슨 일이 일어나고 있는지 모르겠어!"

11.3

밖으로 나가 보니, 거리에 폭발 사고라도 일어난 것처럼 보였다. 수많은 경찰차들이 경광등을 번쩍이며 경극 공연장으로 달려오면서 울리는 사이렌 소리에 고막이 터질 지경이었다. 나는 카이와 테오 형을 따라 주변 건물들에서 나온 구경꾼들 사이로 슬쩍숨어들었다.

내 코드가 해냈다. 터미널은… 음, 끝장났다.

경찰차들이 경극 공연장의 계단 앞에 끼익 멈춰 섰다. 무장경찰 수십 명이 건물 안으로 달려 들어가자 지켜보던 구경꾼들이조용해졌다. 이윽고 화려한 의상을 입은 곡예사와 요란한 헤어스타일을 한 배우 몇 명이 겁에 질려 공연장 밖으로 뛰쳐나왔다.

카이가 나를 보며 휴대폰을 들어 올렸다.

"끝났어."

카이의 휴대폰에는 중국어로 된 메시지가 와 있었다.

"좋은 소식이야?"

"우리 아빠가 집에 가셨어."

나는 신이 나서 카이를 껴안았다.

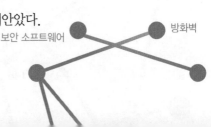

보안 소프트웨어   방화벽

그런데 테오 형은 슬픈 표정으로 공연장 입구를 바라보고 있었다.

나는 형의 어깨를 부딪쳐서 주의를 돌렸다.

"형이 그들을 배신한 게 아니야. 이건 전부 그들이 자초한 거야."

"그것 때문에 걱정하는 게 아니야… 그냥… 로지가 키란을 막을 수 있다고 확신해?"

"확신해."

형이 미소를 지었다.

형이 환히 미소 짓는 걸 보니 기분이 좋았다.

카이가 고개를 끄덕이며 우리 둘을 껴안았다.

"가자." 카이가 말했다. "덕담은 나중에 해도 돼."

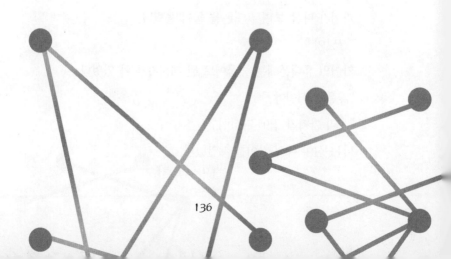

12. 툰데

시바 출범까지 5일

나는 인파를 헤치며 전속력으로 달렸다.

덕분에 도저히 믿기지 않는 광경을 볼 수 있는 시각에 딱 맞춰 경극 공연장에 도착했다.

내가 구경꾼들 사이를 빠져나온 바로 그 순간, 두랄과 나야 그리고 나머지 터미널 추종자들이 수갑을 찬 채 건물 밖으로 끌려나왔다.

얼마나 짜릿하던지!

터미널 멤버들을 따로따로 뒷좌석에 태운 경찰차들이 다시 요란하게 사이렌을 울리면서 어두운 밤거리를 질주하기 시작했다. 몇 초 만에 소동이 가라앉았고 구경꾼들을 정리하는 경찰 몇 명만 남았다.

그때 내 쪽으로 걸어오는 렉스와 테오, 카이가 보였다.

친구들을 다시 만나니 정말 신이 났다.

나는 우리가 거둔 성공을 함께 축하하고 싶었다. 내가 한 역

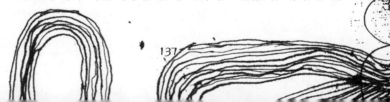

할은 머미하지만 어쨌든 로지는 수많은 법 집행기관들도 해내지 못했던 위업을 이뤘다.

우리가 터미널을 무너트렸다!

내가 사랑하는 아키카 마을에서는 예전에 밤마다 흑표범의 공격을 견뎌야 했던 때가 있었다. 너무 어릴 때의 일이라 기억나지 않지만 아빠가 나한테 표범이 동트기 직전에 우리 안의 염소와 양들을 습격한 얘기를 들려주셨다.

그 흑표범에겐 뭔가 상당한 문제가 있었던 게 분명하다. 왜냐하면 녀석은 동물을 죽여놓고 먹지 않았기 때문이다. 녀석은 그저 사냥의 흥분을 즐겼던 것 같다. 사건이 일어난 지 10년이나 지났는데도 우리 마을에서는 여전히 그 일을 기억한다.

우리 마을 최고의 사냥꾼이 덫을 놓았지만 녀석을 잡는 데 실패했다. 마을 전체가 겁에 질렸고 우리 엄마, 아빠를 포함한 모든 부모가 아이들의 안전을 걱정했다. 어른들은 표범이 오늘은 양을 노리지만 내일은 사람을 노릴 거라고 말했다.

그래서 다른 이웃 마을들에서 사냥꾼들을 데려왔지만, 이 실력자들도 실패했다. 그 흑표범은 꼭 유령 같았다고 한다. 전통적인 방법으로는 잡히지 않았다. 우리 아빠는 미신을 믿지 않았다. 아빠는 그 가련한 표범이 아픈 게 틀림없다고 생각했다. 녀석이 보여주는 행동으로 봐서는 분명했다.

아빠는 나한테 녀석을 잡으려면 의외의 방법이 필요했다고 말했다. 결국 녀석은 정말 뜻밖의 방법으로 잡혔다. 사냥을 하거나 미끼를 놓은 게 아니었다. 그물로 몰아넣거나 약을 섞은 고기를 먹인 것도 아니었다. 한 여자 주술사가 참신한 방법을 제시했다. 그녀는 마을 사람들한테 이 대형 고양잇과 동물을 위한 침대를 준비하라고 했다! 맞다, 바보 같은 짓처럼 보인다는 건 나도 안다.

하지만 사람들은 그 말을 따랐다.

아니나 다를까, 다음 날 녀석은 사람들이 펴놓은 담요와 깔개 속에서 잠든 채 발견되었다. 사냥꾼들이 잠든 표범한테 살금살금 다가가 코를 골고 있는 녀석 위에 그물을 던졌다.

표범을 잡은 뒤 여자 주술사가 녀석의 이빨에서 농양을 발견했다. 그녀는 마을 사람들한테 녀석이 그렇게 이상하게 행동했던 건 이 농양 때문이라고 설명했다. 표범이 약에 취해 있을 때 치료사가 문제의 이빨을 뽑았다. 다음 날 아침, 녀석은 나이지리아 남서쪽의 한 동물원으로 보내졌다.

친구들, 내가 이 얘기를 들려주는 이유는 뻔하다.

로지도 우리 마을의 나이 든 여자 주술사와 똑같은 일을 했다. 우리는 최고의 사냥꾼도 추적하지 못했던 광포한 짐승을 붙잡아 엄니를 뽑았다. 터미널이 우리를 믿도록 유도해서 이 일을 해냈다. 우리는 그들이 원하는 걸 줬고, 그것이 결국 그들을 물어뜯었다.

친구들, 우리는 경극 공연장 앞에서 단체로 얼싸안았다.

서로 껴안고 승리를 축하했다.

그런 뒤 테오가 나한테 다가와 손을 내밀었다.

솔직히 말하면 여전히 테오에 대한 경계심이 있었지만, 나는 기꺼이 테오의 손을 잡고 흔들었다.

"고맙다, 툰데. 스캐너가 죽여줬어. 굉장했어."

"도움이 없었다면 만들지 못했을 거예요."

나는 렉스와 카이를 돌아보며 말을 이었다.

"너희들이 만나야 하는 사람들이 있어."

12.1

새 친구들의 소개는 어떤 오래된 건물의 옥상에서 이루어졌다. 택시가 카이, 렉스, 테오와 나를 천문관측소인 구관샹타이로 태워다줬다. 높이 치솟은 수많은 현대식 고층 빌딩들 사이에서 단연 눈에 띄는 거대한 석조 건물이었다.

택시를 타고 가면서 카이가 나한테 물었다.

"울트라에 관해 더 말해줄 수 있어?"

"응. 하지만 직접 만나보는 게 제일 좋을 것 같아."

관측소에 도착한 우리는 옥상으로 가는 엘리베이터를 탔다. 옥상에는 중국의 고대 망원경들과 별을 관찰하는 도구들이 전시되어 있었다. 대부분 600년 전인 명나라 때 설치된 훌륭한 유물들이었다. 하지만 렉스와 카이는 '신비에 싸인' 내 친구들을 얼른 만나고 싶어서 옛 물건들에 감탄할 여유가 없었다. 나 역시 고대 기술을 잠깐 더 구경하고 싶었지만 지금은 때가 아니었다.

"렉스 우에르타!"

렉스, 카이, 테오가 머리 위에 포탄이라도 터진 것처럼 놀라서 휙 돌아봤다. 하지만 포탄이 아니라 하비에라였다.

하비에라가 스텔라, 이반과 함께 옥상으로 나왔다.

렉스와 카이 모두 혼란스러워하며 나를 쳐다봤다.

"내 친구들이야." 내가 말했다.

하비에라가 자기 팀을 소개했다.

"우리 팀 이름은 울트라야. 우린 로지의 열렬한 팬이고 너희들과 같은 걸 추구해. 키란이 세계를 파멸시키는 걸 막는 방법을 찾고 있지. 우린 키란의 다음 단계를 알아냈어. 멕시코시티에 키란의 블랙박스 실험실이 있는데, 그 안에 들어가려면 너희들의 도움이 필요해. 멕시코시티의 그 실험실을 무너트리면 키란은 계획을 밀고 나갈 힘을 잃고 비틀거리게 될 거야."

"듣던 중 반가운 소리네." 테오가 말했다.

"우리가 뭘 하길 원하지?" 카이가 물었다.

"멕시코시티로 가서 우리가 실험실에 침투하도록 도와줘." 이반이 대답했다. "우린 몇몇 도시에서 키란의 추적을 간신히 따돌렸어. 너무 많은 도시를 다녀서 솔직히 그게 어디였는지도 기억이 안 나. 아무튼 키란이 우리가 멕시코시티 실험실에 접근할 걸 예상한다 해도 분명 너희들과 함께 올 줄은 모를 거야."

"그 멕시코시티 실험실에 뭐가 있지?" 렉스가 물었다.

이번에는 스텔라가 대답했다. "우린 그곳에 키란의 두뇌 위원회의 핵심 멤버들이 있을 거라고 생각해. 여기 베이징 실험실에서 일하던 사람들이 모두 멕시코시티로 갔어. 그들은 키란의 최측근이자 시바와 라마 프로그램의 설계자들이지."

렉스가 고개를 끄덕였다. "키란이 궁지에 몰린 것 같네."

카이가 말했다. "난 어떤 가정도 하지 않을래. 어쩌면 키란이 정말로 궁지에 몰렸을 수도 있고, 어쩌면 그냥 우리가 그렇게 생갇히길 바라는 걸 수도 있어. 너희들 말이 맞고 키란이 절박한 상태라면 그건 키란을 상대하기가 더 위험해질 거란 뜻이야. 키란이 충동적으로 나올 수 있으니까."

"고전적인 2인 제로섬 게임이지." 이반이 말했다. "굉장히 교묘해."

카이가 우리 로지만의 회의를 열었다.

우리는 옥상에 늘어선 고대 유물들 옆에 모였다. 건물 아래로 소란스러운 도시가 내려다보였다. 공기가 후덥지근해서 답답했고, 하늘은 별 하나 없이 캄캄했다. 꼭 터널 안에 들어와 있는 것 같았다.

"너무 그럴듯해서 믿기지가 않아." 렉스가 말했다.

"멕시코시티라서?" 카이가 물었다.

"그것도 그렇고," 렉스가 대답했다. "울트라라는 그룹은 너무 완벽하게 우리와 일치해. 이반은 게임이론을 잘 알고, 스텔라는 엔지니어야. 하비에라는 하필이면 코딩 전문가고. 익숙하지 않아?"

"이게 속임수라는 뜻이야?" 테오가 물었다.

"아무튼 뭔가가 있다는 뜻이야. 울트라라는 팀이 우리 행보를 흉내 내면서 키란을 쫓고 있었는데, 어떻게 우리가 이 팀에 관해 한 마디도 못 들었을 수 있지?"

"그런 사람들이 울트라만 있는 게 아닐 수도 있어." 내가 덧붙였다.

그 말을 듣고 모두 몇 초 동안 말없이 생각에 잠겼다.

"난 이게 키란의 생각은 아니라고 생각해." 카이가 말했다.

"친구들." 내가 말했다. "난 저 애들이 좋은 사람들이고 믿을 수 없을 정도로 똑똑한 데다 대의에 헌신적이라고 장담할 수 있어. 내가 울트라 같은 팀이 또 있을 수 있다고 말한 건 절대 그게 나쁘다는 뜻이 아니야."

"그럼 뭔데?" 렉스가 물었다.

"믿기지 않겠지만 우리 로지와 비슷한, 울트라와 비슷한 청년들이 우리가 하는 일을 알고 우리와 같은 길을 따르고 있을 수도 있어. 키란의 음모를 발견하고 그를 막기 위해 나선 청년들. 난 이게 시작일 수 있다고 생각해, 친구."

"무엇의 시작이지?" 테오가 물었다.

나는 친구들한테 애교 섞인 미소를 지어 보였다.

"정말정말 위대한 팀플레이의 시작이죠."

렉스가 시선을 돌려 울트라한테 외쳤다.

"좋아. 우리도 함께할게."

"잘됐어." 하비에라가 싱긋 웃었다. "그럼 언제 떠날 수 있을까?"

13. 카이

시바 출범까지 5일

"멕시코시티로 가는 다음 비행기는 내일 아침에 있어." 이반이 휴대폰을 보며 말했다. "이른 아침 비행기야."

"좋아." 툰데가 말했다. "하지만 꽤 비싸겠네."

하비에라가 자기 휴대폰을 내밀었다.

"이걸 구했어."

하비에라의 손이 휴대폰 화면 위를 날아다니며 나보다 훨씬 빠른 속도로 타이핑을 시작했다.

나는 화면을 밀며 글자를 입력하는 하비에라의 표정을 물끄러미 지켜봤다.

다음 계획이 준비되는 동안, 나는 사실 부모님이 몹시 보고 싶었다. 중국에 온 지 며칠밖에 안 됐는데 벌써 떠나야 한다니. 집까지 한 시간이면 갈 수 있는데.

아빠는 철창 안에 갇혀 끔찍한 시간을 보내다 풀려났다. 나는 엄마한테 몇 주 동안 거짓말을 했고 아빠를 위험에 빠트렸다.

144

부모님께 사과하고 모든 걸 다시 바로잡고 싶었다. 그러기 전에는 중국을 떠나지 않을 것이다.

잠시 후 하비에라가 우리를 올려다보며 주머니에 휴대폰을 집어넣었다.

"내일 아침 일곱 시에 멕시코시티로 출발하는 티켓 일곱 장을 구했어." 하비에라가 말했다. "퍼스트 클래스나 비즈니스 클래스를 구하진 못했어. 그리고 다 함께 앉지도 못해. 하지만 같은 비행기이고 공짜지."

렉스가 감탄하며 고개를 끄덕였고, 나는 티켓을 구해줘서 고맙다고 말했다.

"아니, 천만에." 하비에라가 대답했다. "우린 그냥 너희들과 함께 일하게 돼서 너무 흥분돼."

"정말 영광이야." 이반이 덧붙였다.

우리는 모두 돌아서서 천문관측소 아래에 펼쳐진 도시를 내려다봤다.

"음, 밤이 꽤 깊었네." 렉스가 말했다. "이제 뭘 하지?"

"너희들은 어떤지 모르지만 난 완전 녹초가 됐어." 툰데가 말했다.

"우린 움직여야 해." 테오가 말했다. "분명 터미널은 자기들이 한 짓을 절대 인정하지 않을 거야. 다른 누군가의 책임으로 돌리겠지. 우리가 얘기하고 있는 지금도 그들은 로지를 함정에 빠트리려고 혈안이 돼 있을 거야."

"그 말은 정부 당국이 언제든 우리 앞에 들이닥칠 수 있다는 뜻이야." 내가 덧붙였다.

"묵을 수 있는 안전한 숙소가 근처에 있어." 스텔라가 말했다. "그런데 우리 셋이 간신히 들어갈 수 있을 정도로 작은 집이라서…."

테오가 말했다. "내 아파트로 가면 되는데, 좀 멀어. 시내 건너편에 있거든."

하지만 나는 우리가 어디로 가야 할지 이미 알고 있었다.

"갈 만한 데를 알고 있어."

13.1

엄마는 문을 열어주러 나왔다가 거의 기절할 뻔했다. 지금 집에 가고 있다고 미리 알렸어야 했지만 미처 그럴 겨를이 없었다. 전화로 모든 걸 설명하기엔 사연이 너무 복잡했다.

엄마가 나를 껴안았다가 내 눈을 보려고 약간 몸을 뗐다.

"카이, 대체 어떻게 된 거야?"

"전부 설명할게요. 아빠는 어디 있어요?"

"아빠는 집에 계셔. 몇 시간 전에 집에 오셨어."

나는 아빠가 가장 좋아하는 의자에 앉아 있거나 주방 문 앞에 서 있지 않을까 해서 엄마 어깨 너머를 둘러봤지만 아빠는 보이지 않았다.

"이게 대체 무슨 일인지 말해줘. 난 전혀 이해가 안 가는구나."

"지금까지 일어난 일을 하나도 빠짐없이 다 설명할게요. 하지만 먼저 제 친구들을 소개할게요. 친구들은 오늘 밤 묵을 곳이 필요해요. 그리고…."

엄마가 내 어깨 너머로 멋쩍게 손을 흔드는 렉스, 활짝 웃고 있는 툰데, 그리고 그 뒤에서 쭈뼛거리고 있는 테오를 봤다.

"모두 다?"

"이 친구들은 거실 바닥에서도 행복하게 잠들 수 있어요."

"이번 주엔 아직 장도 안 봤는데."

"괜찮아요. 그건 걱정 마세요."

엄마가 잠깐 고민하더니 문을 활짝 열고 들어오라며 고개를 숙였다. 내가 먼저 들어갔고 툰데가 재빨리 따라 들어왔다.

툰데가 엄마의 손을 잡고 힘차게 흔들었다.

"전 툰데 오니예요. 나이지리아의 아키카 마을에서 왔어요. 만나 뵙게 돼서 정말 영광입니다. 따님이 여러 번 제 목숨을 구했어요. 절대 빈말이 아니에요."

그러고는 엄마와 또 한 번 악수한 뒤 옆으로 물러섰다.

다음 차례는 렉스였다. 렉스는 엄마한테 꾸벅 인사한 뒤 절 비슷한 걸 했다. 중국인들이 절하는 걸 어디서 본 모양이었다. 어색해서 귀여웠다.

"전 렉스입니다."

"만나서 반가워요, 렉스." 엄마가 말했다. "환영합니다."

그다음은 테오였다. 테오는 중국어로 자기소개를 해서 엄마를 감동시켰다.

우리가 소개를 마치고 거실에 있을 때, 아빠가 침실에서 나왔다. 집에서 쉴 때 입는 청바지와 셔츠 차림이었다. 아빠는 외국인

세 명이 집에 있는 걸 보고 깜짝 놀랐지만 무엇보다 나를 보고 제일 놀랐다.

나는 아빠한테 달려가 껴안았다.

"무슨 말을 해야 할지 모르겠어요. 그냥 드디어 일이 끝나서 기뻐요."

"대체 어떻게 해낸 거야?"

나는 고개를 저었다. 이미 눈물이 앞을 가렸다.

"쉽지 않았어요."

"난 내가 엄벌에 처해져서 다시는 너랑 네 엄마를 못 볼 거라고 생각했어. 끔찍했지. 그때 난데없이 네가 구치소에 나타났고… 네가 정말로 해낼 거라곤 꿈에도 생각 못 했다."

"친구들이 없었으면 해내지 못했을 거예요."

"그 은혜는 평생 잊지 않으마."

잠시 침묵이 흐른 뒤 아빠가 말했다.

"네 엄마는…."

나는 아빠가 무슨 말을 할지 알았다. 아빠는 엄마를 걱정하고 있었다. 엄마는 아직 아무것도 모르고 있었다. 내가 미국에 가서 지니어스 게임에 참가한 것도, 아빠가 나이지리아로 출장을 간 것도, 아빠가 구금되어 있었던 것도….

이제 엄마한테 알려야 할 시간이었다. 엄마한테 말하지 않고 다시 집을 떠날 수는 없었다. 무엇보다 엄마한테 우리가 하고 있는 일을 알려주고 싶었다. 물론 엄마는 걱정하겠지만 나는 우리가 하고 있는 일을 엄마가 인정해주길 바랐다. 엄마가 나를 자랑스러워하길 바랐다.

나는 아빠 손을 잡고 소파로 갔다.

아빠는 엄마 옆에 앉고 렉스, 툰데, 테오는 조례에 모인 학생들처럼 바닥에 앉았다.

나는 부모님을 보며 말했다.

"제가 페인티드 울프예요."

13.2

나는 천기를 누설했다.

중국에서 그 표현은 꽁꽁 숨기고 있던 엄청난 비밀을 털어놓았다는 뜻이다. 물론 아빠는 놀라지 않았다. 하지만 엄마는 충격을 받았다. 엄마는 눈이 휘둥그레져서 아빠한테 뭘 알고 있는지, 어떻게 알았는지 알려달라고 채근했다. 하지만 아빠는 말없이 엄마의 주의를 나한테 다시 돌렸다.

"엄마, 제가 지금부터 하는 말이 믿기지 않겠지만 엄마가 진실을 아셨으면 해요. 엄마가 모르는 게 나을 수도 있지만 우리한테 엄마의 도움이 필요해서 얘기하는 거예요."

엄마가 두 손을 모으고 몸을 앞으로 숙이며 내 얘기를 들을 준비를 했다.

나는 우리 얘기의 진짜 출발점인 페인티드 울프부터 시작했다. 어떻게 내가 또 다른 내가 되었는지, 내가 뭘 하려고 애쓰고 있는지 설명했다. 그리고 내가 어떻게 로지 멤버들을 만났는지 얘기했다.

그런 뒤 렉스와 툰데가 각자의 얘기를 들려줬고, 테오도 자기 얘기를 덧붙였다. 거기서 얘기가 터미널과 워크어바웃과 지니어스 게임으로 이어졌다.

나는 우리가 어떻게 키란의 시바와 라마 계획을 알아냈는지 얘기했다. 가슴속에 있던 얘기를 전부 털어놓으니 너무 후련해서 아주 세세한 것까지 얘기했다. 우리가 뉴욕에서 어떻게 당국의 눈을 피해 달아났는지, 렉스가 인도의 적진에서 키란을 감시하는 동안 우리가 어떻게 이야보 장군을 물리쳤는지, 그리고 어떻게 결국 터미널을 무너트렸는지… 우리가 펼쳤던 작전이며, 아키카 마을에서 내가 아팠던 일이며, 음, 렉스와 내가 몇 번 키스한 것만 빼고 전부 다 엄마, 아빠한테 얘기했다.

얘기를 끝냈을 때, 우리가 한 시간 동안 쉬지 않고 떠들었다는 걸 깨달았다.

아빠는 기진맥진해 보였다. 아빠는 우리 얘기들 중 일부의 현장에 있었고 혼돈과 혼란을 직접 겪었으니까. 하지만 엄마는 내 눈을 빤히 바라보며 우리 얘기에 푹 빠져 있었다.

나는 목이 바싹 마른 채 소파의 엄마 옆에 앉았다.

엄마가 내 손을 잡고 말했다.

"난 네가 정말 자랑스러워. 넌 너무나 이타적이고, 너무 현명하고, 너무 착하고, 너무너무 용감해. 나라면 네가 2주 동안 해낸 일들의 반에 반도 하지 못했을 거야. 하지만… 넌 나한테 거짓말을 했고 난 그게 화가 나."

그 말을 듣자 목이 메었다. 엄마가 우리 얘기를 받아들이는 게 쉽지 않으리라는 건 알고 있었다. 내가 페인티드 울프로서의 첫 임무를 하기 위해 집을 나서던 순간, 나는 내 거짓말과 기만에 대한 책임을 지고 엄마의 실망과 맞닥트려야 하는 때가 언젠가 오리라는 걸 알고 있었다.

"죄송해요, 엄마. 하지만 그건 옳은 일이었어요."

"왜 나를 믿지 않았니?"

"믿었어요. 하지만··· 엄마가 나를 말릴 줄 알았어요."

"난 네 엄마야." 엄마가 울면서 말했다. "당연히 말렸겠지."

"엄마, 난 혼자가 아니에요. 우린 세계 곳곳을 다녔는데 친구들이 언제나 나를 안전하게 지켜줬어요. 우린 함께 있으면 강하고 아직 할 일이 많아요."

엄마가 내 어깨를 꽉 눌렀다.

잠시 침묵이 흘렀다.

엄마와 나 둘 다 조용히 서로를 이해했다.

"자," 엄마가 말했다. "네 손님들이 배가 고파 보이는구나."

13.3

친구들이 거실에서 아빠와 얘기를 나누는 동안, 엄마와 나는 주방으로 가서 식사를 준비했다.

그 순간 나는 더 바랄 게 없었다.

주방에 들어서니 마음이 편해졌고, 엄마와 나는 지난 2주 동안 아무 일도 없었던 것처럼 완벽하게 손발이 맞았다. 우리는 나란히 서서 야채를 썰고 고기를 자르고 국과 소스를 젓고 맛봤다.

베이징에 있는 동안 간간이 만두와 국수를 먹었지만 이렇게 집밥을 준비하고 있으니 갑자기 허기가 몰려왔다.

"아빠는 누명을 벗었어요. 걱정하지 않으셔도 돼요."

엄마가 손을 씻은 뒤 핸드타월로 닦으면서 나를 봤다.

"네 아빠는 좋은 사람이지만 너무 야망이 커졌어. 아빠는 항상 우리를 위해 더 많은 걸, 더 좋은 걸 해주길 원했어. 가장으로서의 자존심 같은 게 있었지. 하지만 난 아빠가 그런 방법에 의지할 줄은 꿈에도 몰랐어…."

"아빠 잘못이 아니에요. 아빠는 너무 좋아 보이는 거래에 속아서 아빠가 감당할 수 없는 상황에 처했던 것뿐이에요. 아빠는 이제 자유롭고 결백해요, 엄마. 모든 게 예전 그대로예요."

엄마가 밥을 하려고 물을 받으며 이맛살을 찌푸린 채 생각에 잠겼다.

잠시 뒤 엄마가 말했다.

"네 친구들은 아주 착해 보이는구나."

"굉장한 친구들이에요."

"머리가 헝클어진 애는?"

"걔 이름은 렉스예요."

"잘생겼더구나."

얼굴이 빨개지는 게 느껴졌지만 나는 계속 고개 숙인 채 거품기로 계란을 휘젓는 데 집중했다.

"음, 그건 잘 모르겠지만 렉스는 굉장히 똑똑해요. 컴퓨터 프로그래머예요."

엄마가 내 엉덩이를 살짝 쳤다.

"걔가 널 좋아하는 게 딱 보이던걸."

음식이 모두 준비되자 아빠가 지하 창고에서 접이식 의자 몇 개를 들고 와서 식탁에 자리를 마련했다. 우리는 모두 식탁 앞에 모여 앉았다. 엄마, 아빠가 내 양쪽에 앉고 렉스는 아빠 옆에, 툰데는 엄마 옆에 앉았다. 엄마는 툰데의 나이지리아 시골 생활 얘기에 푹 빠졌고 아빠는 디지털 카메라 프로그래밍에 대한 렉스의 해박한 지식에 감탄했다.

다 함께 얘기를 나누고 엄마와 내가 준비한 음식을 즐기는 모습을 보면서, 나는 마지막으로 푸짐한 식사를 했던 때를 떠올리지 않을 수 없었다. 아키카 마을에서 이야보 장군과 식사를 할 때였는데, 그때와 너무도 대조적인 광경이었다.

그곳에서는 두려움 속에 불편하게 밥을 먹었지만, 지금은 유쾌하고 활기찬 소리로 가득했다. 그때를 돌아보니 우리가 얼마나 많은 것을 해냈는지 느껴졌다. 그래서 음식이 그만큼 훨씬 더 맛있었다.

"계란 요리가 맛있어." 렉스가 나를 보며 말했다.

"고마워."

"정말 믿을 수 없을 정도로 근사한 식사예요." 툰데가 일어서면서 말했다.

툰데가 찻잔을 들고 건배를 하기 위해 들어 올렸다. 우리도 모두 찻잔을 들어 올렸다.

"저희를 따뜻하게 맞아주신 장 선생님 내외분과 두 분의 놀라운 따님에게 감사드립니다. 이보다 더 훌륭한 식사와 따뜻한 쉴 곳은 상상도 못하겠어요. 저희 모두를 대표해서 마음 깊은 곳에서부터 진심으로 감사드립니다."

우리 모두 박수를 쳤고 엄마, 아빠는 몹시 수줍어했다.

접시를 싹싹 비우고 차를 다섯 잔째 마시자 나는 녹초가 되어버렸다. 나는 몇 주 만에 내 침대에 누웠고, 렉스와 툰데, 테오는 옷장 옆의 바닥에서 잤다. 먼저 잠이 든 툰데와 테오는 이불 밑에서 드렁드렁 코를 골았다. 렉스는 뒤척이다가 나한테 깨어 있냐고 조용히 물었다.

"난 이번 일을 하면서 나 자신에 관해 많이 알게 됐어." 렉스가 속삭였다. "예전에 난 내 일에만 의지를 불태우는 애송이였어. 하지만 네가 나를 새로운 세상에 눈뜨게 해줬어. 다 네 덕분이야."

"내 덕분이 아냐. 네가 스스로 그렇게 한 거지."

렉스가 조심스럽게 일어나 나한테 기어왔다. 그리고 몸을 숙여 나한테 입을 맞췄다.

"카이 넌 참 좋은 사람이야."

그런 뒤 다시 살금살금 바닥으로 돌아가 잠을 청했다.

렉스가 잠자는 모습을 보면서 머릿속이 어지러웠다. 멕시코로 가면 어떻게 블랙박스 실험실로 침투해 키란 두뇌 위원회의 최정예 멤버들을 따돌릴지 궁리하다가 미래에 대한 생각으로 흘러갔다.

궁금했다. 나의 평범한 모습은 어떨까?

나한테 평범한 생활이 있긴 한가?

다시 페인티드 울프가 되어 잠복하고 통풍구를 기어 다니고 옥상에 감시 카메라를 설치하는 그런 날이 올까?

그런 생각들이 몇 분간 머릿속을 굴러다녔다.

하지만 나는 미소를 짓다가 잠이 들었다.

"당연히 난 할 수 있어."

나는 나 자신한테 다짐했다.

"난 항상 페인티드 울프가 될 거야."

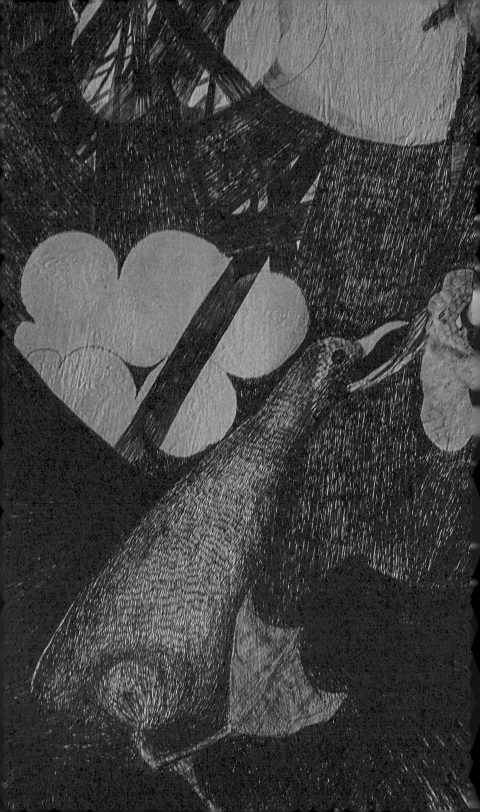

2부

미래를 향하여

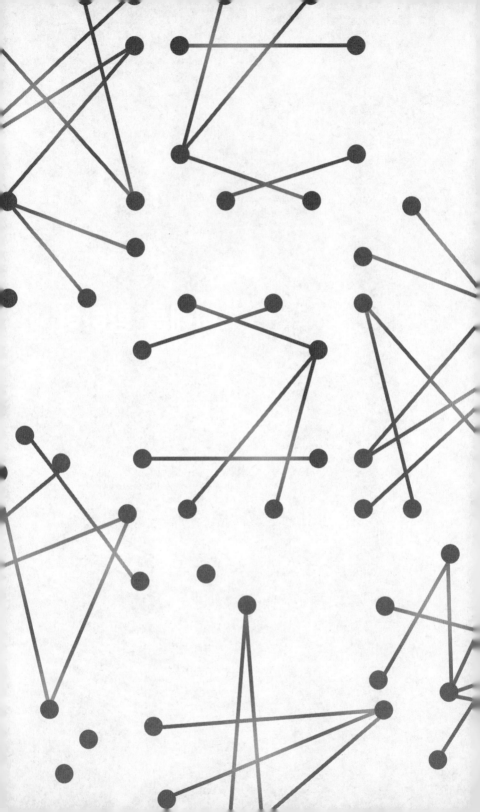

14. 렉스

시바 출범까지 4일

우리는 새벽 네 시쯤에 카이의 집에서 나왔다.

카이 부모님은 카이가 그렇게 빨리 떠나는 게 몹시 섭섭한 모양이었다.

하지만 다 이해하시는 것 같았다. 아직 이 일이 끝나지 않았으니까.

카이 아빠는 키란을 막아야 한다는 것과 그 일을 할 수 있는 사람이 우리뿐이라는 걸 알고 있었다. 우리는 터미널을 무너트렸다. 다음 차례는 키란이었다.

나는 카이 부모님을 만나서 너무나 좋았다.

사실 카이의 집 문이 열렸을 때, 지니어스 게임에서 양자컴퓨터를 해킹해 들어갈 때보다 더 떨렸다. 경찰을 피해 달아나는 것도 여자친구의 가족을 만날 때 떨려서 가슴이 쿵쾅거리는 것에 비하면 아무것도 아니었다. 나는 카이 아빠가 나한테 꼬치꼬치 캐물을 줄 알았지만 두 분은 다정했고 무엇보다 이해심이 많았다. 카이는 더할 나위 없이 좋은 부모님을 두었다.

그런 모습을 보니 당연히 우리 부모님을 보고 싶었다. 두 분은 큰아들이 무사하다는 것, 내가 형을 찾았다는 걸 알고 있었다. 이제 두 분은 정말로 형을 만날 것이다.

꼭 기억하기: 감정 폭발에 대비할 것.

카이 부모님과 한 번 더 작별 인사를 나눈 뒤 우리는 택시를 잡아타고 베이징 국제공항으로 향했다. 나만 흥분한 게 아니었다. 툰데는 잔뜩 긴장해서 말이 많아졌다. 테오 형은 택시를 타고 가는 내내 왼 무릎을 흔들었다.

"뭐부터 해야 해?" 출국장 앞에 차가 섰을 때 내가 물었다.

"정찰." 카이가 대답했다. "그 블랙박스 실험실을 감시해야지."

"키란이 어디 있을지 짐작 가는 게 있어?" 툰데가 물었다.

"내가 보기엔," 테오 형이 휴대폰 화면을 스크롤 하면서 말했다. "키란은 잠적했어. 소셜 미디어에 글도 안 올리고 메시지도 없어. 온드스캔 계정에서 뭔가를 봤는데, 터미널이 무너진 걸 기뻐하면서 키란은 짧은 휴가 중이라고 했어. 하지만 그게 다야."

"키란이 멕시코에 있을까?" 툰데가 물었다.

"우리가 알아내야지." 내가 대답했다.

우리는 티켓 창구에서 울트라를 만났다.

하비에라, 이반, 스텔라는 몹시 지친 기색이었다. 눈 아래에 다크서클이 크게 생겼다.

내가 묻기도 전에 하비에라가 말했다. "우리 숙소는 안전한 줄 알았는데 새벽 두 시에 경찰이 들이닥쳤어. 우린 그 뒤로 택시

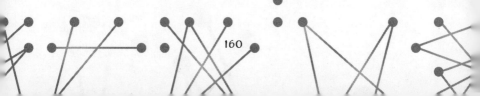

160

와 전철을 갈아타고 걷기도 하면서 지금까지 깨어 있었어. 비행기를 타면 이륙하기도 전에 곯아떨어질 것 같아."

"터미널은 몰락했어." 테오 형이 말했다. "너희들을 공격한 사람이 누굴까?"

"당연히 키란이죠." 이반이 대답했다. "키란은 심지어 사랑스러운 메시지까지 보냈어요."

스텔라가 가방에서 태블릿 컴퓨터를 꺼내 익명의 채팅 앱을 통해 받은 영상 메시지를 열었다. 스텔라가 재생을 누르자 우리의 옛 친구가 디자이너 브랜드의 옷을 입고 너무도 완벽한 치아를 드러내며 미소 짓고 있었다. 키란은 언제나처럼 한 치의 흔들림도 없어 보였지만 왠지 눈에 압박감이 어려 있었다. 긴장감이 느껴졌다. 우리 로지가 그렇게 만든 것 같아서 기분이 좋았다.

"안녕, 울트라." 키란이 말했다. "당신들이 요즘 로지와 어울린다는 소문을 들었어요. 정말 멋지군요. 슈퍼히어로 팀 같아요. 내가 세상을 망가트리려 한다는 엉뚱한 착각을 하고 있는, 믿을 수 없을 정도로 재능 넘치지만 망상에 빠진 두 그룹. 당신들한테 전할 특보가 있어요. 터미널은 더 이상 존재하지 않아요. 말하자면 진짜 악당들이 퇴장한 거죠. 하지만 당신들은 임무를 포기하지 않겠죠. 걱정 마세요. 난 게임을 최대한 재밌게 만들 거니까. 페인티드 울프한테 나 대신 안부 전해주세요."

영상이 끊어지고 화면이 까매졌다.

"예전이나 지금이나 멍청이란 건 알겠어." 내가 말했다.

"키란은 걱정하고 있어." 카이가 말했다. "얼굴에서 그걸 읽을 수 있어. 키란은 터미널이 체포된 게 별일 아닌 척하고 있지만 사

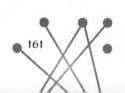
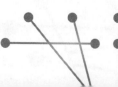

실은 겁을 먹었어. 지금 당장은 우리가 유리한 입장이야. 우리가 블랙박스 실험실을 빨리 공격할 수 있다면 키란을 엄청난 혼란에 빠트릴 거야."

카이만큼 확신이 있는 건 아니지만 나도 그런 비슷한 느낌을 받았다.

그런데 툰데는 평소만큼 확신을 하지 못했다.

"어쩌면 키란이 우리가 이렇게 생각하길 원하는 걸 수도 있지 않을까? 키란에 대해선 너무 확신하면 안 돼. 키란은 이미 여러 번 우리를 놀라게 했으니까."

아무 문제 없이 보안 검색을 통과하니 기분이… 이상했다.

원래 이렇게 쉬워선 안 되는데.

공항에는 수많은 중국 경찰과 군인들이 돌아다녔지만 대부분 우리한테 신경 쓰지 않았다. 우리는 그저 평범한 여행객들일 뿐이었다. 어리둥절한 기분이 들었다. 키란이 우리를 유령으로 만들기 위해 걸었던 주문이 우리를 투명인간보다 좀 나은 정도로 만든 것이다.

한 시간 뒤, 우리는 비행기에 앉아 있었다.

나는 테오 형과 카이 옆에, 툰데는 우리보다 여섯 줄 뒤에 하비에라, 스텔라와 함께 앉았다. 이반은 비행기의 맨 뒤쪽 좌석을 받았다.

비행기가 천천히 달리다가 이륙했다.

나는 창밖으로 아찔하게 펼쳐진 도시를 내다봤다.

카이가 내 손을 붙잡더니 힘을 줬다.

유령

대면

투명인간

162

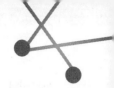

"이제 뭘 하지?"

"계속 나아가는 거지." 카이가 대답했다.

"그리고 그다음엔?"

"글쎄. 지금 이 시점에서 두 단계 이상은 생각하기 힘들어."

"음, 네가 생각하는 두 단계가 뭔데?"

카이가 툰데를 쳐다봤다. 툰데는 잠들어 있었다.

"멕시코시티에 도착하면 우린 울트라와 힘을 합쳐 마지막 블랙박스 실험실에 들어가는 방법을 찾을 거야. 그런 뒤 그 단서들이 알려주는 걸 볼 거야. 울트라의 말이 맞는다면 우린 키란을 찾고 그와 대면하게 되겠지."

나는 카이의 손을 꽉 잡았다.

"쉽네."

카이가 웃었다.

"이 모든 일이 일어나기 전의 상황으로 돌아가는 게 상상이 안 돼. 학교 책상 앞에 앉아 지루해서 미칠 것 같던 때 말이야. 그냥… 내가 더 이상 편히 앉아서 세상 돌아가는 걸 지켜보기만 할 수 있을지 모르겠어. 이젠 세상의 모든 일에 관여해야 할 것 같은 기분이 들어."

"넌 전에도 관여했어. 네가 몰랐을 뿐이지."

"무슨 소리야? 그때 난 이렇게 전 세계를 뛰어다니지 않았어."

"네가 워크어바웃을 위해 했던 코딩, 포럼, 사이트, 소셜 미디어. 넌 그 모든 일을 컴퓨터나 휴대폰으로 했지만 어쨌거나 일을 하고 있었지. 우리가 만난 사람들을 생각해봐. 그 사람들은 네

이름이나 얼굴은 몰라도 네가 뭘 위해 일하고 있는지 알고 있었어. 다시 집으로 돌아가더라도 상황은 크게 다르지 않을 거야."

"과연 그럴까?"

"어디 두고 보자구."

카이가 다시 미소를 지었다.

14.1

하루 반 뒤, 우리는 멕시코시티의 시코텐카틀 거리와 이냐시오 아옌데 거리가 만나는 모퉁이의 한 카페에 있었다.

툰데의 마을 사람들과 가족은 모두 안전했다.

카이의 아빠는 풀려났고 기록도 깨끗했다.

그리고 나는 내 조상들의 나라에 왔다. 부모님을 하루 빨리 만나고 싶은 마음이 간절했지만 아직 부모님과 접촉하는 건 곤란했다. 키란의 메시지로 봤을 때 우리는 분명 머지않아 그의 레이더망에 잡힐 것이다. 우리는 최대한 빨리 일을 끝내야 했다.

길 건너편에 키란의 블랙박스 실험실이 있었다.

좋건 나쁘건 여기서 모든 게 결판나는 거지….

실험실에서 고작 90미터쯤 떨어진 카페 테이블에 일곱 명이 모여 있었지만 카이는 우리가 눈에 띄지 않을 거라고 확신했다. 주변에는 각양각색의 여행객들이 정신없이 지나다니고 있었다.

블랙박스 실험실은 단순한 벽돌 건물로 창문이 몇 개밖에 없었다. 그것도 밖에서 안을 볼 수 없게 가려놓았다. 꼭 3층짜리 감

데이터

감시

정보 흐름

통신 경로

옥 같았다. 너무 평범한 건물이어서 그 안에서 무슨 일이 벌어지고 있는지 파악하기가 불가능했다.

좋은 소식은 우리를 도울 일손이 그 어느 때보다 많다는 것이었다.

카이가 말했다. "계획은 단순해. 적절한 감시 시스템을 설치할 시간이 없으니까 즉흥적으로 해야 해. 외부에서 그들의 통신을 가로채서 어떤 데이터라도 손에 넣어야 해."

"툰데 넌 어떻게 생각해?" 내가 물었다.

"실험실 옆의 저 높은 건물에 놀라운 통신 장비들이 있는 것 같아." 툰데가 한 건물의 옥상을 가리키며 말했다.

툰데의 말이 맞았다. 그 건물 옥상에 갖가지 위성 수신기와 안테나들이 설치되어 있었고, 그 장비들과 연결된 수많은 케이블이 은밀히 블랙박스 실험실과 이어져 있었다. 혹시 있을지 모를 스파이들의 주의를 흩트리기 위해 교묘하게 통신 경로를 틀어놓은 것 같았다.

툰데가 말했다. "내가 틀렸을 수도 있지만 저 통신 장비들은 키란과 두뇌 위원회 소유인 것 같아. 저기에 접근할 수 있으면 그들의 시스템에도 접근할 수 있을 거야."

"좋아." 내가 말했다. "카이, 이반, 어때?"

"훌륭해." 이반이 대답했다.

30분 뒤, 우리는 15층 계단을 올라가서 블랙박스 실험실 옆 건물의 옥상으로 진입했다. 툰데와 스텔라가 위성 안테나들을 살펴본 뒤 어떻게 실험실의 데이터에 접근할지 자세히 설명해줬다.

복잡한 내용이어서 그 문제는 툰데와 스텔라한테 맡겼다.

옥상의 위성 장비들

22분 뒤, 툰데와 스텔라가 방법을 알아냈다.

툰데와 스텔라는 블랙박스 실험실에서 나오는 복잡한 정보 흐름을 하비에라의 휴대폰에 있는 프로그램으로 보낼 수 있었다. 하비에라와 나는 우주로 전송되는 데이터 흐름을 살펴본 뒤 다시 두뇌 위원회와 키란한테 보냈다… 키란이 실제로 어디에 있건.

우리가 본 건 반갑지 않은 내용이었다.

"그들은 네 번째 바이러스를 준비하고 있어." 하비에라가 휴대폰 화면을 보며 말했다. "저곳으로 들어가고 나오는 모든 정보 흐름은 바이러스를 풀어놓기 위한 백도어 시스템 구축에 초점을

166

맞추고 있어. 실험실의 모든 컴퓨터가 그 한 가지 목표에 맞춰져 있어."

"보안은 어때?" 내가 물었다.

"실험실은 4096비트 RSA 암호화를 사용하고 있어. 해독하기가 쉽지 않아."

"그럼 아마 음향 암호 해독을 이용한 부채널 공격을 해야 할 거야." 내가 말했다. "실험실 내의 일부 마이크를 켜서 컴퓨터들이 데이터 해독에 사용하는 고주파를 들으면 해킹할 수 있어."

"기술적으로는 가능하지만, 우리한테 주어진 시간으로는 안 돼." 하비에라가 말했다.

"설정을 하는 데 며칠이 걸릴 거야." 스텔라가 덧붙였다.

"우리에겐 그만한 시간이 없어." 카이가 강조했다.

"시바의 출범이 임박했으니까." 하비에라가 말했다.

"그럼 여기서 아무것도 할 수 없는 거야?" 툰데가 물었다.

"그 방법으론 안 돼." 하비에라가 말했다. "하지만…."

그런 뒤 하비에라가 고개를 돌려 나를 봤다.

14.2

분장 시간!

우리는 블랙박스 실험실에서 몇 블록 떨어진 옷가게에 들러 내가 입을 옷을 구입했다. 이제 내가 페인티드 울프 역할을 할 차례였다.

나는 갖가지 소품들로 분장한 페인티드 울프의 멋짐과는 거리가 멀었다. 내 드레스코드는 꺼벙함이었다.

나는 최대한 블랙박스의 두뇌 위원회 멤버처럼 보여야 했다. 밝은 색상, 엉덩이까지 내려오는 재킷, 그리고 안경(당연히 여러 대의 카메라가 설치된). 심지어 머리를 모아서 올려 묶고 카이가 자기 가발로 만든 그럴싸한 가짜 수염까지 붙였다.

"귀여워." 카이가 말했다.

귀엽거나 말거나 효과가 있어야 할 텐데.

실험실의 보안은 말도 안 되게 철저했다. 멕시코시티 블랙박스 실험실의 두뇌 위원회 녀석들은 외부로 나가는 신호를 안전하게 보호하기 위해 미친 짓을 해놓았다. 우리가 시바에 관한 의미 있는 정보를 얻는 유일한 방법은 실험실 안으로 들어가는 것이었다. 그리고 콜카타의 블랙박스 실험실에서 일한 적이 있는 내가 그 임무에 최고 적임자였다.

친구들이 두 블록 떨어진 곳에서 기다리는 동안, 나는 혼자 블랙박스 실험실로 걸어갔다. 솔직히 말하겠다. 엄청 떨렸다. 땀 때문에 염소수염의 접착제가 느슨해질까 봐 신경도 쓰였다.

나는 왼쪽 귀에 작은 이어폰을 끼고 현관으로 갔다.

이어폰 저편에는 로지가 있었다.

"외부에 카메라들이 설치돼 있어." 카이가 이어폰을 통해 알려줬다. "얼굴 인식 소프트웨어는 통과할 수 있지만, 빠르게 말해야 할 거야. 방금 실험실에서 일하는 엔지니어 한 명의 이름을 확인했어. 카슨이야."

"카슨. 좋아, 문제없어."

하지만 실은 속이 울렁거렸다.

나는 현관문을 두드렸다. 손잡이도, 밖을 내다보는 작은 구멍도 없었다. 그냥 금속 틀에 금속 문이 설치되어 있었다.

아무 응답이 없었다. 그래서 다시 문을 두드렸다. 이번에는 잠금장치가 풀리면서 끼익 금속음이 나더니 문이 스르르 열렸다.

커다란 안경을 쓴 젊은 여자가 나를 빤히 쳐다봤다.

"무슨 일이죠?" 여자가 짜증을 내며 물었다.

나는 스페인어로 말했다. "방해해서 미안합니다만…."

"영어 할 줄 아세요?" 여자가 내 말을 끊었다.

나는 최대한 강한 멕시코 억양을 꾸며 말했다. "네. 나는 카슨을 만나러 왔습니다. 굉장히 중요한 일이에요. 중국에서 일어난 일과 관련돼 있어요."

여자가 당황한 표정을 지었다.

"음…."

나는 그녀의 허를 찔렀다. 계획이 먹히고 있었다.

"내가 올 줄 모르셨나요? 하긴 지금 벌어지고 있는 일을 생각하면 놀랄 것도 없죠. 카슨한테 베이징 실험실에서 내가 왔다고 전해주세요. 무슨 일이 벌어졌는지 당신도 들었을 거예요, 그렇죠?"

여자가 고개를 저었다.

"못 들었다고요?" 나는 충격을 받은 척했다. "음, 난 지금 당장 카슨과 얘기해야 해요."

여자는 어떻게 해야 할지 몰라 갈팡질팡하고 있었다.

"당신 이름이 뭐죠?"

"음… 니, 니콜이에요."

"좋아요, 니콜. 당장 카슨을 호출해주세요."

"그건 안 되겠는데요." 니콜은 아마 이렇게 말하라고 훈련받았을 대답을 기계적으로 반복했다. "이곳은 출입이 제한된 시설이라서 들어오려면 허가가 필요해요. 만약 당신이 정말…."

"이 실험실이 위험해요. 엄청나게 중대한 일이라고요. 난 지금 당장 들어가야 합니다. 당신 때문에 시간이 지체된 걸 키란이 알면 당신이 곤란해질 텐데요."

니콜이 뭐라고 말을 늘어놓는 동안 나는 그녀를 지나 건물 안으로 발을 들여놓았다.

14.3

나는 더위에서 벗어나 대혼란 속으로 걸어 들어갔다.

"잘했어." 카이가 말했다.

"브라보." 툰데가 거들었다.

"자, 이제 쉿."

울트라의 말이 맞았다. 멕시코시티 블랙박스 실험실은 분명 키란의 시바와 라마 프로그램을 출범시키기 위한 최후의 시도처럼 보였다.

마치 벌집 같았다.

콜카타의 블랙박스 실험실은 지금 내 주위에 있는 많은 사람들에 비하면 훨씬 인원이 적었다. 이 실험실에서는 100명이 넘는 두뇌 위원회의 천재들이 정신없이 앞뒤로 뛰어다니고 있었다. 그리고 베이징의 교묘한 아날로그 도서관과 달리 이곳은 컴퓨터와 서버들이 꽉꽉 들어차 있었다.

이곳이 진짜 중추였다. 우리가 가로챈 것과 비슷한 또 다른 바이러스가 있다면 이 실험실이 그 바이러스를 출범시키는 곳이 될 것이다.

니콜이 허둥지둥 따라와서 내 어깨를 잡아당겼다.

"지켜야 할 절차가 있어요. 키란은 이 문제에 굉장히 엄격해요…."

"카슨이 여기에 있나요?"

"카슨은 회의 중이에요."

나는 로비 한가운데에서 발을 멈췄다.

"그럼 당신이 회의를 중단시켜야겠네요. 그동안 난 보안을 위해 당신들이 지금 하고 있는 모든 걸 정지시켜야겠어요."

"난…."

"알아들었어요?"

니콜이 망설이다가 마침내 말했다.

"2분만 기다리세요."

니콜이 계단을 올라 2층의 어떤 방 안으로 사라지자마자 나는 이 3층짜리 건물을 자세히 살펴봤다. 개방형 내부에 층마다 각 벽면에 단말기가 줄지어 놓여 있었다. M. C. 에셔*의 작품에

―――――――――――――――――
*20세기 초 네덜란드의 판화가. 기하학적 원리와 수학적 개념을 토대로 2차원 평면 위에 3차원 공간을 표현한 환상적인 판화로 유명하다.

나오는 건물처럼 계단들이 위아래로 나뉘며 구불구불 이어졌다.

건물의 구조는 어수선하지 않았지만 분위기는 완전히 난리통이었다. 그런 대혼란 덕분에 나는 사람들의 눈에 띄지 않을 수 있었다.

나는 사용하는 사람이 없는 구석의 컴퓨터로 다가갔다. 로그인을 위해 인도에서 받은 비밀번호를 사용할 수는 없었다. 키란한테 대놓고 알려주는 꼴이 되니까. 그래서 해킹해 들어갔다. 30초는 족히 걸렸지만 내가 찾고 있는 것의 힌트를 발견하는 건 그보다 더 짧게 걸렸다.

시바 프로그램이 정말로 실험실 안에 있었다. 그런데….

"내가 보고 있는 게 보여?"

나는 친구들이 내가 보고 있는 화면을 볼 수 있도록 안경의 각도를 맞췄다.

모니터에 블랙박스 실험실 시스템 프로그램들의 운영 기록이 떠 있었다. 프로그램들은 전부 단편적이었다. 어떤 프로그램도 단독으로 돌아가지 않았다. 마치 거미줄처럼 전부 다 서로 연결되어 있었다.

"우리가 보고 있는 게 뭔지 모르겠어." 툰데가 말했다. "설명해줘."

"여긴 시바와 관련된 소프트웨어의 모든 부분을 쪼개서 서로서로 연결시킨 교묘한 시스템을 운영하고 있어. 한 조각을 끌어당기면 전부 끌어당기게 돼. 하지만 가장 중요한 점은 이거야…."

나는 화면에 떠 있는 코드 한 줄을 가리켰다.

"시바는 여기에 있지만 다른 어딘가에서 출범해. 지금은 그게 어딘지 정확히 알아낼 시간이 없을 거야. 우린 다시 돌아와서 이걸 밝혀야 해."

그때 삐죽삐죽한 머리를 한 남자와 함께 계단을 내려오는 니콜이 보였다. 남자는 카슨이 틀림없었다. 카슨은 회의를 방해받아서인지 기분이 좋아 보이지 않았다.

얼른 여기를 빠져나가야 했다.

바로 그때, 맞은편 모니터들에 온드스캔 뉴스 비슷한 영상이 흘러나오는 게 눈에 들어왔다. 베이징에서 카이, 툰데와 내가 찍힌 CCTV 화면이었다. 그들은 이미 우리를 찾아낸 것이다!

나는 니콜이 나를 찾아 방을 두리번거리는 걸 보면서 몸을 낮게 숙이고 재빨리 현관 쪽으로 갔다. 몇몇 사람이 나의 존재를 알아차렸지만 다들 너무 바빠서인지 이내 하던 일에 집중했다.

니콜과 카슨이 내 쪽을 향해 돌아서기 몇 초 전, 나는 현관문을 밀쳐서 열었다. 그들이 내가 몰래 달아나는 걸 봤는지는 모르겠지만 문이 닫히는 걸 본 건 확실했다.

나는 대낮의 햇빛 속으로 돌진했다. 그리고 뛰면서 염소수염을 떼어버렸다.

14.4

나는 광장을 가로질러 달리면서 이어폰에 대고 고함을 쳤다.

"그들이 우릴 찾아냈어!"

"누가?" 툰데가 물었다. "경찰?"

"키란 일당이!"

건너편 옥상을 올려다보니 각자의 장비를 주머니에 쑤셔 넣고 있는 테오 형과 친구들이 보였다.

"서둘러!"

나는 광장에 접한 도로를 따라 달렸다. 차들을 피해 달리고 경적이 빵빵 울려대니 갑자기 뉴욕에서의 일이 떠올랐다.

어느 공원에 이르러 걸음을 멈추고 놀이터 근처에서 숨을 돌리는 사이, 테오 형과 친구들이 도착했다. 다들 땀을 뻘뻘 흘리고 있었다. 우리 중 누구도 비행기에서 몇 시간 쪽잠을 잔 것 말고는 잠을 자지 못했다. 내 동력이던 아드레날린이 사그라지고 팔다리가 돌기둥처럼 무겁게 느껴졌다.

"우린 거기 들어가야 해." 내가 말했다. "하지만…."

"하지만 뭐?" 툰데가 물었다.

"그건 악몽이 될 거야. 그리고 시간이 점점 줄어들고 있어. 빠르게."

툰데가 고개를 끄덕였다. "이곳이 그야말로 최고의 두뇌 위원회 같아. 그 사람들은 요새 속에서 일하고 있어. 모든 장비가 굉장해. 몰래 안으로 들어가는 것도 문제지만 최고급 장비를 사용해도 그 안에서 벌어지는 일들을 정확히 알아낼 가능성이 굉장히 낮아."

우리는 머리를 쥐어짜며 잠깐 이 문제에 대해 생각했다.

"우리가 들어갈 수 없다면…." 나는 좌절감에 한숨을 내쉬며 말했다.

"키란이 내일 바이러스를 풀 거야." 카이가 덧붙였다.

대단하군. 렉스, 만약 너한테 비밀 무기가 있다면 이제 그걸 쓸 시간이야.

우리에겐 몸을 숨기고 생각할 수 있는 장소가 필요했다.

멕시코시티의 블랙박스 실험실은 어마어마한 도전이었다. 아마 우리가 지금까지 마주한 가장 큰 도전일 것이다.

내 머릿속에는 한 곳밖에 떠오르지 않았다.

집.

14.5

우리는 두 대의 택시에 나눠 타고 시내를 가로질러 카르소 광장 바로 앞의 아파트에 도착했다.

택시에서 우르르 내려 기사들에게 팁을 준 뒤 우리는 아파트 바로 길 건너편에 섰다.

카르소 광장

나는 꼭대기 층의 창을 가리켰다.

"기억나?"

"응." 형이 대답했다. "엄청 힘들겠군."

우리는 삼촌 집 건너편에 서 있었다. 아빠보다 세 살 많은 에르네스토 삼촌은 시내의 약국에서 약사로 일하고 있었다. 아이가 둘인데 둘 다 집을 떠나 대학에 갔고 아파트는 화분과 어항으로 가득 차 있었다.

형과 나는 예전에 멕시코에 와본 적이 없지만 이 집을 잘 알고 있었다. 부모님 침실의 책장에 꽂혀 있는 사진 앨범들에서 이 집을 봤기 때문이다. 몇 년 동안 그 사진들을 어찌나 열심히 살펴봤던지 아파트 냄새까지 느껴질 정도였다. 아파트에 발을 들여놓은 적은 없지만 나는 모든 방을 기억했다.

힘들겠다는 형의 말은 삼촌 집까지 4층을 걸어 올라가야 하는 게 힘들겠다는 뜻이 아니었다. 형이 사라진 뒤 몇 년 만에 엄마와 아빠를 만나 모든 걸 털어놓아야 하는 게 힘들겠다는 뜻이었다.

아파트 계단을 올라가는 동안 형은 땀을 뻘뻘 흘렸다. 툰데는 여느 때처럼 흥분해서 내 바로 뒤를 따라왔다. 도대체 에너지가 떨어지는 법이 없는 친구였다.

나는 현관문 앞에서 잠깐 뜸을 들였다.

삼촌, 숙모는 물론이고 엄마, 아빠도 우리가 찾아오는 걸 까맣게 모르고 있었다. 특히 형을 만나는 건 상상도 못할 터였다.

"준비됐어?"

"아니." 형이 대답했다.

"미안해, 형. 지금 세상이 위험에 처해 있어서 말이야."

나는 문을 세 번 두드렸다. 에르네스토 삼촌이 웃느라 뺨이 빨개져서 문을 열러 나왔다가 눈이 휘둥그레졌다. 삼촌이 당황해서 아무 말도 못 하고 뒤로 물러서는데 숙모가 안에서 삼촌을 불렀다.

"누가 왔어요?" 숙모가 스페인어로 물었다.

"렉스…" 삼촌이 놀라서 말했다. "그리고 사람들…."

눈 깜짝할 새에 엄마, 아빠, 조세파 숙모가 삼촌 뒤에 나타났다. 아주 짧은 순간 엄청난 침묵이 흘렀다. 우리는 모두 형언할 수 없는 감정이 북받치는 이 특별한 순간에 사로잡혀 있었다. 그러다 댐이 무너졌다. 엄마가 눈물을 터트리며 테오 형을 껴안았다. 형은 펑펑 울었다. 나도 눈물이 났다.

우리가 집 안으로 들어갈 때까지 몇 시간은 지난 것처럼 느껴졌다.

우리는 거실에 앉았다. 형은 엄마, 아빠와 함께 소파에 앉았고 툰데와 스텔라는 숙모, 삼촌과 나란히 의자에 앉았다. 카이와 이반, 하비에라는 바닥의 방석에 앉았다.

형이 지금까지의 일을 전부 얘기하기 시작했다. 집을 떠난 밤에 형은 터미널의 동료 한 명(형과 마찬가지로 변화를 일으키길 열망하지만 핵티비스트 집단이 정말로 혁명적인 변화를 만들어낼 수 있을지는 완전히 확신하지 못했던)과 함께 차를 타고 휴스턴으로 갔다. 그런 뒤 유럽으로 떠나 몇 달 동안 취리히의 다락방에서 살다가 키프로스로 갔다.

그곳에서 문제들이 시작되었다. 형은 키란의 온드스캔 사업이 점점 더 커지는 걸 알게 되었다. 2년 전인 그때 이미 형은 키란이 위협적인 존재라는 걸 알아차렸다. 하지만 형은 터미널을 설득하지 못했고 노선을 이탈했다.

하지만 터미널에서 완전히 떨어져 나가지는 않았다.

터미널의 급진적인 활동 방식에 여전히 끌렸던 형은 보이지 않는 곳(음, 암호화된 다크 웹)에서 터미널에 접근하여 세상에 해를 끼치지 않는 부차적인 임무들을 수행했다. 비밀리에 힘들게 일하면서 자신이 변화를 만들고 있는 것처럼 느끼게 해주는 일회성 임무들이었다. 형이 집을 떠날 때 꿈꿨던 그런 삶은 아니었지만 형은 이 생활에 정착했다.

형은 뉴욕으로 옮겨 갔고 아파트를 구했다.

그리고 혼자서 할 수 있는 일들을 했다. 데이터를 유기적으로 저장하고 이동하는 안전한 방법을 찾아내려 애쓰며 바이오컴퓨터를 연구했다. 키란도, 터미널도 접근할 수 없는 무언가를 내놓겠다는 생각이었다.

먹다 남은 음식과 생화학과 고독으로 이루어진 생활이었다.

이런 생활이 오래갔다.

그러다 지니어스 게임이 개최되었고, 내가 등장했고, 워크어바웃이 가동되었고, 키란이 나를 추적했다. 로지가 도망을 다니게 되자 형은 이제 연락을 취할 때가 되었다고 판단했다. 형은 단서들을 남겨서 우리를 실험실로 오게 했고 키란을 따라 인도로 갔다. 내가 인도에서 키란한테 합류한 건 의도한 바는 아니었지만 퍼즐을 딱 맞춘 것과 비슷했다.

터무니없게도 형은 터미널에 가담하도록 나를 설득해서 우리

두 사람이 혼란과 부정적인 영향 없이 임무를 성공시킬 수 있을지 모른다고 생각했다. 물론 그 생각은 먹히지 않았다.

가슴속에 있던 얘기들을 전부 털어놓은 뒤 형은 소파에 편히 기대앉았다. 그리고 엄마, 아빠의 어깨에 팔을 둘렀다.

부모님과 형이 함께 앉아 있는 모습은 내가 몇 년 동안 간절히 보고 싶어 하던 것이었다. 드디어 그 모습을 보니 어떤 말로도 기쁨을 표현하기 힘들었다.

아빠가 말했다. "애야, 네가 집에 돌아오니 정말 좋구나."

엄마가 말했다. "하지만 다시는 우리가 그런 일을 겪게 해선 안 돼. 절대로."

형이 고개를 끄덕였다. "약속해요. 다신 안 그럴게요."

삶이 갑자기 다시 행복해졌다.

하지만…

로지와 울트라에겐 해야 할 중요한 일들이 있었다. 엄마, 아빠가 형과 함께 옥상에 올라가 저녁 공기를 쐬며 좀 더 얘기를 나누는 동안, 우리는 일 얘기를 했다.

"우리가 전에 했던 방식으론 불가능해." 내가 말했다.

"음," 툰데가 입을 뗐다. "스텔라와 내가 실험실에 잠입할 수 있는 기계를 만들 수 있어. 우리 둘이 함께 하면 훨씬 빠를 거야…."

"시간이 없어." 카이가 말했다. "게다가 그들은 우리의 잠입 시도를 기다리고 있을 거야."

"해킹해서 들어갈 시간도 없어." 하비에라가 덧붙였다.

우리는 몇 분 동안 어찌할지 모른 채 말없이 앉아 있었다.

잠시 후 이반이 예측에 따른 제안을 했고, 하비에라는 '디지털 회선'을 따라 시스템을 더 해킹할 아이디어를 제시했다. 그리고 나는 거울과 관련된, 내가 생각해도 말이 안 되는 아이디어를 툭 던졌다. 하지만 그중 무엇도 일을 진척시키는 데 도움이 되지 않았다.

우리는 막다른 골목에 부딪혔다.

그때 갑자기 툰데가 일어섰다.

"우리에겐 타코가 필요해."

"뭐라고?"

"타코 말이야."

툰데가 활짝 웃었다.

15. 툰데

시바 출범까지 3일

친구들, 생각이 막혔을 때 돌파구를 찾는 가장 좋은 방법은 먹는 것이다!

절대로 농담이 아니다. 어떤 일반적인 방법으로도 해결되지 않는 문제로 끙끙댈 때는 과부하가 걸린 불쌍한 뇌를 음식으로 달래주는 게 필요하다. 영양소가 뇌세포에 영향을 미치는 화학작용에 대해선 모르지만 나는 무기질들의 적절한 조합이 정신의 흐름을 개선하는 데 중요하다고 확신한다.

내가 알기로 지금 상황에서 도움이 되는 건 타코뿐이었다.

오늘 갑자기 깨달은 진리는 아니다.

어쨌거나 우린 지금 멕시코시티에 있지 않은가!

꽤 늦은 밤이었고 몇몇 친구들이 투덜대긴 했지만 밤공기를 쐬러 나가는 게 좋겠다는 내 생각에 다들 동의했다. 렉스의 숙모가 아파트에서 한 블록 떨어진 모퉁이에 있는 타코 가게에 가보라고 권했다. 멕시코에서 가장 맛있는 타코를 판다고 했다. 그 말을 들으니 당연히 더 허기가 몰려왔다!

우리는 다 함께 거리로 나갔다.

아, 친구들, 바깥 공기는 취할 것 같은 열대의 꽃향기와 방금 내린 비로 인한 흙냄새가 가득 차 있었다. 비에 젖은 거리가 우리 위에서 반짝이는 어지러운 불빛들을 반사했다. 나는 이미 이 도시와 사랑에 빠졌다.

타코 가게는 다행히 아직 타코를 팔고 있었다. 친구들, 이 작은 천국은 기가 막혔다! 예전에 텔레비전 프로그램이나 인터넷에서 본 타코들은 외피가 딱딱하고 너무 간단해 보였다. 그런데 여기 타코는 얇은 밀가루 전병에 갖가지 속 재료가 부드럽게 담겨 있었다. 내가 먹은 타코에는 삶은 돼지고기, 콩, 치즈, 아보카도, 버섯처럼 생긴 이상한 게 들어 있었는데, 렉스가 옥수수버섯이라고 알려줬다.

친구들, 이 맛있는 녀석을 걸신들린 듯 다섯 개 먹고 났더니 아이디어가 떠올랐다.

난데없이 아이디어가 번쩍 찾아왔다기보다 우리가 처한 딜레마에 대한 답이 바로 내 앞에 있다는 걸 깨달았다. 나한테 영감을 준 것이 바로 타코였다. 타코를 먹을 때 전병으로 내용물을 계속 감싸려 애썼지만 결국 실패했다. 맛있는 속 재료들이 삐져나와 손에 쏟아졌다. 그 순간, 놀라운 아이디어가 솟아났다.

"생각났어!"

"뭐가?" 렉스가 물었다.

"그 블랙박스 실험실에 들어갈 방법!"

나는 친구들을 불러 모았다.

"우린 그 실험실에 들어갈 수 없어. 물리적으로나 디지털 방식으로나 침입이 불가능해. 뭔가를 고안해낼 시간도 없어. 그러니까 유일한 답은 그곳에 들어가지 않는 거야."

"너무 심오한데?" 렉스가 뭔 소리냐는 표정으로 말했다.

"우리가 들어가지 않고, 그들이 나오게 하는 거야."

"두뇌 위원회가?" 이반이 놀라서 물었다.

"그래. 그리고 그들은 데이터를 들고 나올 거야."

렉스가 미친 사람 보듯이 나를 쳐다봤다.

하지만 나는 멀쩡했다!

"친구들, 우리가 다 함께 이 밤에 밖으로 나온 건 우리한테 맛있는 타코가 필요했기 때문이야. 그런 식으로 두뇌 위원회 멤버들이 밖으로 나오게 만들면 되는 거야."

"겁을 줘서?" 스텔라가 물었다. "불을 지른다든가…."

"아니." 나는 고개를 저었다. "미안하지만 그렇게 유치한 방법은 아니야."

"좋아…" 하비에라가 의아한 표정으로 물었다. "그럼 어떻게?"

"그게 가장 멋진 부분이야. 우린 그들이 가고 있는 길이 잘못됐다는 걸 보여줄 거야. 우리가 알고 있는 것들을 알려주고 우리가 가진 정보를 줄 거야. 키란이 무슨 짓을 하고 있는지, 그들이 작업하고 있는 프로그램들이 과연 세상에 무엇을 할지 폭로하는 거지. 진실을 알게 되면 그들은 멈출 거야."

"너무 장밋빛 생각인 것 같아." 이반이 말했다.

나는 타코를 마저 집어삼키고 말을 이었다.

"정말로 악한 사람은 아주 드물어. 난 두뇌 위원회 멤버들이 터미널 친구들과 비슷하다고 생각해. 자기들이 세상을 바꾸고 있다는 확신에 취해서 자기들이 하는 일의 파괴적인 면을 보지 못하는 거지. 물론 두뇌 위원회에 나쁜 놈들도 있겠지. 그런 말을 쓰고 싶진 않지만. 하지만 나쁜 놈들이 있다 해도 몇 안 될 거야. 우리가 대다수를 설득할 수 있다면 그들은 분명 반기를 들 거야."

"키란이 하는 일을 그 사람들이 이미 잘 알고 있다고는 생각 안 해?" 하비에라가 물었다. "그들은 자발적으로 하루 24시간, 일주일 내내 이 프로젝트에 매달려 있잖아."

"내 생각에 그들은 자기가 보고 싶은 것만 보고 있어. 우리가 다른 걸 보여주면 돼."

"너, 너무 철학적인 거 아냐?" 렉스가 말했다.

다음은 카이 차례였다. "우리가 그 사람들을 설득할 수 있고 그러는 데 필요한 정보도 입수했다 치자. 하지만 그 정보를 그 사람들한테 어떻게 전달할 거야? 해킹은 불가능하다며?"

"우린 해킹을 하지 않을 거야. 공유를 할 거야."

이 대답에 친구들은 더욱 혼란스러운 표정이었지만 내겐 계획이 있었다. 아주 명확하고 아주 미친 계획이.

15.1

"우린 군중을 이용할 거야."

나는 내 아이디어를 카이와 이반한테 설명했고, 두 친구는 좋은 생각이라는 데 동의했다. 우리가 블랙박스 실험실에 직접 해킹해서 들어가는 건 불가능하다. 하지만 실험실 내의 사람들에게 영향을 미치는 건 가능하다. 나는 그 방법은 카이한테 맡겼다.

"우리가 메시지를 크라우드소싱* 할 수 있다면," 카이가 말했다. "우리의 팔로워들, 울트라의 팔로워들이 실험실 안의 두뇌 위원회 멤버들과 개인적으로 연락하게 만들 수 있어. 일단 그들의 주의를 끌면 우리가 원하는 데이터 피드를 보게 할 수 있어. 키란의 폐쇄적 시스템과 독립된 뭔가를 말이야."

"어떻게 독립된 건데?" 렉스가 물었다.

"우리한테 필요한 건," 이반이 설명했다. "실험실 건물의 통신 시스템 전부를 하나의 무선 네트워크로 감싸는 거야. 그 주변에 디지털 버블을 만들고 그 버블 안으로 들어가는 것들을 통제해야 해."

"그건 스텔라랑 나한테 맡겨." 내가 말했다.

벌써부터 머리가 핑핑 돌아갔고, 우리는 아파트로 달려가 테

---

*crowdsourcing. 군중(crowd)과 아웃소싱 (outsourcing)을 합성한 신조어로, 인터넷에서 대중의 참여로 해결책을 얻는 방법을 말한다.

오한테 우리 계획을 자세히 설명했다. 아직 결정되지 않은 세부 사항이 많았지만 테오는 당장 일을 시작하고 싶어 하는 눈치였다. 친구들, 그렇게 해서 아파트가 금세 작업장으로 바뀌었다.

내 가장 친한 친구의 부모님은 아들들이 다시 힘을 합쳐 일하는 걸 보고 기뻐했다. 나도 그 모습을 보니 기운이 났다. 내가 렉스를 알게 된 뒤 처음으로 렉스는 정말 낙관적으로 생각하는 것 같았다. 내 낙천적 태도가 이제 렉스한테 전이돼서 그런 건지 모르겠지만 그런 내 친구를 보니 좋았다. 그 모습은 우리 모두를 훨씬 더 의욕에 불타게 했다!

나는 한밤중까지 깨어 있는 타입은 아니지만 멕시코시티가 잠들지 않는 도시라는 걸 알고 기뻤다. 우리는 렉스의 부모님이 빌려준 돈으로 우리 계획을 실행하는 데 필요한 것들을 대부분 구입할 수 있었다. 그리고 새벽까지 스텔라와 나는 지금까지 발명된 가장 놀랍고 독창적인 무선 네트워크 시스템 중 하나를 설계했을 뿐 아니라 조립도 거의 마쳤다.

황당한 소리 같겠지만 이제 우리에겐 헬륨이 많이 필요했다.

우리가 세운 미친 계획은 이거였다. 블랙박스 실험실을 감싸는 무선 네트워크를 만드는 유일한 방법은 말 그대로 건물을 신호로 뒤덮는 것이다. 이 신호들은 내부로 정보를 보내는 동시에 외부 데이터가 들어가는 걸 차단하는 역할을 할 것이다. 이것이 이반이 머릿속으로 그린 디지털 버블이었다. 하지만 이걸 어떻게 만들 수 있을까? 음, 우리가 건물의 배선을 바꿀 수는 없으니, 우리에겐 빠르고 저렴한 대안이 필요했다. 즉 블랙박스 실험실 주변과 위에 수천 개의 소형 발신기들을 매다는 것이다. 친구들, 내 아이디어는 효율적이면서 그만큼 장난스럽기도 했다. 헬륨을 채운 풍선 수백 개를 현장에 띄우는 것이다!

당연히 비결은 풍선들이 하늘로 날아가버리지 않고 건물 옥상 위에 그대로 떠 있게 하는 것이다. 그렇게 높이 고정시킨 모든 발신기가 가동되면 블랙박스 실험실 주변에 버블 네트워크가 형성될 것이고 우리가 그 네트워크를 완전히 통제할 것이다!

스텔라와 나는 발신기의 세부 사항들을 계획했다. 다행히 1센트짜리 동전의 4분의 1크기인 이 초소형 단일 칩 발신기는 우리가 직접 제작해야 하는 품목은 아니었다. 주어진 시간 내에 수천 개의 발신기를 수작업으로 만드는 건 불가능하기 때문에, 우리는 버려진 컴퓨터와 휴대폰에서 쉽게 구할 수 있는 기성품을 이용했다.

우리가 이런 일을 하는 동안 렉스와 하비에라는 발신기의 프로그램을 작성하는 복잡한 작업을 시작했고 테오와 카이, 이반은 두뇌 위원회와 공유할 정보를 정했다. 그 정보는 설득력 있는 동시에 직관적이어야 했다. 실험실 사람들이 둘러앉아 그들이 받은 정보를 놓고 토론하게 만들 만한 여유는 없었다.

나는 스텔라와 내가 꽤 잘 맞아서 기뻤다. 우리가 항상 죽이 척척 맞은 건 아니지만(우리는 적절한 전력 공급 장치를 놓고 몇 번 격렬한 논쟁을 벌였다) 재활용 문제에 대한 생각은 똑같았다.

우리 둘 다 쓰레기장을 사랑했다!

동틀 무렵이 되어서야 풍선 발신기가 완성되었다. 하드웨어가 제작되고 프로그램이 작성되어 준비되었을 즈음, 우리는 아파트 옥상의 방수포 밑에 400개의 헬륨 풍선을 모았다. 우리가 작

업을 마치고 몇 분 뒤에 렉스의 부모님과 삼촌, 숙모가 커피와 달
콤한 롤빵을 들고 옥상으로 올라왔다가 그 많은 풍선들을 보고
깜짝 놀랐다.

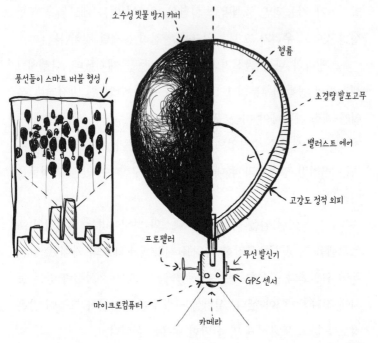

소수성 빗물 방지 커버
헬륨
초경량 발포고무
밸러스트 에어
고강도 정적 외피
풍선들이 스마트 버블 형성
프로펠러
무선 발신기
GPS 센서
마이크로컴퓨터
카메라
스마트 풍선

"이건…" 렉스 아빠가 쉽게 말을 잇지 못했다. "어마어마한
걸."

"이게 작동하면 더 어마어마할 거예요." 내가 말했다. "우린
한바탕 소동을 일으킬 거예요."

15.2

나이지리아에는 '개구리는 낮에 이유 없이 뛰지 않는다'라는 속담이 있다.

황당한 속담이라 생각할 수도 있지만 여기에는 아주 심오한 진리가 담겨 있다. 개구리에겐 방어 수단이 많지 않다. 그래서 남의 눈을 피해야 하고, 대개 어둠을 틈타 이동하고 행동한다. 그러니 낮에 돌아다니는 개구리는 분명 위험을 각오한 녀석이고, 아주아주 중요한 이유로 밖에 나온 게 틀림없다. 아니면 심각하게 정신이 나갔거나.

아무튼 로지와 울트라도 이와 동일한 접근 방식을 택했다.

우리는 블랙박스 실험실 주변에 몰래 풍선들을 설치한 게 아니라 어마어마하게 많은 풍선들을 들고 거리를 행진했다. 아직 일곱 시도 안 된 이른 아침이었지만 우리는 구경거리를 만들려고 했다. 이건 당연히 카이가 낸 아이디어였다.

"우리가 은밀하게 움직이면," 장비가 모두 준비되었을 때 카이가 말했다. "사람들이 의심해서 당장 경찰에 신고할 거야. 하지만 흥청망청 파티에 가는 사람들처럼 보도를 걸어가면 사람들은 우릴 딱 그렇게 생각할 거야. 블랙박스 실험실의 화려한 개막식 같은 거지."

다들 그 말을 듣고 웃었지만 카이는 어느 정도 일리 있는 말이라고 주장했다.

렉스의 부모님이 밴을 빌려서 블랙박스 실험실에서 두 블록 떨어진 지점까지 우리와 장비들을 실어다 줬다. 풍선들은 밴의 지붕에 끈으로 묶어놓은 투명 방수포 아래에 모아뒀다. 꽤 볼 만한 구경거리였다.

현장에 도착한 우리는 쇼를 시작했다.

나는 우리가 운전자들의 주의를 흩트려서 뜻하지 않게 교통사고가 일어날까 봐 걱정이 되었다. 하지만 쓸데없는 걱정이었다. 이른 아침부터 교통체증이 심했고, 오히려 우리가 불안해하는 통근자들을 응원했다!

"두뇌 위원회 사람들한테 뭘 보여줄 거야?"

"가장 효과적인 자료를 찾아내기가 어려웠어." 카이가 설명했다. "그 사람들은 우리와 비슷해. 더 나은 세상을 위해 자기 재능을 이용하려는 천재들이지. 그들은 키란의 생각과 그의 장황한 설명을 전부 믿었어. 그들이 키란을 완전히 떨쳐버리게 만들긴 힘들어."

"왜? 키란은 나쁜 짓을 많이 저질렀잖아."

"하지만 키란은 그런 짓들이 좋은 결과로 이어진다고 그들을 세뇌시켰거든."

"아, 알겠어. 우리가 키란을 나쁜 사람으로 보이게 만들 수 없다면…."

"그럼 키란이 한 일이 나빠 보이게 만드는 거지." 카이가 말을 이었다. "우린 그들한테 키란의 행동이 불러올 최종 결과를 보여줘야 해. 그들이 풀어놓을 바이러스가 과연 어떤 일을 할지 보여줄 수 있다면, 시바가 얼마나 유해할지 알려줄 수 있다면 그 일에 참여하고 싶지 않도록 그들을 설득할 수 있어. 그들이 키란을 미워하게 만들진 못하더라도 키란의 계획이 잘못됐다고 판단하게 할 순 있어."

아, 카이는 언제나 현명하다!

블랙박스 실험실에 도착한 우리는 계획을 실행에 옮기기
시작했다. 렉스, 테오, 하비에라가 방송을 하기 위해 갖가지
위성 수신기들과 무선 안테나들이 설치된 옆 건물 옥상으로
올라가는 동안, 스텔라와 나는 실험실 주변에 풍선들을 풀어놓
기 시작했다. 풍선들 사이에 적당한 간격을 두는 게 요령이었다.
풍선들이 너무 떨어져 있으면 신호들이 약해질 것이고 너무 바짝
붙어 있으면 신호들이 중첩되어 역시 약해질 것이다. 우리는 풍선
들을 약 1.5미터씩 떨어트려 묶었다.

53분 뒤, 풍선들을 띄우는 작업을 끝내니 멕시코시티 블랙박
스 작업실은 축제 느낌이 났다. 어찌나 화려하던지!

풍선들이 제자리를 잡자 나는 렉스한테 신호를 보냈다.

렉스가 네트워크를 가동했을 때 정적이 흘렀지만
스텔라와 나는 휴대폰을 통해 피드를 볼 수 있었다.
우리는 옥상 가장자리에 나란히 앉아 우리 바로 아래
에서 펼쳐지는 상황을 지켜봤다.

카이와 이반은 분명 그 어느 때보다 더 잘해냈다.

가장 먼저 일어난 일은 실험실 안의 모든 연결된 화면들이 세
번 깜빡거린 것이었다. 주의를 끌기 위한 훌륭한 방법이었다. 그
런 뒤 멋지게 페인티드 울프 분장을 한 카이의 모습으로
넘어갔다. 카이의 얼굴이 화면 전체를 꽉 채웠다. 트레이
드마크인 선글라스를 쓰고 있었지만 카이의 눈빛이 뇌리
에 팍 꽂히는 느낌이었다.

"키란은 여러분에게 거짓말을 해왔습니다." 카이가 영어로 말했다. "여러분이 준비하고 있는 바이러스는 새로운 평등의 시대를 열지 않을 겁니다. 그렇기는커녕 무자비하고 무익한 파괴를 불러일으킬 것이고 여러분이 그 파괴에 참여할 겁니다. 보세요…."

이미지와 문서들이 줄줄이 나타났다. 렉스가 콜카타 실험실에 들어간 뒤 우리가 모은 파일들, 베이징에서 구한 코드들, 테오가 숨어서 했던 작업, 울트라가 지난 몇 주 동안 수집한 자료들에서 뽑은 것이었다. 전체적인 결과를 파악하는 데 코딩이나 고급 수학은 필요하지 않았다. 이 모든 별개의 부분들을 취합하고 퍼즐의 전체적인 형태를 드러내는 것으로 충분했다. 진실은 단순했다. 멕시코시티 블랙박스 실험실의 두뇌 위원회 멤버들은 자신들이 하고 있는 일의 전체 범위를 보지 못했다. 그들은 기계 부품만 만들고 완제품은 본 적이 없는 공장 근로자들이나 마찬가지였다.

이미지와 문서, 코드와 비밀 이메일들이 화면을 지나간 뒤 카이가 다시 나타났다. 나는 스텔라가 당황

할 정도로 박수를 치고 환호성을 질
렀다.

　　페인티드 울프가 말했다. "여러분
이 지난 몇 주 동안 뭘 만들었는지 보셨
으니 이제 여러분에게 선택권이 있습니다.
여러분은 키란을 도와 세계를 파괴하려 시도할
수도 있고, 우리와 합류해 진정한 변화를 일으킬 수도 있
습니다. 두뇌 위원회 여러분, 실험실 밖으로 나오세요. 거리로 걸
어 나오세요. 우리가 기다리고 있습니다. 우리와 함께해요."

　　화면이 다시 깜빡거리다 까맣게 되었다.

　　나는 스텔라를 쳐다봤다. 스텔라는 입이 귀에 걸리게 활짝
웃고 있었다.

16. 카이

두뇌 위원회 멤버가 첫 등장을 하는 데 2분이 걸렸다.

블랙박스 실험실의 금속 문이 스르르 열리더니 10대 남자애가 이른 아침 햇살에 눈을 깜박이며 걸어 나왔다. 렉스처럼 키가 멀쑥하고 아프로 헤어스타일을 한 아이였다.

나와 이반은 간단한 종이 안내문을 들고 문 앞에 서 있었다.

혁명의 세계에 오신 것을 환영합니다!

남자애가 나한테 걸어와 말했다. "난 알폰소예요."

"안녕, 알폰소. 난 페인티드 울프예요."

"난, 어, 바이러스가 사용하는 전염 메커니즘을 설계했어요." 알폰소가 약간 초조하게 말했다. "당신들을 돕고 싶어요. 상황을 바로잡고 싶어요."

"좋아요. 고마워요. 시바는 지금 어떤 단계죠?"

194

내가 키란의 프로그램 이름을 언급하자 알폰소는 약간 놀란 것 같았지만 오래 망설이지는 않았다.

"프로그램은 지금 돌아가고 있어요."

"프로그램에 접근할 방법이 있나요?"

"아니요. 일단 프로그램이 완성되면 키란한테 모든 통제권이 있어요. 말하자면 키란이 방아쇠를 당기는 사람이죠."

"비밀 경로도 없나요?" 렉스가 물었다. "남아 있는 접근 코드도 없고요?"

알폰소가 고개를 저었다. "키란은 공격을 완벽히 차단하길 원했어요."

"키란은 우리가 공격할 걸 알고 있었어." 툰데가 와서 대화에 끼어들었다. "키란은 멍청이가 아니야. 시바 프로그램을 막으려면 우리가 키란한테서 그걸 뺏는 수밖에 없어."

"시바가 뭘 할지 말해줄 수 있나요?" 렉스가 알폰소한테 물었다. "우린 시바가 어떻게 은행 계좌들과 기업, 정부를 공격할지 대충 알고 있지만 그 외에도 더 있나요?"

알폰소가 길고 큰 한숨을 내쉬었다.

"시바는 인터넷의 모든 것을 지워버릴 겁니다."

우리는 서로를 쳐다봤다. 렉스가 말한 대로 우리는 시바가 무엇을 할지 대강 알고 있었지만 그 최종 단계는 모르고 있었다. 이렇게 대놓고 들으니 그만큼 더 끔찍하게 느껴졌다.

"우리한테 시바를 막을 열쇠는 없지만 다른 방법이 있어요."

알폰소가 그렇게 말하고는 고개를 돌려 금속 서류가방을 든 여자애를 가리켰다. 그 여자애는 우리가 알폰소와의 대화에 열중

하는 사이 어느새 밖으로 나와 있었다.

"이게 여러분이 찾는 거예요." 여자애가 말했다.

"이게 뭐죠?" 내가 물었다.

"라마예요." 알폰소가 말했다. "일단 보세요."

알폰소가 서류가방을 열고 내용물을 보여줬다. 그 안에는 가로 8센티미터, 세로 13센티미터 정도 되는 색인 카드 크기의 반짝이는 금속판 하나가 들어 있었다. 이 '금속판'은 종이처럼 얇았지만 우표 세트에 나 있는 구멍들처럼 다양한 점과 소용돌이무늬들이 있었다.

렉스가 내 옆으로 와서 금속판을 살펴봤다.

"이게 내가 생각하는 그건가요?"

알폰소가 고개를 끄덕였다.

"시바는 과거를 깨끗이 지우고 백지상태에서 새로 출발하도록 설계된 프로그램이자 바이러스예요. 그리고 라마는 그다음 단계인 새로운 인터넷, 새로운 데이터 세상이 될 거예요. 규모 면에서 라마가 시바보다 스무 배 크죠. 비결은 모든 데이터를 쉽게 이동 가능한 방식으로 저장하는 거였어요. 우린 최첨단 비휘발성 반도체 메모리시트에 데이터를 저장하기로 했어요. 여기엔 멤리스터*도 포함되었고 우린 아주 작은 기억장치들을 만들 수 있었어요. 실제로 이 카드엔 라마 프로그램의 4분의 1이 들어 있죠."

"놀랍네요. 그럼 데이터를 어떻게 추출하죠?"

---

*memristor. memory와 resistor(저항)의 합성어로 이전의 상태를 모두 기억하는 메모리 소자. 속도가 빠르고 저장 용량이 큰 메모리 반도체를 만드는 데 쓰인다.

그러자 여자애가 뒷주머니에서 스캐너를 꺼냈다.

"여기."

휴대폰 크기의 그 스캐너는 유리 부분이 투명하지 않고 검은 색이라는 점만 빼면 돋보기와 비슷했다.

여자애가 설명했다. "이 스캐너를 금속판 위에 대고(각 서류 가방 안에 이걸 세워두는 받침대가 있어요) 스위치를 켜면 데이터를 스캐닝해서 어디든 당신이 연결시켜놓은 곳에 기록해요. 아마 노트북이나 태블릿 컴퓨터로 설정하는 게 가장 좋을 거예요."

"그렇게 하는 데 시간이 얼마나 걸리죠?"

"금속판 한 장당 어림잡아 20분 정도?"

"금속판이 모두 몇 장인가요?" 렉스가 물었다.

"열 장이에요." 이번에는 알폰소가 대답했다.

고개를 돌렸더니 서류가방을 들고 나타난 9명의 두뇌 위원회 멤버들이 보였다.

우리는 키란의 원대한 계획의 두 번째 부분인 라마 코드를 손에 넣었다.

그리고 15분도 안 돼서 모든 두뇌 위원회 멤버가 밖으로 나왔다. 전부 40명이었다. 그들은 거리에 서서 우리한테 자신의 전문 분야를 설명하고 어떻게 돕길 원하는지 물었다. 더 좋은 건, 그들이 플래시 드라이브, 바인더, 심지어 노트북을 들고 실험실에서 나온 것이었다.

우리의 계획이 먹혔다. 그것도 딱 제시간에.

우리가 실험실 앞에 서서 대화를 나누고 있을 때, 네트워크 발신기가 담긴 헬륨 풍선 몇 개가 머리 위에서 펑 터졌다. 풍선들이 서서히 내려오면서 내용물이 거리로 떨어졌다. 네트워크가 불통이 되었고 우리가 보낸 신호가 사라졌다.

툰데와 렉스가 두뇌 위원회 멤버들과 얘기를 나누는 모습을 보니 믿을 수 없을 정도로 감격스러웠다. 나는 두뇌 위원회를 적이라고 생각해본 적이 없었다. 그냥 세상을 위해 좋은 일을 하고 싶었지만 잘못된 길로 현혹된 친구들이라고 생각했다. 우리는 터미널을 무너트렸고 이제 두뇌 위원회에게 자유를 줬다. 두 개의 위협이 무력화되었지만 일을 끝내려면 아직 멀었다.

키란이 여전히 시바를 손에 쥐고 있었다.

16.1

두뇌 위원회의 최고 멤버들 대부분을 잃긴 했지만, 키란은 여전히 위험한 존재였다.

게임이론에서 중요한 개념 중 하나가 불예측성이다. 모순처럼 들리지만 예측 불가능하게 되는 것은 이성적 전략이다. 당신과 상대의 입장이 충돌할 때 게임이론은 당신에게 상대가 당신의 의도를 파악하기 위해 애쓰도록 행동하라고 말한다. 당신이 무작위로 움직일 경우 상대가 당신보다 선수를 치기 어려워진다.

우리는 키란을 몇 수 앞질렀지만 나는 그가 항상 유리한 입장에 있다는 걸 알고 있었다. 라마와 관련해서도 우리는 키란의 다음 움직임이 뭘지 아직 모르고 있었다.

라마의 뒷받침이 없어도 키란은 시바를 출범시킬 것이다. 우리의 다음 단계는 그를 찾아내는 것이다.

우리는 울트라, 두뇌 위원회와 힘을 합쳐 모든 기록들과 문서들, 디지털 드라이브들을 렉스 삼촌의 아파트로 옮겼다. 그날 오후 현관문을 두드리면서 정말로 미안한 마음이 들었다. 에르네스토 삼촌은 우리가 전날보다 열두 명이나 많은 사람들을 데리고 온 걸 보고 눈이 휘둥그레졌다. 다행히 날씨가 좋고 옥상이 넓었다. 우리는 바닥에 자료들을 전부 펼쳐놓고 파라솔을 편 뒤 자리 잡고 앉아 우리가 입수한 것들을 검토했다.

해가 질 무렵, 나는 좀 쉬기로 했다. 그래서 급수탑으로 올라가는 계단에 주저앉았다. 박처럼 땅딸막한 급수탑을 누군가가 밝은 파란색으로 색칠하고 커다란 웃는 얼굴을 그려놓았다. 그 얼굴은 날씨가 어떻건, 아래에서 무슨 일이 벌어지건 언제나 미소를 지으며 멕시코시티 시내를 내려다보고 있었다.

나는 생각을 정리하며 몇 분 동안 계단에 앉아 있었다. 언제 생겼는지 모르겠지만 왼쪽 손등에 긁힌 자국이 눈에 띄었다.

그때 렉스가 물 한 잔과 과자를 들고 내 옆에 와서 앉았다.

"어쩌다 멕시코에 오게 되셨나요?"

렉스가 농담을 던지고는 내 손을 잡고 쓰다듬다가 상처를 발견했다.

"밴드 같은 게 필요한가요?"

"아무것도 아니에요."

"아파 보이는데요."

"긁힌 자국이에요. 이 정도 긁힌 건 내가 알아서 할 수 있어요."

"분명 그러시겠죠. 당신은 아주 강해 보이니까요."

"지금 나한테 작업을 거는 건가요, 우에르타 씨?"

렉스가 윙크를 했다.

렉스와 나는 웃음을 터트렸다.

나는 진짜 데이트를 하는 우리 모습을 잠깐 상상해봤지만 어떤 모습일지 잘 그려지지 않았다. 우리 같지가 않았다.

킥킥거리는 소리가 잦아들었을 때, 렉스가 진지한 표정으로 말했다.

"라마는 내가 원하는 만큼 깊이 파고들진 못했지만, 굉장히 인상적인 프로그램이야. 키란한테 시바라는 파괴 프로그램이 없다면 라마는 사실 이 세계를 위한 진정한 선물이야."

"우리가 라마를 재작성할 수 있다고 생각해?"

렉스가 고개를 끄덕였다.

"시간이 걸리겠지만, 우리가 라마를 각 부분들로 분해한다면 엄청나게 유익한 코드들이 될 거야."

우리는 단둘이 함께 있는 시간을 즐기며 잠시 동안 말없이 앉아 있었다. 저물어가는 오렌지색 햇살이 지평선을 물들이는 광경을 바라보면서.

"키란은 전력을 다해 싸울 거야."

"하지만 우린 그 어느 때보다도 강해." 렉스가 확신에 찬 목소리로 말했다.

"정말로 그렇게 생각해?"

"당연하지."

그때 툰데가 옥상 저쪽에서 소리쳤다.

"여기!"

렉스와 나는 급수탑 계단을 뛰어내려 툰데가 앉아 있는 곳으로 달려갔다. 툰데는 파라솔 밑의 담요에 앉아 스텔라, 하비에라, 두뇌 위원회 멤버 두 명과 함께 노트북을 살펴보고 있었다.

"뭘 발견했는데?"

"위치." 툰데가 대답했다.

툰데가 노트북을 돌려서 나한테 내밀었다. 화면에는 미국 지도가 떠 있었는데, 내가 아는 지도와 달라 보였다. 파란색 바탕에 백만 개의 작은 점들에서 수많은 원들이 퍼져 나오고 있었다. 툰데가 남쪽 지방의 점들 중 하나를 가리켰다.

"여기." 툰데가 말했다. "이게 키란이야."

"키란이 있는 곳이라고?"

나는 다시 아드레날린이 솟구쳤다.

"아니." 툰데가 설명했다. "이건 어떤 무선 기지국에 보낸 통신 상태 확인 프로그램이야. 키란은 이 근처 어딘가에 있어. 통신 상태 확인 프로그램들을 더 발견하면 키란의 위치를 삼각 측량할 수 있어. 울트라와 두뇌 위원회 친구들이 몇 가지 놀라운 디지털 마법을 부렸어. 그러니까 몇 시간 뒤면 키란이 어디에 있는지 알아낼 수 있을 거야. 그보다 빨리는 안 되겠지만."

"대박이야, 툰데."

나는 절로 미소가 나왔다.

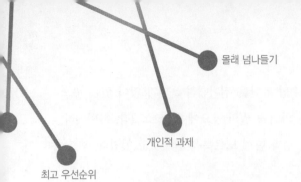

17. 렉스

시바 출범까지 43.5시간

키란을 막는 일이 분명 최고 우선순위이지만 테오 형과 내겐 풀어야 할 다른 문제가 있었다.

로지, 울트라, 그리고 두뇌 위원회 멤버들이 지적 능력을 합치면 키란이 어디에 있는지 찾아내는 건 시간문제였다. 우리는 저녁 식사 전에 이미 몇 가지 불가능한 일을 해냈다.

하지만 부모님을 다시 미국에 돌아가게 하는 일은 내 개인적인 과제였다.

모두들 블랙박스 실험실에서 건진 자료들을 연구하고 있을 때, 나는 얘기 좀 하자며 형을 불러냈다. 국경을 몰래 넘나들고 흔적을 남기지 않은 채 세계를 돌아다니는 데 익숙한 형이라면 부모님을 다시 산타크루스로 돌려보낼 방법을 찾아낼 수 있을 것 같았다.

우리는 커피를 사러 가기로 했다.

"세 블록 떨어진 곳에 멋진 카페가 있어." 형이 말했다.

우리는 모두의 주문을 받은 뒤(물론 툰데는 커피 말고 차를 마시겠다고 고집했다) 아파트 밖으로 나갔다. 시내는 음악과 생기로 가득 차 있었다. 밝은 색의 옷을 입은 사람들이 활기차게 대화를 나누고 있었고, 가게들에서는 타악기 소리가 흘러나왔다.

"네가 생각하는 것만큼 힘들진 않을 거야." 형이 말했다.

제발 그랬으면….

"내가 대학교 1학년일 때 생각나? 생화학 수업 말이야."

"수강하려고 가짜 신분을 만들었던 수업?"

"맞아."

형은 대학 1학년 때 고급 생화학 수업이 몹시 듣고 싶었다. 하지만 학교 당국에서는 아무리 똑똑한 학생이라도 교과과정을 건너뛸 수는 없다는 입장이었다. 그래서 형은 아바타, 즉 토로라는 가짜 테오를 만들어 수강에 필요한 모든 학점을 준 뒤 그 수업을 들었다. 학교 측은 전혀 눈치채지 못했다.

"그게 어쨌다는 거야?"

"그게 우리가 엄마, 아빠를 집에 돌려보낼 방법이야…."

형이 모퉁이에서 걸음을 멈췄다. 그때 나는 우리가 아침에 왔던 곳, 그러니까 멕시코시티 블랙박스 실험실의 길 건너편에 서 있다는 사실을 깨달았다. 다른 방향으로 이곳에 온 것이다.

"…이게 우리가 그걸 할 방법이야." 형이 말을 끝맺었다.

"카페 같아 보이지 않는데?"

"키란의 팀, 그러니까 두뇌 위원회 사람들이 실험실 안에 슈퍼컴퓨터가 있다고 했어. 양자컴퓨터는 아니야. 하지만 키란이 워크어바웃을 입수한 뒤로 대부분의 양자컴퓨터들은 사실상 잠겨 있어. 넌 사양에 대해 잘 알겠지만 두뇌 위원회 사람들이 여기 슈퍼컴퓨터는 빠르다고 했어. 엄청나게 빠르대. 실행 속도가 1.9페타플롭*이고 6코어 프로세서 4만 개가 장착되어 있대."

진짜 빠르네. 하지만….

"키란은 너와 네 친구들을 유령으로 만들었어. 우리도 부모님을 유령으로 만들 수 있어."

"그렇게 하려면 키란이 가진 워크어바웃에 접근해야 해."

형이 미소를 지었다.

"네가 백도어 프로그램을 집어넣었잖아. 기억 안 나? 인도에 있었던 게 고작 며칠 전이야, 렉스."

물론 내가 콜카타에서 워크어바웃 2.0을 수정했던 일을 잊지 않았다. 하지만 나는 늘 그걸 키란의 뒤통수를 치는 방법으로만 생각했다. 그리고 지금 우리는 커피를 사러 가는 길이었다.

"지금 하자는 건 아니겠지?"

형이 고개를 끄덕였다.

"당연히 지금이지, 아우야. 아니면 언제 하겠어?"

17.1

"우리한테 필요한 게 전부 저 안에 있어."

"아주 쉽다는 듯이 말하네."

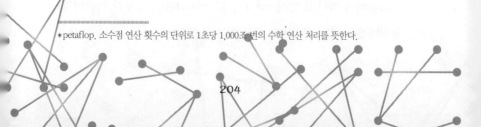

*petaflop. 소수점 연산 횟수의 단위로 1초당 1,000조 번의 수학 연산 처리를 뜻한다.

"아주 쉬워."

내가 보기에 우리에겐 20분 정도의 시간이 있었다.

물론 나는 부모님을 집에 보내기 위해서라면 깨어 있는 모든 시간을 기꺼이 쓸 것이다. 하지만 우리 일정이 너무 빡빡했다. 이미 아마겟돈까지의 초읽기가 시작되었다.

그래, 20분이야.

우리는 교차로를 건너 블랙박스 실험실의 현관으로 갔다. 형이 생체 인식 잠금장치 앞에서 멈췄다.

"전에 이런 것들을 해킹해봤어." 형이 말했다. "보통 3, 4분이면 들어갈 수 있어. 이 문의 잠금장치는 걱정이 안 돼. 하지만 이 문을 열면 내부 네트워크의 보안장치가 작동될 거야. 풍선들이 버블 네트워크를 구축했지만 이 실험실 안에서 지금도 돌아가고 있는 시스템은 전부 키란이 통제해."

"우리가 여기 발을 들여놓는 순간 경보가 울리고 키란이 우리가 들어온 사실을 알게 될 거란 말이지?"

형이 잠금장치를 해킹하면서 고개를 끄덕였다.

"그럼 로지와 울트라가 지난 48시간 동안 했던 일들이 발각될 거야. 키란한테 힌트를 줄 테니까."

"맞아. 우리가 실험실 안에 머물 수 있는 시간도 줄어들겠지."

"예를 들면?"

"아마 10분쯤으로."

20분은 물 건너갔군….

나는 블랙박스 실험실에 들어가서 어떻게 할지 머릿속으로 그려봤다. 신속하게 움직여야 했다. 일단 눈에 띄는 모든 카메라와 경보기의 작동을 중지시키고 네트워크에 접속해 키란의 보안 소프트웨어를 제거한다. 그런 뒤 슈퍼컴퓨터에 접근해 필요한 정부 네트워크에 들어간 다음 데이터를 변경하고 우리가 접속한 흔적을 지운다. 그리고 최대한 빠른 시간 내에 건물에서 나와 삼촌의 아파트로 달려간다.

쉽군, 안 그래? 하지만….

위험이 너무 컸다. 카이가 이 자리에 있다면 그런 결정의 장단점을 토론하게 했을 것이다. 나는 위험을 더 잘 판단하는 법을 카이한테서 충분히 배웠다. 카이는 항상 위험을 감수했지만 영리하게 했다. 이번 일은 꽤 멍청한 짓 같았다. 하지만 내 부모님과 관련된 일이었다.

두 분은 집에 가야 해, 렉스. 이 모든 게 네 잘못 때문이잖아.

"안으로 들어가면 내가 말하는 대로 해야 해. 미적거려선 안 돼, 형."

형이 고개를 끄덕인 뒤 스캐너에 손을 올렸다.

철커덕 소리가 나며 문이 열렸고 우리는 안으로 들어갔다. 큰 방을 가로질러 걸어가자 불이 자동으로 들어왔다. 블랙박스 실험실은 완전히 버려진 곳처럼 느껴졌다. 예상한 대로 경보가 울리고 불빛이 번쩍거렸다. 건물 전체가 몇 분 뒤에 폭발할 것만 같았다. 나는 전자식 화이트보드 근처의 책상에서 레이저포인터를 집어 들고 눈에 띄는 천장의 카메라 몇 대를 껐다.

"저기!"

나는 뒤쪽에 있는 계단을 가리켰다. 경보음이 요란하게 울려

경보

감시 카메라

슈퍼컴퓨터　　　206

서 고함을 질러야 했다.

우리는 계단으로 가서 잽싸게 뛰어 내려갔다.

아니나 다를까, 슈퍼컴퓨터가 지하실 전체를 차지하고 있었다. 거대한 서버들이 까만색 직사각형 박스 안에 담긴 채 길게 늘어서 있었다. 좀 불길한 느낌이 들었다. 각 서버 옆쪽에 독니를 드러낸 화난 코브라 로고가 박혀 있고 뱀 위쪽에 나가^{Naga}라는 단어가 적혀 있었다.

"나가." 형이 설명했다. "힌두교 신화에 나오는 커다란 뱀이야."

"좋은 놈 같아 보이지 않는데?"

"놈은 지진을 일으켜."

나가에 접속하는 단말기 앞 의자에 앉으며 그 말을 들으니 별로 위로가 되지 않았다. 초고속열차의 운전대 앞에 앉아 있는 기분이었다. 이 괴물 같은 기계를 제어하는 모니터와 키보드는 딱 하나뿐이었다.

형이 의자를 끌고 와서 내 옆에 앉았다.

다행히 지하에서는 괴성 같은 경보음이 좀 약하게 들렸다.

시계를 보니 벌써 5분이 지나 있었다.

"넌 할 수 있어, 렉스. 집중해."

로그인은 비교적 쉬웠다. 3분마다 비밀번호가 자동으로 바뀌었지만 무차별 대입 공격으로 해킹해서 통과할 수 있었다. 그런데 시스템에 들어가자 온갖 보안 소프트웨어들이 가동되어 곳곳에서 나를 공격했다. 꼭 비디오게임처럼 생각될 수도 있겠지만 그건 아니다. 해킹은 숫자와 코드로 이루어진다.

흥분은 머릿속에만 있다.

나는 보안 시스템들을 통과하는 데 또 2분을 썼다. 인정한다. 좀 더 빨리 했어야 했다. 하지만 시스템이 상당히 복잡해서 내가 원하는 걸 찾는 데 시간이 걸렸다. 꼼꼼하지 않은 두뇌 위원회 멤버가 몇 가지 프로그램을 업데이트하는 걸 잊어버렸다. 보안 시스템과 직접적으로 관련되지 않은 사소한 프로그램들이었지만 내가 접근해서 수정하자 우르르 오류를 일으켰다. 나는 이 오류들을 이용해 시스템에 완전히 들어갔다.

렉스 1점 획득.

나가를 제어할 수 있게 되었으니, 이제 워크어바웃 2.0을 찾아내 가동하는 것만 남았다. 그건 가장 위험한 행동, 분명 키란한테 알려질 행동이었다.

아나나 다를까, 슈퍼컴퓨터에 워크어바웃 2.0이 설치되어 있었다.

나는 프로그램을 열기 전에 망설였다.

형이 그런 내 모습을 눈치챘다.

"너한텐 백도어 프로그램이 있어. 뭐가 문제야?"

"키란이 그걸 발견했을 수도 있어."

"젠장."

"키란은 웬만한 프로그래머들보다 똑똑해. 그 프로그램을 열어놓고 내가 접근하길 기다리다가 뭐든 덫을 놓을지도 몰라. 물론 프로그램을 발견 못 했을 가능성도 없진 않아. 다른 급한 일을 하느라 너무 바빠서 말이야."

"키란이 발견했을 가능성이 얼마나 돼?"

잠깐 생각하는 동안 내 손가락이 엔터 버튼 위를 맴돌았다.

"60이나 65퍼센트."

형이 내 어깨에 손을 올렸다.

"우린 여기까지 왔어. 계속 가자."

만약 내가 나가를 해킹하고 있다는 걸 키란이 안다면 내가 워크어바웃 2.0을 노리리라는 것도 알 것이다. 다른 선택지가 없었다. 백도어 프로그램에 접근해 최대한 빨리 가동해야 했다.

"죽기밖에 더 하겠어."

나는 엔터 버튼을 눌렀다.

워크어바웃 2.0이 열렸고, 아무 일도 일어나지 않았다. 나는 엄마와 아빠의 정보를 검색해서 두 분의 파일에 접근해 빠르게 수정했다. 체포와 퇴거 명령을 지우고 국외 추방과 관련된 모든 기록도 삭제했다.

옆에서 지켜보던 형이 말했다. "두 분을 미국 시민으로 만들어."

당연히 나도 그 문제를 생각했다. 이 건물에 들어오면서 잠깐 고민했지만 해서는 안 되는 일이란 걸 알고 있었다. 두 분의 기록을 전부 지운 것만으로도 이미 윤리적 한계점 가까이에 다다른 짓이었다. 부모님은 내 잘못으로 추방되었지만 그게 두 분이 불법적으로 미국에 입국하는 데 대한 핑곗거리는 되지 못한다. 나는 그렇게 할 수 없었다.

"안 돼, 형. 난 올바른 방법으로 이 일을 할 거야."

부모님은 사실상 유령이 되었고, 나는 워크어바웃 2.0에서 빠져나왔다.

하지만 나는 조용히 떠나지 않았다.

"키란은 분명 우리가 여기 있다는 사실을 알 거야. 내가 워크어바웃 2.0에 접속하리란 걸 예상했겠지. 하지만 이건 예상 못 했을걸?"

그다음에 일어난 일은 즉흥적으로 내린 결정이었다. 내 존재의 가장 깊은 곳에서 지적 능력과 감정이 강력하게 결합해 나온 결정이었다. 마치 시간이 느리게 흘러가고 참선 상태에 빠진 듯한 기분이 들었다.

나는 몇 년 전에 만들었던 사이트에 로그인 했다. 지니어스 게임이 시작된 뒤로는 가지 않았던 사이트인데, 컴퓨터 바이러스, 트로이의 목마, 웜 바이러스를 수집해서 분해해놓은 일종의 동물원 같은 곳이었다. 나는 그 바이러스들을 해체해서 다른 프로그램을 작성할 때 사용할 가장 멋진 코드 부분들을 추출해놓았다.

나는 드럼B라는 특히 악명 높은 웜 바이러스를 선택했다.

이 작은 괴물은 어디에서건 프로그램 파일이 눈에 띄면 다 삭제하는 놈으로, 제거하기도 몹시 힘들다. 몇 초 만에 워크어바웃 2.0을 못쓰게 만들고 2분이면 사실상 파괴해버릴 것이다.

나는 드럼B를 다운로드해서 실행했다.

형을 찾기 위해 내 인생의 2년을 바쳐 완성했던 프로그램의 '업그레이드' 버전인 워크어바웃 2.0, 내 지적 능력의 대부분을 쏟아부었던 프로그램이 이제 사라졌다. 파괴되었다. 역사에서 지워졌다. 거짓말은 하지 않겠다. 나는 배를 한 대 얻어맞은 느낌이었다. 워크어바웃이 해체되는 걸 지켜보면서 이걸 만들며 보낸 절박했던 시간들을 떠올리지 않을 수 없었다. 넋 나간 사람처럼 코딩

을 했던 그 모든 시간은 보답을 받았다. 테오 형이 집에 돌아왔으니까. 그래도 프로그램이 해체되는 걸 보니 마음이 아팠다.

2년간의 작업이 사라지는 데 47초가 걸렸다.

그런 뒤, 나는 나가에 드림B를 실행시켰다.

형이 나를 막으려 했다.

"무슨 짓을 하는 거야? 우린 이걸 이용할 수 있어!"

"이런 무기를 그대로 놔둘 순 없어. 여기서 끝내야 해."

드림B가 나가의 프로그램들을 먹어치우는 동안, 형과 나는 위층으로 올라가 텅 빈 복도를 지나 거리로 나왔다. 비가 내리고 있었고 하늘에는 번개가 쳤다.

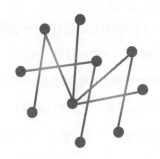

18. 툰데

비가 내리고 있었고 거의 이틀을 꼬박 일하고 있었지만 아드레날린이 솟구쳐서 심장이 쿵쾅거렸다.

나는 두뇌 위원회 멤버들과 믿을 수 없을 정도로 재미있는 시간을 보냈다.

처음에 테오를 믿지 않으려 했던 것처럼, 나는 키란이 함께 일하기로 선택했던 천재들에 대해서도 회의적이었다. 하지만 그들이 판단을 잘못 하긴 했어도 본심은 착한 사람들이라는 걸 알게 되었다. 훨씬 더 중요한 건 그들의 재능이 믿을 수 없을 정도로 뛰어나다는 것이었다.

그들은 야심만만하고 영리한 청년들이었다. 하지만 키란은 그들에게서 최악을 이끌어냈다. 그들은 블랙박스 실험실이라는 폐쇄된 공간에서 일하면서 자신들이 하는 작업이 불러올 부정적 영향에 대해서는 전혀 걱정하지 않았다.

아, 하지만 상황이 바뀌었다. 그들은 밖으로 나왔다.

나는 성큼성큼 돌아다니면서 그들의 대화에 귀를 기울였다.

"네가 그 작업을 했다는 게 믿기지 않아." 코걸이를 한 젊은 여자가 플란넬 셔츠를 입은 키 작은 남자애한테 소리쳤다. "그걸 하는 사람은 나뿐인 줄 알았는데."

"말도 안 돼!" 태국의 수리학자가 페루의 컴퓨터 프로그래머와 함께 정보를 옮겨 쓰다가 외쳤다.

나는 그런 말들을 듣는 게 좋았다. 그렇게 똑똑한 사람들이 같은 공간에서 일하면서 주위 사람들이 뭘 하고 있는지 몰랐다니. 이건 분명 키란이 저지른 최악의 범죄였다! 이 사람들을 서로 떼어놓은 건 신경세포들을 분리시킨 것이나 마찬가지였다. 다행히 우리가 이런 상황을 바꾸었다.

어쨌든 지금은 키란을 막는 데 집중해야 한다. 키란 일당이 한 일들을 뒤집는 데 초점을 맞춰야 한다. 성공의 열쇠는 키란을 찾아내는 것이다.

키란은 무시무시한 강적이다!

우리의 최우선 과제는 커튼을 걷는 것이었다.

두뇌 위원회 멤버들이 각자 했던 일을 울트라 팀한테 부지런히 설명하고 있는 동안, 카이가 옥상에 갖다 놓은 테이블 위로 올라갔다. 그리고 옥상에 있는 모든 사람한테 들리도록 최대한 큰 소리로 외쳤다.

다들 곧바로 카이를 쳐다봤다.

"여러분," 카이가 얘기를 시작했다. "우린 키란을 찾아야 합니다."

많은 사람이 알아듣고 고개를 끄덕이는 게 보였다.

"여기 있는 동료 몇 명과 작업한 결과, 다소 범위가 넓긴 하지만 지금 키란이 미국 애리조나에 있다는 걸 알아냈습니다. 지역을 더 좁혀 가기 위해서는 여러분의 협력이 필요합니다. 키란이 시바를 출범시키는 걸 막으려면 그의 정확한 위치를 삼각측량 해야 합니다."

두뇌 위원회가 작업에 박차를 가하는 데는 그리 오래 걸리지 않았다. 그들은 키란을 찾아낼 방법을 알아내기 위해 각자가 알고 있는 것들을 공유하면서 협력하기 시작했다.

카이가 테이블에서 내려왔을 때, 하비에라가 우리 쪽으로 걸어왔다.

"저 사람들 지금 힘을 얻었어." 하비에라가 말했다. "큰 도움이 될 거야."

"진짜 그랬으면 좋겠네." 내가 말했다. "대단한 사람들이야."

"우리의 친구 키란에겐 최고만 있으니까."

"맞아. 지니어스 게임 이후 이렇게 영감을 받고 열정적인 기분은 처음이야. 우리가 저 사람들과 서로 협력할 방법을 찾는다면 진짜 끝내줄 거야. 여기에 45명이 있는데 아마 전 세계 천재들의 5분의 1은 차지할 거야. 의욕이 솟구치지 않아?"

하비에라가 두뇌 위원회 멤버들을 건너다봤다. 그들은 얘기를 나누며 타이핑을 하거나 종이에 메모를 휘갈기고 있었다. 하비에라가 고개를 끄덕였다.

"오늘 밤 늦게까지는 알아내야 해." 카이가 작업 중인 두뇌 위원회 사람들을 바라보며 말했다. "그런데 렉스랑 테오는 왜 안

오지?"

"곧 오겠지." 내가 대답했다. "아파트 가서 기다리자. 단 몇
분이라도 좀 쉬어야겠어. 우리 마을 사람들이 말하는 것처럼 내
개들이 짖고 있어."

"네 개들?"

카이가 곁눈질로 나를 봤다.

"발이 아프다고!"

18.1

우리가 아파트에 간 지 10분 뒤에 렉스와 테오가 돌아왔다.
두 사람은 커피를 들고 오지 않았다. 내가 마실 차도.

물론 보통 때라면 그렇게 화가 날 만한 사건은 아니었다. 나
는 굳이 카페인의 힘을 빌리지 않고도 수많은 일들을 거뜬히 해
냈으니까.

하지만 친구들, 지금은 그런 때가 아니었다!

나는 렉스한테 불만을 내비쳤다.

"친구, 무슨 일이야?"

"미안해, 툰데. 사정이 생겼어." 렉스가 대답했다.

"사정이라고?"

"우리가 찾는 건 어떻게 돼가고 있어?"

나는 자랑스럽게 옥상 쪽을 가리켰다.

"두뇌 위원회 멤버들이 현재 키란이 있는 애리조나 주의 장소

215

를 삼각측량 하고 있어. 물론 곧바로 결과가 나오진 않을 거야.
하지만 난 전세가 우리 쪽에 유리하게 기울었다고 생각해."

렉스가 내 어깨를 잡고 꾹꾹 눌렀다.

"잘했어, 툰데."

"사정이 생겼다고 했잖아. 무슨 사정인데?"

렉스가 내 질문을 못 들은 척하고는 내 어깨에 팔을 두르더
니 옥상으로 올라가자고 했다.

"차를 못 사온 건 미안해. 나랑 얘기 좀 하자, 괜찮지?"

"응, 당연하지."

하지만 나는 여전히 좀 혼란스러웠다.

옥상의 조용한 구석으로 갔을 때, 렉스가 따라 올라온 카이
한테 오라는 손짓을 했다. 카이도 우리 쪽으로 왔다.

"내가 뭔가를 저지른 것 같아." 렉스가 말했다.

카이는 이 '뭔가'가 좋은 일이 아니란 걸 곧바로 알아차렸다.

"뭘 했는데?" 내가 물었다.

"사실은 아까 형하고 같이 블랙박스 실험실 안으로 들어갔
어. 지하에 슈퍼컴퓨터가 있었는데, 지니어스 게임 때 본 양자컴
퓨터는 아니지만 강력한 놈이었어. 키란이 거기에 워크어바웃
2.0을 올려놨더라. 난 워크어바웃 2.0을 사용해 우리 부모
님의 기록을 바꿨어. 두 분을 미국으로 돌려보내려고."

나는 내 가장 친한 친구를 심각한 표정으로 쳐다봤다.

"알아." 렉스가 말했다. "난 게다가 워크어바웃 2.0도
파괴했어. 프로그램 전체, 모든 부분이 모조리 지워졌어.
키란은 그 프로그램을 더 이상 쓰지 못할 거야."

"그게 왜 그렇게 끔찍한 일인지 모르겠어. 넌 키란이 예전에 우릴 괴롭히려고 사용한 도구를 파괴했어. 키란은 네가 공들여 만든 걸작을 더럽혔어. 이렇게 말해서 미안하지만 친구, 난 그 프로그램이 파괴된 게 어쩌면 굉장히 잘된 일인 것 같아."

"그게 문제가 아니야, 툰데." 카이가 렉스한테서 눈을 떼지 않은 채 말했다.

"맞아." 렉스가 말했다. "난 워크어바웃 백도어 프로그램을 개인적인 일에 사용했어."

"그게 왜 문제인지 모르겠어…." 내가 말했다.

"난 그걸 시바를 막는 데 사용할 수도 있었어." 렉스가 바닥으로 시선을 떨구며 말했다.

"그래야 했어." 카이가 말했다. "시바에 쉽게 접근할 수 있었는데 말이야."

"쉽다고는 말 못 해." 렉스가 반박했다. "게다가 성공했을지, 어떨지도 모르고. 형하고 내가 그곳에서 시간이 넘쳐났던 건 아니야."

"음," 카이가 말했다. "이제 워크어바웃이 사라졌어. 우리가 키란을 막는 데 그 프로그램을 사용할 기회가 증발해버렸어. 우린 원래 계획에 매달려야 하고 시간은 계속 흘러가고 있어. 늦지 않게 키란을 찾아야 해."

나는 뭐라고 말해야 할지 알 수 없었다. 우리가 원거리에서 키란을 막을 절호의 기회를 놓쳤을 수도 있다고 생각하니 참기가 힘들었다.

보아하니 카이는 나보다 훨씬 더 화가 난 것 같았다.

"렉스," 카이가 말했다. "얘기 좀 하자."

"그래. 잠깐만 기다려줘."

렉스는 아파트로 내려가서 부모님에게 두 분의 신원 기록을 지웠다고 얘기했다. 이제 두 분은 미국으로 자유롭게 돌아갈 수 있게 되었다.

하지만 두 분은 깜짝 놀라 기뻐하면서도 렉스가 법을 어긴 것을 걱정했다.

"하지만 얘야." 렉스 아빠가 말했다. "네가 한 일은 분명 불법인데…."

렉스가 고개를 끄덕였다. 그게 사실이니까.

"지난 며칠 동안 전 너무 많은 법을 어겨서 목록을 만들기도 불가능할 정도예요. 그리고 사실 엄마, 아빠도 오래전 미국에 불법으로 들어갔을 때 이미 법을 어겼어요. 하지만 엄마, 아빠는 형과 저를 키우려고 열심히 일하셨어요. 자식들을 위해 뼈 빠지게 희생하셨죠. 전 두 분이 이 정도 보상은 받을 자격이 충분하다고 생각해요."

그러고는 부모님을 껴안았다.

친구들, 렉스는 엄청나게 만족스러운 얼굴이었다. 그 모습을 보니 정말 기뻤다. 모든 혼란과 걱정 끝에 렉스는 자기가 저지른 잘못을 어렵사리 바로잡았다. 나는 렉스가 기회가 주어졌을 때 시바를 무력화하는 선택을 하지 않은 것에 대해서는 여전히 몹시 화가 났지만, 렉스가 탁월한 선택을 했다는 건 인정하지 않을 수 없었다.

"그런데," 렉스가 말했다. "엄마, 아빠가 짐 꾸릴 시간이 많지 않아요."

　"시간이 많지 않다는 게 어느 정도야?" 렉스 아빠가 물었다.

　"음, 아마 한 시간… 어쩌면 두 시간요…."

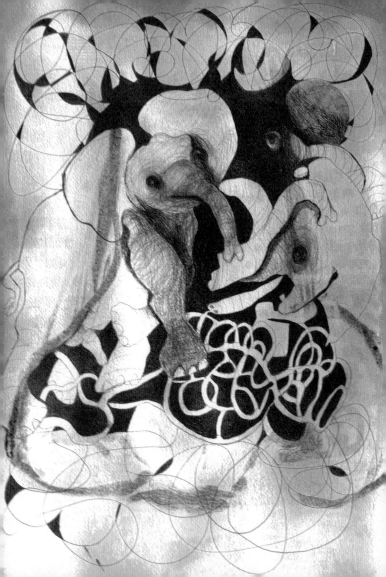

3부

로마처럼 무너지다

19. 카이

시바 출범까지 38시간

렉스와 나는 아파트 베란다로 나갔다.

비가 그치고 도시가 환하게 빛나고 있었다. 렉스는 내가 고함을 지를 줄 알았겠지만 나는 화가 난다기보다는 낙담했다.

"무슨 생각을 했던 거야?"

"난 기회를 봤고 그걸 붙잡았어."

"그리고 지금 우린 그 여파를 감당해야 해. 키란이 계획을 바꾸면 어떻게 할 거야? 키란이 우리가 얘기하고 있는 바로 지금 시바를 출범시킨다면? 넌 우리의 모든 계획을 위험에 빠트렸어."

"난 부모님을 집으로 보내야 했어, 카이. 두 분이 여기 멕시코 시티에 계신 건 나 때문이야. 난 그걸 바로잡아야 했어."

"그건 나중에 할 수도 있었어. 키란을 해치운 뒤에."

렉스가 난간 위로 몸을 숙이고 한숨을 내쉬었다.

"내가 더 냉정하게 생각할 수 있었는데 그러지 못했던 것 같아. 난 그냥… 내 프로그램을 훔치고 로지와 나한테 누명을 씌우

223

는 데 그걸 이용한 키란한테 당장 복수하고 싶었어. 키란의 얼굴을 때릴 수 없으니 그 인간의 가장 아픈 곳을 때리면 정말 기분 좋을 것 같았어. 키란의 제국 말이야."

"그래서 기분 좋았어?"

"약간은, 그랬어. 하지만 그러다 이성을 되찾았지."

나는 렉스한테 다가가서 등에 손을 올렸다.

"그럼 이제 우린 뭘 할 수 있지?" 렉스가 물었다.

"계속 나아가야지. 우리 계획을 바꿀 순 없어. 키란은 이제 우리가 완전히 다른 뭔가를 할 거라고 예상할 거야. 네가 판을 바꿨으니까. 하지만 우리가 짰던 대로 계속 밀고 나가자. 그럼 키란을 속일 수 있어. 불 속으로 뛰어드는 것과 비슷하지. 누가 그렇게 하겠어, 안 그래?"

렉스가 난간에서 몸을 돌려 활짝 웃으며 나를 마주봤다.

"렉스, 불 속으로 뛰어들래?"

"카이 네가 그 불 속에 있다면, 당연히."

"웃기지 마. 난 지금 게임이론에 대해 얘기하고 있어. 상대의 허점을 찌르는 법 말이야. 어쩌면 상황을 혼란스럽게 만들 기회로 이번 일을 이용할 수 있다는 뜻이야. 키란이 긴장을 늦추지 못하게 함으로써 이 기회를 살릴 수 있어."

"그럼 내가 한 일이 알고 보면 좀 영리한 짓일 수도 있겠네?"

"그러기만 해봐…."

"뭘?" 렉스가 충격을 받은 척했다.

"네가 일을 크게 망치지 않은 것처럼 보이게 하려고 상황을 뒤집는 짓 말이야."

"카이, 내가 완전히 실망시킨 건 인정해. 내가 생각이 없었어. 순전히 감정적으로만 대응했어. 우기진 않을게."

음, 분명 예상치 못한 일이었다.

"자, 우린 애리조나 주로 가야 해."

"하지만 키란이 어디 있는지도 모르잖아."

"우리가 애리조나 주에 도착할 때까지 두뇌 위원회가 키란을 찾아내길 기도해야지. 그들이 찾지 못하면 우리가 그곳에서 찾아야 해. 우리가 막지 못하면 키란은 하루 반나절 안에 인터넷 전체를 무너트릴 거야."

"알아들었어." 렉스가 말했다. "2분만 시간을 줘. 우리가 탈 비행기를 알아볼게."

19.1

시바 출범까지 36시간

애리조나 주로 가는 비행기는 두 시간 뒤에 떠났다.

베니토 후아레스 국제공항에 빠듯하게 도착한 탓에 급히 보안 검색을 통과하고 비행기에 올라타서 출발 몇 분 전에야 자리에 앉았다. 툰데와 나는 울트라 팀과 함께 비행기 가운뎃줄에 앉았고 렉스와 테오는 부모님과 함께 내 바로 뒤에 앉았다.

애리조나에서 무슨 일들이 일어날지 확실하지 않았지만, 나는 우리가 키란과 만났을 때를 대비하는 데 비행시간을 이용하기로 했다. 의자를 뒤로 젖힌 뒤 눈을 감고 이번 여행이 흘러갈 수 있는 다양한 방향들을 그려봤다.

뒤에서 렉스가 부모님한테 우리가 나이지리아에 있었을 때의 일을 얘기하는 소리가 들렸다. 렉스는 이야보 장군이 우리를 위해 준비한 잔치를 설명하고 있었다. 렉스가 그 긴장된 순간을 얘기할 때 우리가 거의 발각될 뻔했던 일이 떠올랐다. 그 모든 게 얼마나 미친 짓이었는지 생각하니 절로 웃음이 나왔다.

렉스의 얘기가 인도에서 테오를 만났을 때로 넘어가자 테오는 자신의 고독한 여행들에 관해 들려줬다. 지난 2년 동안 렉스 가족이 얼마나 힘들었을지 상상도 되지 않았다. 테오의 얘기가 자신의 가출이 가족한테 준 정신적 고통으로 치달았을 때, 렉스 엄마가 울기 시작했다. 가족들도 따라서 눈물을 흘렸다.

하지만 듣기 좋은 얘기였다. 서로에 대한 애정이 넘쳐흘렀다.

나는 툰데의 마을을 떠나오던 날을 떠올려봤다. 툰데의 부모님과 마을 사람들이 장군이 끌려간 걸 알고 어찌나 기뻐하던지… 다 함께 베이징의 우리 집에 갔던 일도 떠올랐다. 친구들과 아빠가 나눴던 얘기들, 엄마와 함께 요리하며 나눴던 얘기들… 그리고 이제는 렉스의 가족 모두가 아주 오랜만에 다시 모여 얘기꽃을 피우고 있었다.

비행기가 애리조나 주 피닉스로 하강하면서 난기류에 흔들릴 때에야 내가 깜빡 잠이 들었다는 걸 깨달았다. 몸을 일으켜 보니 툰데는 스텔라의 어깨에 머리를 기댄 채 잠들어 있었다.

나는 휴대폰 앱을 이용해서 항공사의 전파 신호를 빌려 통신 서비스에 접속했다. 로저 도저한테서 수십 통의 메시지와 문자가

와 있었다. 로저는 우리가 멕시코시티에서 두뇌 위원회를 해체했다는 소식을 듣고 웃는 얼굴과 놀란 얼굴의 이모티콘을 연달아 보냈다. 두뇌 위원회가 보낸 알림도 와 있었다. 키란이 피닉스의 어떤 집에 있다는 내용이었다. 그들은 항공 지도도 보냈다.

튼데가 내 표정을 알아차렸다.

"굉장히 만족스러운 얼굴이네?"

"키란을 찾았어."

"어떻게 할 거야?" 렉스가 물었다.

"키란을 만나야지. 경찰이 출동할 때까지 키란을 붙잡아두고 시바를 출범시키기 전에 시바를 해체해야 해."

19.2

우리는 피닉스 스카이하버 국제공항에서 렉스 부모님과 작별 인사를 했다.

두 분은 산타크루스로 가는 비행기를 타야 했고, 우리에겐 두뇌 위원회가 알려준 곳으로 데려다줄 차가 준비되어 있었다. 테오가 믿을 만한 친구를 통해 차를 대기시켰다.

렉스와 테오는 부모님과 껴안고 이별을 몹시 아쉬워했지만, 나는 두 사람이 얼른 키란 추적 작업에 다시 돌입하고 싶어 한다는 걸 알 수 있었다. 특히 부모님이 곧 안전하게 집에 돌아간다는 사실에 들뜬 렉스는 당장 일을 시작하고 싶어서 몸이 근질거리는 것 같았다.

공항을 나와 차로 가면서 나는 비행기에서 잠들기 전에 떠올렸던 전략들 중 일부를 재빨리 검토해봤다. 키란이 이동 중이라는 첩보를 고려해 계획을 조정한 뒤 모두에게 설명했다.

"여긴 집일 거야. 고급 주택가에 있는."

"블랙박스 실험실이 아니고?" 툰데가 물었다.

"아니야."

우리는 건조한 애리조나 주의 풍경 속으로 걸어 나갔다.

나는 길을 건너면서 설명을 계속했다.

"키란을 잘 아니까 하는 말인데, 키란은 우리가 오는 걸 알고 있을 가능성이 높아. 키란이 지금 납작 엎드려 있는 건 원대한 계획의 상부구조가 무너졌어도 여전히 자기가 시바의 방아쇠를 쥐고 있기 때문이야. 우리가 두뇌 위원회의 마음을 돌리고 키란의 실험실을 전부 해체하고 데이터도 탈취하긴 했지만, 그래도 아직은 키란이 유리한 입장에 있어."

"어떻게 그럴 수 있지?" 하비에라가 물었다. "지금은 우리가 상황을 장악한 것 같은데."

"이건 제로섬 게임이야. 절반의 성공이나 절반의 패배는 없어. 우린 키란의 모든 시스템을 망가트리고 키란도 박살내야 해. 이런 말을 쓰고 싶진 않지만, 사실이 그래. 키란이 자유로운 한 이 일은 끝나지 않아."

"하지만 우린 키란이 여기에 있다는 걸 알고 있잖아." 테오가 말했다.

"키란은 우리한테 보낼 메시지가 있어요. 난 그걸 확신해요. 그게 지금까지 내내 키란의 방식이었어요. 지니어스 게임 때 키란은 자기 장비가 얼마나 대단한지 보라고 나를 온드스캔의 아지트로 데려갔어요. 인도에서는 렉스한테 두뇌 위원회와 원대한 비전을 보여줬죠. 키란은 여기서도 또 그렇게 할 거예요. 자기가 우리와 같은 목표를 추구한다고 우릴 설득시킬 수 있는 뭔가를 보여주려 할 거예요."

"그게 무슨…?" 이반이 물었다.

"진정한 혁명이지."

19.3

차를 타고 가는 동안, 나는 내 말의 의미를 설명했다.

"키란은 자기 행동들이 파괴적이지 않다고 우릴 설득시킬 수 없다는 걸 깨달았어. 이제 비밀이 거의 탄로 났으니, 앞으로는 자기가 좋아하는 꼭두각시 조정자와 비슷한 전략을 펼칠 거야. 아마 자기가 이 모든 상황을 세심하게 계획했고 우리가 할 행동들을 이미 알고 있었고, 우리 스스로 자기 계획을 알아내고 이해하길 원했다고 말할 거야."

"키란은 이미 나한테 그런 시도를 했어." 렉스가 말했다. "치켜세워주는 거지."

"그게 딱 키란이 원하는 거야. 그 집에서 뭘 발견하건 액면 그대로 받아들이지 마. 키란은 우리가 찾아오리란 걸 알고 있어. 뭐든 우리가 발견하는 건 일부러 거기 놔둔 거야. 키란의 번드르르한 거짓말들 속에 숨어 있는 진실을 봐야 해."

10분 뒤, 우리는 그 동네에 도착했다.

항공사진에서 본 대로 고급 주택들이 들어선 동네였다. 집집마다 야외 수영장이 있고 완벽하게 조경이 되어 있었다. 많은 집들이 특이한 기하학적 구조물처럼 보였다.

우리는 삼각측량으로 찾은 건물 앞에 잠시 멈춰 섰다. 검은색 석재와 금속, 유리로 지어진 거칠고 과감한 곡선 형태의 대저택이었다. 솔직히 집이라기보다 미술관에 더 가까워 보였다.

우리는 집을 관찰하기 위해 한 블록 떨어진 모퉁이에 차를 세웠다.

집 안에는 불이 켜져 있었다. 집을 살펴본 지 몇 초 만에 2층 창문에서 인기척을 발견했다.

키란이 창문 앞에 서서 커피잔에 든 것을 홀짝이고 있었다.

테오가 말했다. "키란이 집에 있어."

모더니즘 저택

"우리를 봤을까요?" 이반이 물었다.

"아니."

키란은 우리 쪽을 보고 있지 않았다. 하지만 상대가 키란이기 때문에 확신은 금물이었다.

"그럼 이제 어떡하지?" 하비에라가 물었다.

"키란을 계속 저 집에 붙들어두고 키란의 주의를 돌려야 해. 우린 인원도 넉넉하고 기술도 충분하니까 만약 키란이 저 집에 시바를 뒀다면 그걸 발견할 수 있을 거야."

"키란이 시작 버튼을 누르기 전에." 렉스가 말했다.

"잠깐만."

나는 모두를 집중시키기 위해 오른손을 들었다.

모더니즘 저택의 불들이 하나씩 꺼지더니 몇 분 뒤 차고 문이 열리고 은색 테슬라 스포츠카가 나타났다. 헤드라이트가 깜빡거렸고 차는 길로 나온 뒤 금방 쌩하고 사라졌다.

우리는 키란이 돌아오는지 보려고 몇 분 동안 말없이 앉아서 기다렸다. 하지만 키란은 돌아오지 않았다. 키란이 떠난 지 5분 뒤, 우리는 밴에서 내려 저택의 대문으로 걸어갔다.

저택 계단을 올라갈 때 나는 모두에게 경고했다.

"키란은 우리가 올 걸 알고 있어. 우리가 이 집에서 뭘 발견하든 그건 자기가 옳은 일을 하고 있다고 우릴 설득하거나, 우리 실력이 너무 떨어져서 자기를 막는 건 불가능하다고 생각하게 만들려는 작전이야."

"하지만 우린 막을 거야, 그렇지?" 테오가 물었다.

"당연하죠."

19.4

집에 들어가는 건 쉬웠다.

특별한 경보 시스템도 없었고 교묘하게 고안된 잠금장치도 없었다. 내가 잠금장치를 여는 동안 렉스와 이반이 감시 카메라들과 동작 감지기들을 껐다. 우리가 대문을 통과하고 10개의 카메라와 15개의 감지기를 끄는 데 딱 3분 걸렸다.

우리 인원이 일곱 명인 게 분명 도움이 되었다. 게다가 집의 보안도 그리 철저하지 않았다. 아마 실험실이 아니라 집이어서 그럴 것이다. 아니면 우리가 올 걸 예상했기 때문이거나.

"느낌이 안 좋아." 넓은 전실을 지나 거실로 가면서 내가 말했다.

포스트모더니즘 회화 작품 몇 점과 온드스캔 로고와 비슷한 특이한 조각 작품 한 점이 걸려 있을 뿐, 벽이 휑했다.

"덫인 것 같아?" 툰데가 나한테 물었다.

"너무 쉬운 것 같아."

"어쨌든," 렉스가 말했다. "집 안에 들어왔으니 살펴봐야지. 키란이 일부러 놔뒀건 아니건, 우리가 찾아낼 수 있는 걸 뒤져보자."

"어디서부터 시작하지?" 테오가 물었다.

3층짜리 집이었고 적어도 84평은 되어 보였다. 방이 많은 만큼 살펴볼 캐비닛과 서랍도 많을 테고 분명 컴퓨터들도 있을 것이다.

"들고 갈 수 있는 것들은 차에 싣고 다른 것들은 사진을 찍어야 해. 흩어져서 찾아봐." 내가 말했다. "울트라는 위층, 로지는 아래층."

"공포영화가 딱 이렇게 시작되지."

우리는 렉스의 농담에 아랑곳하지 않고 서로 다른 방향으로 내달렸다. 렉스와 테오는 거실과 주방으로 달려갔고 툰데는 앞쪽의 방들을 맡았다. 나는 울트라 팀이 2층의 침실들로 돌진하는 소리를 들으며 집 뒤쪽으로 갔다. 지하로 내려가는 계단이 보였다. 그쪽으로 가는 동안 머리 위에서 깜빡거리며 불이 켜졌다.

계단은 넓은 복도로 이어졌다. 복도에는 사진 액자들이 줄줄이 걸려 있었다. 키란이 유명한 정치인들, 기술 혁신자들과 함께 찍은 사진들이었다. 키란은 최고급 옷을 입고 미소를 짓고 있었다. 사진들이 시간 순서대로 배치된 건지는 모르겠지만 복도 맨 끝에는 지니어스 게임에서 찍은 사진이 걸려 있었다. 제로 아워의 마지막에 흩날렸던 색종이 폭탄 세례의 한가운데에 키란이 서 있었다. 모든 것이 폭발하기 전의 마지막 몇 분. 사진 뒤쪽에 서 있는 나도 보였다. 음, 페인티드 울프가 거기 있었다.

복도를 지나자 커다란 방이 나왔다. 방 안으로 들어가니 계단에서처럼 불이 차례차례 켜졌다. 그곳은 사무실이었다. 벽에 책장들이 늘어서 있고 책장에는 온드스캔 로고가 박힌 바인더들이 꽂혀 있었다. 한쪽 벽에서는 컴퓨터들과 서버들이 조용히 윙윙거렸다. 하지만 내 시선을 사로잡은 건 문 반대쪽의 벽이었다.

천장에 설치된 레이저광선이 투사하는 3D 홀로그램이 벽에 흘러나오고 있었다. 나무였다. 희미하게 빛나는 나무가 천천히 원을 그리면서 시계 방향으로 돌아갔다.

나는 가까이 다가가 초록색 디지털 가지들을 손가락으로 훑으며 자세히 살펴봤다. 아름다웠다. 그때 잎사귀들이 눈에 들어왔다. 각 잎사귀 위에 이름이 맴돌고 있었다. 이야보 장군과 나야의 이름이 보였다. 두뇌 위원회 멤버들과 지니어스 게임 참석자들의 이름도 보였다. 울트라 팀, 터미널, 그리고 우리 이름이 보였다. 렉스, 툰데, 그리고 페인티드 울프.

"거기 다 있어요."

내 뒤에서 목소리가 들려왔다. 돌아보지 않아도 누군지 알 수 있었다. 이제는 그의 목소리가 익숙했다.

돌아보니 슬랙스 바지에 검은색 터틀넥 셔츠를 입은 키란이 문가에 서 있었다.

키란이 나한테 걸어왔고 우리는 아주 정중하게 악수했다. 키

나무

란은 내가 그의 오른 소매에 도청기, 그러니까 쌀알 크기의 부착형 마이크를 슬쩍 붙인 걸 눈치채지 못한 것 같았다.

"모든 관계가 다 있죠." 키란이 말했다. "각각의 나뭇가지가 정보 흐름을 나타냅니다. 각 나뭇가지가 다양한 사람들과 프로젝트를 연결시키죠. 난 나무라는 이미지가 적절하다고 생각했어요. 미적으로도 뛰어나고요. 그렇지 않나요?"

"아름답네요."

"나무가? 아니면 계획이?"

"나무요."

키란이 껄껄 웃었다.

"알다시피 지니어스 게임에서 당신한테 제안을 했죠. 그 제안은 아직 유효합니다. 오히려 어느 편인가 하면 전보다 훨씬 더 확고합니다. 당신이 들어오면 내 군대에 놀라운 인재가 한 명 더 생기겠네요, 페인티드 울프."

"당신의 군대는 끝났어요. 당신도. 이건…" 나는 돌아서서 벽의 나무 홀로그램을 가리켰다. "이건 이제 전부 망상이에요. 두뇌위원회는 거의 해체됐고 우리에겐 라마 코드가 있어요. 우린 시바를 출범시키려는 당신의 모든 행동을 막을 거예요."

키란은 그다지 걱정하는 것 같지 않았다.

"그 말이 전부 맞을 수도 있어요. 이런저런 의미로. 하지만 내겐 아직 시바가 있죠. 난 당신이 이미 알고 있는 것들을 확인시켜주려고 당신과 친구들을 이 멀리 지구 건너편까지 오게 한 게 아니에요. 난 당신이 이걸 보고 이해하길 바랐어요."

"뭘 이해해요?"

키란이 책장으로 가서 바인더 하나를 꺼냈다. 그런 뒤 커피 테이블에 바인더를 내려놓고 종이 한 장을 꺼내서 나한테 내밀었다. 종이에는 날짜들이 쭉 타이핑되어 있었다. 일, 월, 연도까지. 나는 그중 한 날짜만 알아봤다. 베이징에서 천안문 사건*이 일어난 날이었다.

"이건 전부 예전에 일어났던 일이죠."

키란이 나무 홀로그램 쪽으로 갔다. 나무가 키란 옆에서 느릿느릿 돌아갔고 그의 얼굴과 손에 초록색 빛이 어른거렸다.

"예전에 일어났었고 다시 일어날 겁니다. 당신이 내가 뭔가 조치를 취하게 놔두지 않는다면…."

바로 그때 계단 위에서 렉스와 툰데의 목소리가 들렸다.

키란이 손을 휙 움직이자 방이 캄캄해졌다. 순식간에 찾아온 어둠에 당황해서 가만히 있는데 잠시 후 다시 불이 켜졌다.

키란이 사라지고 나무만 남아 있었다. 그 자리에서 끝없이 빙빙 돌면서.

---

*1989년 6월 4일, 중국 베이징의 천안문 광장에서 민주화와 개혁을 요구하는 국민들의 시위를 정부가 군대를 동원해 유혈 진압한 사건. 이후 중국 민주화 운동의 상징이 되었다.

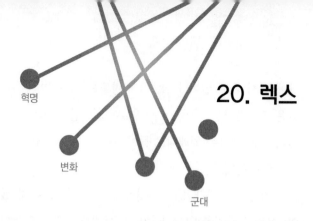

혁명

변화

군대

시바 출범까지 30시간

코앞까지 갔는데!

그 지하 방으로 들어가 1분도 안 되는 차이로 키란을 놓쳤다
는 말을 듣고 얼마나 실망했는지 모른다. 테오 형과 나는 집과
정원을 샅샅이 뒤졌지만 키란의 흔적을 발견하지 못했다. 집 아
래에 〈오페라의 유령〉 같은 은신처를 만들어놓은 게 아니라면 키
란은 지금쯤 벌써 몇 킬로미터 떨어진 곳에 있을 것이다.

밖은 무덥고 건조해서 목이 바짝바짝 타는 느낌이었다. 사람
들이 사막 한가운데에서 어떻게 편안하게 사는지 궁금해졌다.

뛰어다니느라 숨을 헐떡이며 집 안 거실로 들어가니, 카이는
키란이 줬다는 종이를 들고 있었다.

종이에는 무작위로 쓴 것 같은 날짜들이 나열되어 있었다.

"무슨 목록이야?"

"혁명일." 카이가 대답했다. "날짜들을 훑어봤어. 마흔 개의
날짜가 있는데 모두 실패한 혁명이 일어났던 날이야. 억압적인 체

제에 맞서 들고 일어난 날. 이 혁명들을 연결시키는 유일한 공통점은 진압됐다는 거야. 이 사건들이 일어난 뒤 상황이 잠깐 바뀌었지만 곧 세상은 원래대로 돌아가거나 더 나빠졌어."

"암울하네."

"키란은 우리가 실패할 거라고 나한테 경고하려 했던 것 같아. 우리가 자기를 막는다 해도 아무것도 바뀌지 않는다는 걸 말이야. 키란은 자기가 실질적인 변화를 일으킬 수 있는 유일한 사람이라고 생각하는 것 같아."

그때 툰데와 스텔라가 끼어들었다. 두 사람은 로봇 몇 개를 학살하기라도 한 것처럼 갖가지 장비와 전선, 튀어 나와 대롱거리는 케이블을 가득 담은 커다란 더플백을 들고 있었다.

"그래서 키란이 원하는 게 뭔데?" 툰데가 더플백을 내려놓으며 물었다.

"늘 그랬듯이," 카이가 말했다. "내가 자기 군대에 들어오길 원해."

"키란이 군대라고 불렀어?" 스텔라가 물었다.

카이가 고개를 끄덕였다. "그리고 키란은 모든 일을 자기가 맨 처음부터 계획했던 것처럼 말했어. 일부러 우릴 이곳으로 이끌었다는 거야. 키란은 우리가 이 집에 침입해서 모든 걸 찾아내도 별로 걱정 않는 눈치였어."

"음," 내가 말했다. "확실히 여기엔 뭐가 많아."

"응? 뭘 발견했는데?"

"산더미 같은 파일과 산더미 같은 데이터." 테오가 아래층에서 올라와 말했다. "이 집은 키란의 모든 개인 기록의 보물 상자야. 그 기록들은 키란이 회사를 어떻게 설립했는지, 지니어스 게임을 어떻게 만들었는지, 그리고 바이러스까지 모든 걸 담고 있어. 없는 건 시바와 키란한테 접근하는 방법뿐이야."

"음, 그건 아니에요…." 카이가 눈을 찡긋하며 말했다.

그러고는 휴대폰에 열어놓은 앱을 보여줬다. 음파가 오르락내리락하는 디지털 녹음 화면과 지도가 떠 있었다. 초록색 점이 불과 몇 킬로미터 떨어진 개인 비행장 쪽으로 움직였다.

"이건?!" 툰데가 헉 하고 숨을 내쉬었다.

카이가 설명했다. "우린 키란을 쫓아갈 수 있을 뿐 아니라 키란이 하는 말도 다 들을 수 있어. 키란 옷에 마이크를 설치해놨거든."

카이가 확인시켜주려고 왼쪽 귀에서 작은 이어폰을 뺐다.

"지금까지 내내 키란이 하는 말을 듣고 있었던 거야?"

내가 묻자, 카이가 고개를 끄덕였다.

"키란이 뭐라고 말했어?" 툰데가 물었다.

"키란은 아르헨티나 파타고니아에 있는 벙커에 갈 거야."

20.1

벙커라니.

내 생각에 벙커는 토네이도나 화재나 전쟁같이 정말로 나쁜 뭔가를 피하려고 들어가는 곳이다. 카이는 다르게 해석했을 수도 있지만 내겐 그 말이 키란이 숨는다는 뜻으로 들렸다.

키란이 마지막 전투를 준비하고 있군, 친구.

"시바에 관해서는?" 이반이 물었다.

"아직 아무 말도 안 했어."

그때 밖으로 나갔던 테오 형이 다시 쏜살같이 달려 들어오며 소리쳤다.

"어서 여길 떠야 해. 경찰이 오고 있어!"

밖을 내다보니, 경찰차가 달려오면서 깜빡거리는 경광등 불빛이 보였다.

"뒷문으로 나가." 형이 주방 쪽을 가리키며 말했다. "나가면 옥외 차고로 가는 길이 있어. 거길 돌아서 골목길을 내려가다 오른쪽으로 가. 경찰들은 북쪽에서 올 거야."

울트라가 먼저 달려갔고 툰데와 카이가 그 뒤를 따랐다.

하지만 나는 형이 현관 쪽으로 성큼성큼 걸어가는 걸 알아차리고 발을 멈췄다.

"뭐 하는 거야?"

순간 공포로 숨이 막힐 것 같았다.

"경찰들이 너무 가까이 왔어. 경찰의 주의를 딴 데로 돌리지 않으면 절대 달아날 수 없어."

"지금 장난해?"

나는 형의 팔을 잡고 돌려세워 얼굴을 마주봤다. 몇 초만 더 있으면 경찰들이 현관문을 두드릴 텐데도 형은 침착했다.

"난 고작 며칠 전에 형을 찾았어. 형을 남겨두고 가진 않을 거야."

"렉스." 형이 내 손을 떼어냈다. "난 이런 일을 오랫동안 겪었

어. 하지만 넌 가야 해. 난 네가 정말 자랑스러워. 가서 키란을 막
아. 곧 만나자, 알았지?"

그때 주먹으로 현관문을 쾅쾅 두드리는 소리가 들렸다.

"서둘러. 가서 세상을 구해."

나는 끝까지 형과 함께하고 싶어서 망설였다. 고생 끝에 형
을 찾았는데 이렇게 금방 다시 잃을 줄은 꿈에도 몰랐다. 하지만
형의 말이 옳았다. 키란을 막는 게 우선이었다.

나는 돌아서서 친구들을 뒤쫓아 달려갔다.

20.2

나는 폐가 터질 정도로 뛰었다. 차고를 돌아 골목으로 들어
갔다. 친구들이 보이지 않았지만 그냥 계속 달렸다. 골목은 교차
로에서 끝났다. 여전히 아무도 보이지 않았다.

가로등 근처로 가서 숨을 가다듬었다.

좋아, 이제 어떻게 하지?

왼쪽으로 경찰차들에서 번쩍이는 불빛이 보였다. 경찰차들은
대부분 키란의 저택 주변에 몰려 있지만 동네 여기저기에도 몇
대가 흩어져 있었다. 발각되는 건 시간문제였다. 게다가 나는 훔
친 정보가 가득 찬 더플백을 들고 있었다.

그냥 계속 달리는 수밖에 없었다. 나는 오른쪽 모퉁이를 돌
아 낮은 울타리를 연이어 뛰어넘으면서 형이 지금 무슨 일을 겪고
있을지 궁금했다. 경찰차 뒷자리에 갇혀 심문을 당하고 있을까?

그때 누군가의 목소리가 들렸다.

"렉스!"

툰데였다.

툰데가 공원 가장자리의 밴 옆에 서 있었다. 울트라와 카이는 차 안에 있었다.

나는 친구들한테 돌진했다.

"어떻게 된 거야? 테오 형은 어디 있어?" 툰데가 물었다.

"형은 우릴 보호하려고 자수했어."

"세상에, 네 형은 정말 용감한 사람이야."

"얼른 밴에 타자."

내가 차에 타서 카이 옆에 앉자, 운전사가 액셀러레이터를 밟았다.

카이가 손을 뻗어 내 손을 잡고 힘을 줬다.

카이는 내 마음을 알고 있었다.

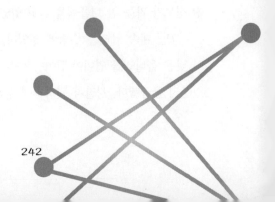

21. 툰데

우리를 위한 테오의 희생은 정말 놀라웠다!

나는 원래 극한의 용기에 관한 얘기에 사족을 못 쓰는 사람이다. 아키카 마을에는 미쳐 날뛰는 하이에나와 가족 사이를 가로막고 나선 여자의 얘기가 전해진다. 그녀는 무시무시한 짐승이 날카로운 발톱으로 얼굴을 후려치는데도 눈 하나 깜짝하지 않았다. 결국 극기심으로 하이에나를 겁줘서 쫓아버렸고, 그녀는 눈 하나를 잃었지만 마을 사람들은 항상 그걸 명예로운 훈장으로 생각한다.

테오는 알면 알수록 괜찮은 사람이었다. 한때 터미널과 어울리고 위험천만한 일에 이끌렸던 테오는 오래전에 사라지고 없었다. 멕시코시티에서와 마찬가지로 애리조나에서도 우리는 테오의 진짜 얼굴을 봤고, 그 얼굴은 내 가장 친한 친구인 렉스의 얼굴과 놀라울 정도로 닮아 있었다.

25분 뒤, 우리는 피닉스 공항에 도착했다.

차에서 내릴 때 카이가 우리한테 키란을 추적 중인 앱을 보여 줬다. 키란이 탄 비행기는 멕시코 영공을 향해 남쪽으로 날아가고 있었다.

"우리 티켓 구했어?"

내가 묻자, 하비에라가 고개를 끄덕였다.

"이번에도 일등석으로."

"오, 너 진짜 짱이다. 비행시간이 얼마나 돼?"

카이가 대신 대답했다. "부에노스아이레스까지 가는 데 열두 시간, 그런 뒤 그보다는 비행시간이 짧지만 파타고니아에 있는 바릴로체라는 도시까지 또 가야 해. 모두 합치면 스무 시간쯤 걸릴 거야. 시간이 굉장히 촉박해."

"괜찮아." 렉스가 말했다. "키란의 집에서 모은 자료들을 검토해서 가장 효과적인 공격 계획을 세우면 돼."

나는 렉스와 주먹을 맞부딪쳤다.

"우린 상의할 게 많아, 친구. 우리가 찾아낸 자료들을 몇 분밖에 못 살펴봤지만 굉장히 흥미로웠어. 너도 마음에 들 거야."

"툰데, 너의 낙관주의는…."

"그게 뭐?"

렉스가 웃었다.

"세상을 다 준다고 해도 너의 낙관주의하곤 안 바꿀 거야."

우리는 공항으로 뛰어 들어가 비행기를 탈 준비를 했다. 친구들, 나는 지니어스 게임에 참석하기 위해 우리 마을을 떠난 뒤로 너무 많은 여행을 해서 이젠 베테랑이 된 기분이었다. 비행기에 탈 때의 흥분도 금세 따뜻한 친밀감으로 바뀌었다.

우리는 탑승 수속을 한 뒤 보안 검색을 통과했고, 출발 게이트로 달려가 이륙 몇 분 전에 간신히 비행기를 탔다.

나는 일등석에 스텔라와 나란히 앉았다.

스텔라는 키란의 저택에서 들고 나온 청사진들을 살펴보고 있었다. 첫 번째 청사진은 저택의 도면이었다. 계속 몇 페이지 넘기니 내가 모르는 건물의 청사진이 나왔다. 산기슭에 세워진 건물이었다.

"이게 카이가 말한 벙커일까?"

스텔라가 어깨를 으쓱했다. "이게 뭐든, 굉장히 튼튼해."

"무슨 뜻이야?"

스텔라가 집게손가락으로 건물 외벽을 쭉 따라갔다. "벽이 얼마나 두꺼운지 보여? 지진이나 폭발에 버티려고 지은 건물이야. 게다가 지하 3층 구조야."

"산 속 깊이?"

"그래."

흥미로웠다. 그 말은 안으로 들어가기가 몹시 복잡할 거라는 뜻이었다. 나는 벽을 뚫을 수 있는 기계나 벽 아래를 팔 수 있는 굴착 장비를 머릿속에 그려보기 시작했다. 하지만 스텔라가 내 생각을 중단시켰다.

"얘기 좀 더 해도 될까?"

나는 머릿속의 계획들을 떨쳐버리고 고개를 끄덕였다.

"당연하지."

"난 이 상황이 많이 낯설어." 스텔라가 말을 이었다. "우리 울트라는 예전에 많은 나라에 갔지만 항상 이미 일이 벌어진 뒤에

갔어. 그리고 일하는 것도 단서를 찾고 감시하면서 보이지 않는 곳에서 했어. 실제로 누군가를 직접 쫓는 게 아니라…."

"그래서 불안해?"

스텔라가 고개를 끄덕였다.

"당연해. 지니어스 게임에 참가했을 때 난 한 걸음 내디딜 때마다 전전긍긍했어. 내가 살던 작은 마을을 떠나 지구 반대편으로 갔으니까! 이런 일들에 대비할 수 있는 방법은 없어. 대비 못해도 괜찮아. 그냥 그걸 받아들이면 돼."

내 말을 듣고 스텔라는 좀 마음이 놓이는 것 같았다. 스텔라는 이미 베이징과 멕시코시티, 애리조나에서 여러 번 자신의 능력을 증명했다. 그런 스텔라가 지금 불안해한다는 게 내겐 좀 흥미롭게 느껴졌다. 하긴 자기가 그렇게 오랫동안 추적해온 키란과 드디어 맞대결하게 됐으니, 생각만으로도 겁이 나는 건 당연한 건지도 모른다.

키란은 교활한 사람이니까.

그때 렉스가 내 어깨를 두드렸다.

"툰데, 와서 이것 좀 봐."

21.1

렉스는 몇 줄 뒤에 카이, 하비에라와 함께 앉아 있었다.

세 사람은 노트북으로 우리가 애리조나의 저택에서 입수한 자료들을 살펴보고 있었다. 내가 렉스 옆 통로에 무릎 꿇고 앉자 렉스가 노트북을 내 쪽으로 돌려서 자기가 발견한 걸 보여줬다.

"내 생각에 시바 프로그램엔 한 가지 약점이 있어." 렉스가 말했다.

내 눈에 보이는 건 화면에 길게 줄줄이 이어진 코드뿐이었다. 일부분은 알아볼 수 있었지만 솔직히 내가 뭘 보고 있는지 이해가 안 갔다.

"우리가 가진 건 시바의 초창기 초안의 부분들뿐이야." 렉스가 설명을 이어갔다. "하지만 그 부분들을 순서대로 배열해 차이점을 비교하다가 잘못 설계된 부분을 발견했어. 키란이나 아니면 키란을 위해 이 프로그램을 설계한 사람이 못 보고 넘어간 것 같아. 이 부분이 최종 프로그램에 포함됐는지는 확실히 모르겠어. 하지만…."

"하지만 만약 포함돼 있다면 우리가 그걸 이용할 수 있겠네?" 내가 말했다.

"그럴 수도 있고 아닐 수도 있어."

"사실 이용할 수 있는 결함은 아니야." 하비에라가 끼어들었다. "두 부분을 맞붙였는데 완전히 일치하지 않는 곳에 생긴 틈과 비슷하다고 생각하면 돼. 갈라진 틈이 있어. 백도어 프로그램처럼 시스템에 들어갈 수 있는 게 아니라 우리가 키란의 뒤를 따

라가고 있는 것처럼 그 결함을 따라갈 수 있다는 뜻이야."

"무슨 말인지 잘 모르겠어."

내가 고개를 갸우뚱하자, 렉스가 풀어서 설명해줬다.

"이렇게 생각해봐. 우리가 이 결함을 이용해 프로그램에 들어갈 순 없어. 하지만 키란이 프로그램을 작동하면 우린 그 프로그램이 어디로 가고 있는지 파악하고 디지털 방해물들을 설치할 수 있어. 그럼 프로그램의 속도를 늦출 수 있지."

"그럼 우리가 키란과 대면할 시간이 주어지겠네? 대박! 지금 프로그램을 방해할 수 있어?"

카이가 고개를 저었다. "키란이 프로그램을 실행할 때까지는 못 해."

그 말을 듣자 좀 불안했다. 만약 키란이 시바를 출범시키자마자 곧바로 어마어마한 파괴를 일으킨다면? 순식간에 전 세계로 퍼져버린 프로그램을 우리가 몇 초 만에 늦출 수 있을까? 렉스와 카이, 하비에라의 실력은 감탄스러웠지만 이게 과연 도움이 될지는 확신이 들지 않았다. 하지만 친구들, 나는 당연히 내 친구들을 믿기로 했다.

"그럼 일단 우리가 키란을 찾을 수 있길 기도해야겠네."

그렇게 말하고 내 자리로 돌아가니, 스텔라와 이반이 대화에 열중해 있었다. 방해하기 싫어서 나는 비행기 앞쪽의 화장실로 갔다. 문을 잠그고 세수를 하니 꽤 상쾌했다. 그런 뒤 내 모습을 자세히 살폈더니, 맙소사! 며칠 동안 뛰어다니며 입은 피해가 막심했다. 내가 잘생겼다는 건 결코 아니지만 강한 턱선과 상냥해 보이는 눈처럼 몇 가지 매력적인 부분이 있다고 생각한다. 하지만 지금 나는 상당히 초췌해 보였고, 눈 밑에 생긴 크고 짙은 다 크서클은 심한 수면 부족을 알리고 있었다.

다시 내 자리로 돌아가니, 이제 하비에라까지 합세해서 울트 라 팀의 본격적인 토론장이 되어 있었다. 세 사람 다 굉장히 진지 한 걸로 봐서 열띤 대화를 나누고 있는 게 분명했다.

"툰데," 스텔라가 말했다. "우린 결정했어."

그런 말이 나올 줄 알았다.

"뭘?"

"부에노스아이레스에 도착하면," 이반이 대신 대답했다. "우 린 그 도시에 남을게."

하비에라가 이어서 말했다. "우린 로지와 함께 키란을 만나지 않을 거야."

21.2

나는 상당히 당황스러웠다.

울트라는 우리와 함께 세계를 돌아다니며 여기까지 왔다. 그 런 울트라가 끝까지 함께하지 않는다고 생각하니 혼란스러웠다. 나는 렉스와 카이를 돌아보며 앞으로 오라고 했다. 다 함께 얘기 해야 할 문제였다.

"난 너희들의 결정을 존중해. 하지만 같이 상의해보자."

친구들, 나는 주위 좌석들에 앉은 사람들한테 좀 미안한 마 음이 들었다. 책을 읽거나 태블릿 컴퓨터로 영화를 보거나 잠을 청하며 쉬고 있는데 갑자기 젊은 애들 여섯 명이 모여서 갖가지 이상한 얘기를 속닥거리니 말이다. 솔직히 아무도 승무원한테 항의하지 않는 게 놀라웠다.

어쨌든 우리는 중앙 통로에 옹기종기 모였다.

하비에라가 아르헨티나에 도착하면 우리와 갈라지겠다는 결정을 전했고, 이반이 그 결정에 대해 자세히 설명했다.

"솔직히 말하면, 우린 다음 단계가 우리 예상보다 더 엄청나다는 결론에 이르렀어. 우린 로지와 달라. 너희들은 모두 이 분야에서 우리보다 훨씬 노련해. 하지만 우리가 로지를 버리겠다는 뜻은 아니야. 로지가 키란을 찾아다니는 동안, 우린 저택에서 빼낸 정보들을 계속 검토하고 시바를 중지시키는 데 집중할 거야."

나는 이에 대한 의견이 궁금해서 렉스와 카이를 돌아봤다.

"이해해." 렉스가 말했다. "너희들은 우리한테 엄청난 도움을 줬어."

"현명한 선택이라고 생각해." 카이가 말했다. "전략적으로 몇 가지 유리한 점도 있고. 키란은 우리 두 그룹을 다 찾고 있어. 우리가 갈라지면 키란을 더 마음 졸게 만들 수 있어. 또 만약 우리가 실패할 경우 너희들이 나설 수 있으니까."

"좋아." 이반이 말했다. "그럼 합의가 됐네. 로지 여러분, 그동안 즐거웠어."

"우리도 멋진 경험이었어." 내가 말했다.

스텔라가 덧붙였다. "눈물 글썽이는 사람 없기! 우린 곧 다시 만날 거니까."

우리는 악수를 한 뒤 각자의 자리로 돌아가 비행기가 착륙 준비를 할 때까지 우리가 할 수 있는 일을 계속했다. 스텔라와 나는 저택에서 갖고 나온 특이한 장비들을 살펴보면서 가능한 부분들을 손봤다. 평소 쓰는 납땜용 인두도, 전기 드릴도 없기 때문에 우리는 창의력을 동원해 일일이 손으로 개조했다. 태블릿 컴퓨터는 원격 컴퓨터 단말기로 다시 프로그래밍할 수 있었고 휴대폰은 금세 이동식 현미경으로 변신했다. 이 장비들 중 뭐가 키란을 추적하는 데 사용될지는 모르겠지만 어쨌든 쉽게 쓸 수 있도록 준비해놓으니 기분이 좋았다.

동이 트기 직전, 우리는 부에노스아이레스에 도착했다.

지평선 위로 올라와 도시를 밝게 비추는 태양이 정말로 아름다웠다. 관광을 할 여유는 없겠지만 나는 새로운 나라, 새로운 문화를 방문한다는 생각에 잠시 흥분에 휩싸였다. 혼란스러운 키란 추격전에 돌입하기 전, 잠시나마 비행기 창밖으로 펼쳐진 경치를 마음껏 즐겼다.

비행기에서 내리고 짐들을 챙기느라 한바탕 부산을 떤 뒤, 우리는 울트라와 진심 어린 작별 인사를 나눴다. 그런데 내가 스텔라와 얘기하는 동안 렉스가 하비에라와 이반을 불러냈다. 엿들으려 한 건 아니지만 세 사람의 대화가 들렸다. 렉스는 하비에라와 이반한테 테오의 혐의를 벗길 방법을 알아봐달라고 부탁했다. 렉스는 그 일을 "한가한 시간"에 해달라고 했다. 마치 그런 시간이 있기라도 할 것처럼.

"형이 법을 어겼다는 건 알아." 렉스가 말했다. "몇 가지 나쁜 결정도 내렸어. 하지만 난 베이징 이후로 형이 자신을 증명했다고 생각해. 결국 중요한 건 형이 올바른 선택을 했고 옳은 일을 했다는 거야."

하비에라와 이반도 그 말에 동의했다. 두 사람은 약속대로 방법을 알아볼 것이다.

카이가 휴대폰의 추적 앱에서 알림 메시지를 받았다. 키란이 향한 벙커가 여기서 남쪽으로 네 시간 떨어진 곳에 있다는 내용이었다. 비행기로 바릴로체까지 가서 택시로 이동한 뒤 걸어가야 하니, 분명 접근하기 쉬운 곳은 아니었다. 실제로 상당히 험해 보였다.

"의견 있는 사람?" 카이가 휴대폰을 들어 올리며 물었다.

"등산화가 필요할 것 같아." 렉스가 말했다.

그때 우리 모두의 주머니에서 일제히 휴대폰이 울렸다.

21.3

지긋지긋하게 우리를 괴롭히는 악당, 키란이 결국 시바 프로그램을 출범시켰다!

예상했던 대로, 시바는 곧바로 전 세계의 다양하고 잡다한 인터넷 루트 시스템들 사이를 사납게 돌진하기 시작했다. 많은 시스템이 순식간에 망가졌고 계정이 삭제되었다. 친구들, 나는 지금 시스템 엔지니어들을 덮쳤을 공포밖에 생각나지 않았다! 분명 끔찍한 두려움에 사로잡혀 컴퓨터 화면을 쳐다보고 있을 것이다.

"우리가 막을 수 있을까?"

"곧 알게 되겠지."

렉스가 그렇게 대답하고는 하비에라와 함께 근처 벤치에 앉아 휴대폰과 키란의 저택에서 가져온 태블릿 컴퓨터를 꺼내 펼쳤다. 두 사람은 맹렬하게 타이핑을 하기 시작했고, 카이와 이반은 그걸 지켜보면서 조언을 해줬다.

스텔라와 나도 손을 놓은 채 가만히 있고 싶지 않았다.

"우린 뭘 하면 될까?"

"우리 신호를 증폭시켜야 해." 렉스가 말했다. "아이디어 있어?"

스텔라와 나는 누가 먼저랄 것도 없이 수하물 찾는 곳 주위를 돌아다니며 신속하고 효과적으로 사용할 수 있을 뭔가를 찾기 시작했다. 우리 둘 다 출구 근처에 놓인 쓰레기통에 관심이 쏠렸다. 쓰레기통 안에는 버려진 알루미늄 포일처럼 보이는 것들을 포함해 금속 조각들이 많았다.

"나랑 같은 생각이야?" 스텔라가 물었다.

"맞아. 파라볼라안테나."

우리는 쓰레기통으로 돌진해 양손을 집어넣고 사용할 수 있겠다 싶은 조각들은 뭐든 끄집어냈다. 친구들, 스텔라와 나는 상당한 구경거리였다. 나는 하는 일에 몰두하느라 여행객들이 황당한 눈빛으로 우리를 쳐다보는 걸 알아차리지 못했지만 나중에 스텔라가 나한테 말해줬다.

우리는 식판 바닥에 깔았던 것으로 보이는 알루미늄 포일, 종이, 잡지 몇 권, 그리고 부러진 커튼 봉 두 개를 들고 친구들한테 돌아갔다.

카이와 이반이 약간 당혹스러워하며 설명을 원하는 표정으로 우리를 봤지만 우리에겐 자세히 얘기할 시간이 없었다.

장비 제작에 들어가야 하니까!

스텔라와 내가 작업하는 동안, 하비에라가 자기 작업이 어떻게 진행되고 있는지 우리한테 설명했다.

"그런데 말이야. 바이러스가 시스템을 돌아다니면서 자꾸 쪼개져. 그래서 곳곳에서 바이러스를 차단해야 해. 방화벽을 가동하거나 바이러스 경로를 막다른 골목으로 바꾸면 되지만, 공격이 전개되면서 차단이 점점 더 힘들어지고 있어."

"키란의 목표는," 나는 작업에서 눈을 떼지 않은 채 말했다. "인터넷을 지워버리는 거야. 맞지? 그럼 그걸 오프라인으로 전환시키면 되지 않을까? 시바 프로그램은 자기가 발견하지 못하는 건 지울 수 없으니까."

렉스가 타이핑을 멈추고 나를 올려다봤다.

"그거 진짜 좋은 생각이다."

"놀란 척하긴! 난 언제나 좋은 아이디어를 떠올린다구."

스텔라와 내가 파라볼라안테나를 만드는 작업을 끝내자, 렉스와 하비에라가 내 계획을 실행에 옮길 방법을 논의했다. 두 사람은 모든 곳에서 시바 프로그램을 차단하려 하기보다는 시바가 휩쓸고 지나가는 인터넷의 부분들을 정지시킴으로써 시바를 저지할 생각이었다. 물론 이렇게 하면 월드와이드웹의 그 부분들을 사용하는 기업들과 정부들에겐 분명 상당한 스트레스를 불러일으키겠지만, 적어도 시바가 입히는 피해는 막을 수 있을 것이다.

"우린 주요 DNS 호스트들에 대규모 디도스 공격을 벌일 거야. 분산 서비스 거부 공격 말이야." 하비에라가 자세히 설명했다. "그렇게 하면 사람들의 삶이 몇 시간 동안 고통스럽겠지만 시바의 공격을 지연시킬 수 있어. 그리고 더 좋은 건 우리한테 더 나은 해결책을 떠올릴 시간이 생긴다는 거지."

"신호 증폭기는 어떻게 돼가고 있어?" 렉스가 물었다.

"완성!" 스텔라가 대답했다.

스텔라가 우리 작품을 모두가 볼 수 있도록 들어 올렸다. 접시처럼 생긴 이 파라볼라안테나는 휴대폰의 신호를 증폭시키기 위한 것이었다. 동그랗지 않고 보기에도 그리 인상적이지 않았지만, 렉스가 자기 휴대폰을 그 안에 넣고 설정을 '비행기 모드'로 바꾼 뒤 다시 온라인으로 전환하자 신호가 상당히 증폭되었다.

"맙소사." 렉스가 말했다. "진짜 끝내주는걸."

"호들갑 떨지 마." 내가 말했다. "넌 지금 천재들하고 일하고 있잖아."

렉스와 하비에라가 자신들의 계획을 실행하는 데 또 몇 분이 걸렸다. 비행기 경유 대기 시간이 족히 한 시간은 되어서 다행이었다. 그렇지 않았다면 키란에 맞설 기회를 놓칠 수도 있었다.

디도스 공격이 진행되자 인터넷의 상당 부분이 마비되었다. 그와 함께 시바가 즉각 중단되었다. 우리 모두 안도의 한숨을 내쉬었지만, 키란이 곧 제2의 해결책을 발견할 것이기 때문에 이 상황이 오래가지는 못할 것이다.

키란은 교활한 사람이니까.

울트라가 우리 비행기가 출발하는 탑승 게이트까지 우리를 배웅했다. 울트라는 같이 가지는 못하지만 후방에서 시바를 막기 위해 최선을 다해 당국과 협력하겠다고 다시 한 번 약속했다.

"코딩 커뮤니티들에도 알려야 해." 렉스가 말했다. "아직 사태를 알아차리지 못한 안티바이러스나 보안 관련 전문가들한테 알리면 다들 도와주려고 달려들 거야."

"그럴게." 하비에라가 말했다.

우리는 울트라와 다시 작별 인사를 하면서 바릴로체에 도착하자마자 연락하겠다고 했다.

비행기에 타면서, 나는 우리가 시바에 대한 공격을 최고 적임자들한테 맡겼다는 확신이 들었다. 하비에라, 이반, 스텔라는 진정한 친구들이자 재능 있는 혁명가들이었다.

이제 키란을 잡으러 가자!

22. 카이

시바 출범 후 2.5시간

드넓은 초원과 어마어마하게 많은 나무들 위를 나는 기분은 끝내줬다. 하지만 우리는 각자 깊은 생각에 빠져 있었다. 렉스는 내 옆에 말없이 앉아 지나가는 구름들에 눈길을 던졌고 툰데는 조심스럽게 분해했던 계산기를 수리했다.

"이런 악몽 같은 생각을 했어." 렉스가 나를 보며 말했다. "만약 키란이 네가 옷에 붙인 추적 장치를 발견했다면… 그리고 이 모든 게 틀렸다면… 키란이 최대한 먼 곳으로 가서 사실은 지금 오스트레일리아의 어딘가에 있다면 어떡하지?"

"그건 악몽이 맞아. 그런 일은 일어나지 않을 거야."

"그냥 왠지 불안해."

"키란은 여기에 있어, 렉스. 만약 키란이 추적 장치를 발견했다 해도 말이야."

"그럼 혹시 이게 덫은 아닐까?"

나는 고개를 저었다.

"아니. 키란은 우리를 마주할 준비가 돼 있어. 시바를 출범시켰기 때문에 키란은 자기가 마지막에 이르렀다는 걸 알고 있어. 이건 키란의 최후의 저항이야."

"키란이 그렇게 망상에 빠지지 않았더라면 좋은 사람이 됐을 텐데."

"그럼 키란이 아니겠지."

잠시 후 비행기가 작은 도시, 바릴로체에 착륙했다. 그리고 몇 분 뒤 우리 모두의 휴대폰이 울리며 울트라가 보낸 메시지가 도착했다. 최고의 안티바이러스 전문가들에게 키란의 파괴적인 프로그램에 대해 알렸고 시바가 성공적으로 지연되고 있다. 하지만 우리가 정지시킨 인터넷의 부분들이 다시 온라인으로 전환되면 시바가 퍼져 나가는 건 시간문제다. 그렇게 되기 전에 키란을 찾아야 한다.

우리는 추적 장치의 신호를 쫓아 공항에서 택시를 타고 구불구불한 산길을 올라갔다. 높이 솟은 소나무들과 거대한 바위들이 길가에 늘어서 있었고 고도가 높아지자 좀 어지러웠다. 30분 정도 차를 타고 가니 태초 이후 사람의 손길이 전혀 닿지 않은 것 같은 거칠고 황량한 지역이 나타났다. 키란의 벙커가 있기에 완벽한 곳이었다.

마침내 택시가 산비탈로 들어서는 좁은 길에 멈춰 섰다. 아름답지만 인적이 없는 곳이었다. 몇 백 미터 발아래에 자리한 호수로 졸졸 흘러내리는 폭포 외에는 아무런 움직임이 없었고 벙커도 보이지 않았다.

"여기래." 렉스가 택시 운전사의 스페인어를 통역해줬다.

"그럴 리가 없어." 툰데가 말했다. "여긴 아무것도 없잖아."

나는 툰데한테 추적 앱을 보여줬다. 내 휴대폰 화면의 데이터에 따르면 지금 우리는 키란의 벙커를 나타내는 초록색 삼각형에서 몇 백 미터 떨어진 곳에 있었다. 벙커는 우리 왼쪽의 길 건너 산 위에 있었다.

"농담하는 거지?" 렉스가 산 위를 올려다보며 말했다.

"툰데, 걸어서 얼마나 걸릴 것 같아?" 내가 물었다.

툰데가 지도를 살펴본 뒤 산비탈을 내다봤다.

"음, 예상하기 어려워. 한 시간 이상 걸릴 수도 있어."

"그럼 빨리 출발해야겠다."

우리는 짐을 챙겨 택시에서 내렸다. 끽끽거리는 택시의 엔진 소리가 사라지자 우리는 고요한 산악 지대의 침묵 속에 놓였다.

22.1

나는 전에 하이킹을 해본 적이 없었다. 파타고니아 같은 산악 지대에서는.

한 걸음, 한 걸음 내딛기가 힘들었다. 사방에 잡초가 우거졌고 길을 안내하는 표지판들은 나뭇잎들 아래로 사라진 지 오래였다. 우리는 내내 길을 찾아가야 했다. 때로는 길이 너무 가팔라서 발을 멈춰야 했고 덤불이 너무 무성하거나 잔설이 쌓여 있을 때도 있었다. 키란은 분명 헬리콥터로 벙커에 드나들었을 것이다.

우리는 나무들이 벽처럼 늘어선 지점에 도착했다. 추적 앱에 따르면 벙커는 숲 건너편의 공터에 있었다.

렉스와 나는 바위 위에 앉고 툰데는 풀밭에 누웠다. 공항에서 챙겨 온 생수 몇 병과 간식 몇 봉지(견과류, 칩, 초콜릿 바)를 나눠 먹고 물을 꿀꺽꿀꺽 마시며 숨을 돌렸다. 종아리가 심하게 아팠다. 내 신발은 하이킹에 적당하지 않았다. 신발을 벗어 던지고 차가운 시냇물에 발을 담그고 싶은 마음이 간절했다.

"저 위에서 무슨 일이 벌어질지 내기해볼까?" 렉스가 말했다.

"키란이 차 한 잔 정도는 대접해주겠지." 툰데가 말했다.

"깜짝 놀랄 만한 일에 대비해야지." 내가 대답했다.

"그런데 말이야." 렉스가 일어서서 기지개를 폈다. "우리가 애리조나 주의 저택에 들어갔던 것처럼 저 벙커에 그냥 걸어 들어갈 수는 없을 거야. 카이 네 말대로라면 이건 키란의 마지막 저항이야. 첨단 보안 장치와 싸워야 할 거야."

"투덜이처럼 보이는 건 싫지만 난 완전 녹초가 됐어." 툰데가 말했다. "뭐든 쉽진 않겠지."

"음, 여기에 곰 같은 게 있진 않겠지?" 렉스가 물었다.

"난 야생동물은 무섭지 않아." 툰데가 말했다.

렉스가 코웃음을 쳤다. "잘됐네. 하지만…."

"자, 애들아, 그만 움직이자."

우리는 나무들 사이로 비집고 들어갔다. 도끼날은 구경도 못해봤을 것 같은 원시림이었다. 그리고 나무들 주변에 덤불이 너무 빽빽해서 반은 걷고 반은 넘어졌다. 게다가 중간에 짙은 안개를 만나서 한 치 앞도 보이지 않았다.

──30분 뒤, 우리는 숲에서 나와 넓은 공터로 들어섰다. 내 어깨

까지 닿는 키 큰 풀들이 공터 한가운데의 유리와 돌로 지은 건물 쪽으로 이어져 있었다. 꼭 우주에서 떨어진 건물 같았다. 벙커를 둘러싼 거친 자연과 포스트모더니즘 양식의 기하학적 설계가 뚜렷한 대조를 이뤘다.

아르헨티나에 있는 키란의 벙커

우리는 최대한 몸을 낮추고 조용히 수풀 속을 지나갔다. 벙커 근처까지 갔지만 경비원이나 보안 장치는 전혀 보이지 않았다. 심지어 벙커 외부에 감시 카메라도 보이지 않았다.

"이게 어떻게 된 거지?" 렉스가 속삭였다.

"글쎄." 내가 말했다. "우리가 못 본 걸지도 몰라."

툰데가 건물 외부를 주의 깊게 살펴보더니 지붕을 가리켰다.

261

"저기 키란의 전용기가 있어."

툰데 말대로 지붕 위에 키란의 헬리콥터가 보였다. 키란이 나 이지리아에서 탔던 헬리콥터였다.

키란이 여기에 있는 게 분명했다. 나는 울트라한테 정부 당국에 우리 위치를 알리라고 문자를 보냈다. 그리고 내 옷과 장비에 부착된 카메라들의 생중계에 접근할 수 있는 비밀번호도 알려줬다. 그들이 우리가 보고 있는 것을 본다면 그만큼 더 빨리 도착할 테니까.

"넌 진짜 침입 고수구나." 렉스가 나를 돌아보며 말했다.

내가 잠깐 생각하는 사이, 나무 꼭대기에서 바람이 윙윙 불고 멀리 어딘가에서 새가 울었다. 그런 뒤 다시 추적 앱을 보니 초록색 화살표가 우리 눈앞의 건물 안에서 깜빡거렸다.

키란이 거기서 우리를 기다리고 있는 것이다.

"따라와." 내가 말했다.

22.2

우리는 벙커로 조심스레 살금살금 기어갔다.

어떤 경보 장치도 눈에 띄지 않는 게 너무 뜻밖이었다. 벙커는 마치 정원 조각상처럼 가장자리에 이음새가 전혀 없었다. 나는 아무리 작은 카메라와 감시 시스템도 알아볼 수 있는 사람이다. 여전히 아무것도 눈에 띄지 않았지만 나는 분명 뭔가가 있을 거라고 확신했다.

"이 건물이 너무 외딴 곳에 있어서 보호 장치가 필요 없다고 생각한 건지도 몰라." 툰데가 속삭였다.

"키란답지 않은데?"

우리는 창문으로 다가가서 벙커 안을 엿봤다. 칙칙한 색상의 가구 말고는 보이는 게 없었다. 하지만 내 예감이 맞았다. 아니나 다를까, 벙커는 마치 은행 금고 같았다. 나는 구석구석에 설치된 소형 카메라, 동작 감지기, 마이크로파 센서들을 발견했다.

"건물 밖은 보안이 허술한데 내부는 말도 안 되게 철저해."

"그럼 어떡하지?" 렉스가 물었다.

"우리가 들어갈 수 있는 방을 찾아보자."

우리는 벙커 북쪽의 통유리문으로 갔다. 안을 들여다보니 꼼꼼히 정리된 책장들이 벽을 따라 늘어서 있고 가구들이 놓인 서재가 보였다. 카메라나 동작 감지기는 보이지 않았다.

나는 통유리문의 손잡이를 돌려봤다. 잠겨 있었다.

"음, 키란이 그래도 문은 잠가놨네."

나는 주머니에서 열쇠 따는 도구를 꺼내 잠금장치를 풀었다. 하지만 문을 열기 직전, 방 천장에 설치된 열적외선 감지기를 발견했다. 감지기가 360도로 돌아가고 있어서 방으로 들어가면 감지기를 피할 방법이 없었다.

그 방법 외에는….

나는 툰데를 돌아봤다. "나뭇잎 담요 만드는 걸 도와줄래?"

"뭐라고?" 툰데는 어안이 벙벙한 것 같았다.

"나뭇잎들을 엮어야 해. 가장 큰 나뭇잎들로 말이야. 내 몸을 덮을 정도의 크기면 돼."

남아메리카 산악 지대의 숲에 와 있는 덕분에 수십 가지 종류의 큰 나뭇잎을 쉽게 구할 수 있었다. 어떤 나뭇잎은 내 머리통만 했다. 우리는 몇 분 만에 나뭇잎들을 모아 잎자루끼리 엮어서 담요 비슷한 걸 만들었다.

"이걸로 뭘 하려고?" 렉스가 물었다.

"적외선 센서는 나뭇잎들을 투시 못 해. 몰래 들어가서 전원을 끄면 센서를 정지시킬 수 있어."

나는 문을 밀어서 연 뒤 나뭇잎 담요를 뒤집어쓰고 방 안으로 천천히 기어 들어갔다. 엮은 담요가 풀어질까 봐 급히 움직일 수 없었다. 또 내 피부가 조금이라도 노출돼서도 안 되었다. 바닥을 기다시피 움직일 때 심장이 두근거리는 소리가 귀에까지 들렸다. 다리와 목 근육이 쑤셨다. 하지만 효과는 있었다. 나는 무사히 방을 지나 복도로 들어갈 수 있었다.

복도에서 콘센트를 발견해 열쇠 따는 도구로 벽에서 떼어내는 데 성공했다. 콘센트를 떼어내자 열적외선 센서가 한 번 깜빡거리더니 꺼졌다.

나는 나뭇잎 담요를 벗어 던지고 친구들한테 손짓했다.

친구들이 한껏 미소를 지으며 방을 가로질러 왔다.

"이런 커 처음 봐." 렉스가 속삭였다.

우리는 좁은 복도로 들어갔다. 밀려오는 따뜻한 공기 위로 멀리 목소리들이 들렸다. 벙커의 다른 곳 어딘가에 텔레비전을 틀어놓은 것 같았다.

우리는 소리를 따라 복도를 내려갔다. 벽에는 액자에 담긴 커다란 청사진들과 기술 문서들이 줄지어 걸려 있었다. 렉스가 나한테 액자 하나를 가리켰다. 드론 설치용 카메라의 사양이었다. 그게 우리 아빠 회사와 관련된 카메라와 같은 제품이라는 걸 깨닫는 데는 몇 초가 걸렸다. 복도를 더 내려가니 나이지리아에서 공수한 탄탈룸을 태블릿 컴퓨터에 사용하기 위해 가공하는 법에 관한 기술 문서도 보였다.

복도는 지붕이 유리로 된 넓은 마당으로 이어졌다. 나무가 심긴 화분 수십 개가 놓여 있고 한가운데에 분수가 있었다. 비단 잉어들이 분수 바닥에서 느릿느릿 원을 그리며 헤엄을 쳤다. 그리고 분수 옆에는 로봇 시제품 여러 대가 놓여 있었다. 우리가 지니어스 게임에서 만들었던 장비의 업그레이드 버전 같았다.

"믿기지가 않아." 렉스가 말했다. "약간 낙원 같은 분위기가 나지 않아?"

우리는 더 긴 복도를 내려가 벙커 안쪽으로 들어갔다.

나는 잠시 걸음을 멈추고 친구들한테 말했다.

"애들아, 우리가 키란을 찾으면 내가 대표로 말하게 해줘. 이 체스 게임의 마지막 수를 알 것 같아."

"우리가 뒤에서 도와줄게." 렉스가 말했다.

툰데가 고개를 끄덕였다. "우리가 필요하면 신호만 보내."

복도가 끝나는 지점에 이르자 멀리서 들리던 목소리가 훨씬 크게 들렸다. 정말로 텔레비전에서 나오는 목소리 같았다.

복도 끝에서 우리는 두 번째 마당을 발견했다. 이번 마당에는 수많은 텔레비전들이 거대한 원을 그리며 받침대 위에 놓여 있었다. 안으로 들어가서 보니 다양한 언론매체, 실시간 중계 사이트, 웹 포럼에 채널이 맞춰져 있었다. 모든 화면에서 시바 프로그램의 발견, 두뇌 위원회의 반란, 온드스캔의 붕괴, 그리고 수십 가지 국제 범죄 혐의로 수배 중인 키란 비스와스에 관한 최신 보도들이 흘러나오고 있었다.

"몰락으로 가는 맨 앞좌석…."

우리 뒤에서 키란의 목소리가 들렸다. 일제히 돌아보니 키란이 코코아가 담긴 컵을 들고 방으로 들어왔다. 그는 청바지에 후드티를 걸친 간편한 차림이었다. 렉스가 즐겨 입는 옷을 입은 키란을 보니 낯설었다.

"걱정 마세요. 여기엔 경호원이 없어요. 경보 장치도 없고요."

키란이 우리 건너편의 가죽 의자에 앉았다.

"자, 일단 자리에 앉으시죠."

나는 그냥 서 있기로 했다. 렉스와 툰데도.

"우린 오랜 친구잖아요." 키란이 말을 이었다. "그러니까 편하게 대해요. 당신들이 여기에 쳐들어왔을 때 난 당신들이 드디어 내 입장을 알아보려고 온 줄 알았어요. 하지만 당신들 얼굴과 표정을 보니 아직 감을 잡지 못했네요. 난 항상 로지에 더 많은 걸 기대한다고 말했는데… 특히 페인티드 울프, 당신한테."

렉스와 툰데가 그대로 서 있는 동안, 나는 가까이에 놓인 의자를 키란 곁으로 끌고 갔다.

그리고 의자를 놓고 앉아서 키란과 눈을 맞췄다.

"이게 대체 다 무엇 때문인지 드디어 알아냈어요."

"오." 키란이 낄낄거리며 웃었다. "그랬군요? 말해주시죠."

"인정."

키란은 어리둥절한 표정이었다.

"내가 사람들한테 인정을 받으려고 일을 벌였다는 거예요?"

"아니요. 우리한테 인정을 받으려고 했죠. 그리고 성공했죠."

"좀 당황스럽네요."

나는 키란의 실패를 보여주는 텔레비전 화면들을 가리켰다. 뉴스 자막에 따르면 시바 프로그램은 신속하게 해체되고 있었다. 시바는 특정 부문들에 상당한 피해를 입혔지만 의도했던 만큼 널리 퍼지지는 않았다. 그런 뒤 두뇌 위원회가 등장했다. 우리가 만들어 보여준 자료들이 효과가 있었다. 그들은 반란을 일으켰고 모두가 키란을 버렸다.

"당신은 완벽한 오디션을 벌였어요."

"내가? 뭘 위해?"

나는 키란의 방식대로 수수께끼를 풀지 않고 잠시 놔뒀다.

"유감스럽게도 당신은 내내 반대로 알고 있었어요. 당신은 우릴 설득해 당신 편이 되게 하려고 애썼지만 실패했어요. 그 이유를 솔직히 말하면 당신에겐 나, 그리고 우리 모두가 찾고 있는 한 가지가 없었기 때문이에요. 바로 연민이죠. 당신은 아이디어가 먼저고 마음이 두 번째였어요. 아이디어는 세상을 바꾸지 못해요, 키란. 컴퓨터 프로그램도 마찬가지죠. 사람이 세상을 바꿔요. 그걸 받아들이면 당신은 마침내 오디션을 통과할 거예요."

"대체 무슨 말을 하는 거죠?" 키란이 당황해서 물었다.

나는 미소를 지었다.

"당신이 로지에 합류할 때예요."

키란이 신경질적으로 웃었다.

"농담이겠죠!"

"전혀! 그게 당신이 쭉 원했던 거예요, 그렇죠? 두뇌 위원회, 블랙박스 실험실, 시바와 라마, 모두 당신이 뭔가에 소속된 기분을 느끼기 위해 설계된 거예요. 당신은 가족을 찾고 있었어요. 그리고 대의, 고귀한 대의가 그걸 이루는 방법이라고 생각했죠. 하지만 당신의 자존심이 큰 문제를 일으켰어요. 이제 모든 게 무너졌으니 당신이 다시 시작할 때라고 생각해요. 우린 당신한테 로지와 함께 다시 시작할 기회를 주고 싶어요."

키란이 고개를 저었다. "어이가 없군요…."

──"우리 팀에 당신 같은 사람을 활용할 수 있어요, 키란."

"그만해요!" 키란이 되받았다. "당신들은 엄청난 걸 망쳤어요. 당신들이 시바가 제 할 일을 하게 놔뒀더라면 눈부시게 멋진 결과가 나왔을 텐데. 하지만 이제 그건 중요하지 않아요. 당신들은 날 찾아 여기까지 왔지만… 찾아내서 어쩌자는 거죠? 용감한 시민들의 범인 검거, 뭐 그런 거? 실망시켜서 미안하지만 내겐 이런 벙커가 전 세계에 수십 개나 있어요. 이제 나한테 두뇌 위원회나 온드스캔은 없지만 내가 넘치게 갖고 있는 한 가지가 있어요. 바로 시간이죠. 모든 걸 다시 구축하고 더 강해져서 돌아오는 데 필요한 시간."

키란이 커피테이블에서 리모컨을 집어 들고 텔레비전들을 껐다.

"난 이제 가야겠어요. 다시 연락드리죠."

"당신은 잘못 알고 있어요. 당신한테 없는 한 가지가 바로 시간이에요."

키란이 눈살을 찌푸렸다.

"당신을 쫓고 있는 사람들이 우리만은 아니거든요."

22.3

유리 천장이 요란한 소리를 내며 부서지고 무기를 든 군인들이 밧줄을 타고 마당으로 내려왔다. 군인들은 키란을 구석으로 몰아붙이며 무릎 꿇고 손을 머리 위로 올리라고 소리쳤다. 그 말에 따라 조심스럽게 무릎을 꿇은 키란한테 수갑이 채워졌다.

툰데가 참지 못하고 박수를 치며 소리쳤다.

"그것 봐요! 내가 항상 경고했잖아요. 로지한테 까불면 이렇게 된다고요!"

군인 한 명이 키란을 일으켜 세웠다.

그때 더블 버튼 양복에 밝은 초록색 넥타이를 맨 남자가 다른 쪽에서 마당으로 들어왔다. 피부가 검고 안경을 쓴 그 남자는 파일 폴더 하나를 들고 있었고 남아프리카 억양이 강했다.

"수고하셨습니다." 남자가 나한테 말했다.

우리는 악수를 했다.

"난 인터폴에서 일합니다." 양복 입은 남자가 말을 이었다. "페인티드 울프시죠? 그리고 여기 계신 동료들은 로지의 멤버들이고요."

나는 고개를 끄덕인 뒤 렉스와 툰데를 가리켰다.

"맞아요. 우린 로지예요."

"난 레타보 레디입니다. 키란을 체포하고 여러분과 협력해 여러분의 오명을 씻어주기 위해 이곳에 왔죠. 난 여러분이 믿기지 않을 만큼 많은 곳을 돌아다닌 끝에 여기까지 왔다는 걸 알게 됐습니다. 전 세계에 여러분을 봤다는 목격담이 있더군요. 심지어 어떤 사람은 며칠 전 베이징에서 여러분의 흔적을 찾았다고 했어요. 어쨌든 모든 것을 다시 바로잡도록 우리가 돕겠습니다."

"감사합니다. 그게 우리가 원하는 전부예요."

레디 씨가 파일 폴더를 펼치더니 잠깐 말없이 읽었다.

"하지만 뉴욕에서 있었던 일을 말하자면, 여러분은 구금돼 있던 렉스 우에르타 씨를 빼냈어요. 그런 다음 경찰들을 상당 시간 고생시킨 뒤 나이지리아로 가는 비행기를 타고 사라졌습니다. 사실인가요?"

렉스가 대답했다. "사실입니다."

"그리고 컴퓨터 프로그램 워크어바웃 말인데요. 당신이 그걸 설계했나요?"

렉스가 고개를 끄덕였다. "하지만 난 그 프로그램을 은행을 해킹하는 데 사용하지 않았어요. 그건 키란이 한 짓이에요."

"하지만 당신은 테오 우에르타 씨를 찾으려고 워크어바웃을 사용해 다수의 정부 데이터베이스, 수천 개의 CCTV 카메라들, 그리고 수조 바이트에 이르는 개인 소유의 데이터에 접속했습니다. 사실인가요?"

"네. 형을 찾으려고 그랬어요."

레디 씨가 무뚝뚝하게 "흠" 하고 대꾸했다.

"우린 우리가 해야 할 일을 했어요." 이번에는 내가 나섰다. "아무도 우리가 하는 말을 들어주지 않았고 키란은 우리가 죄를 저지른 것처럼 누명을 씌웠어요. 누명을 벗는 유일한 방법은 달아나서 우리의 결백을 스스로 증명하는 것뿐이었죠. 키란한테 물어보세요. 키란이 말해줄 거예요."

"당연히 그렇게 할 겁니다."

레디 씨가 대답한 뒤 손에 든 파일로 다시 고개를 돌렸다.

"그리고 나이지리아의 이야보 장군과 관련된 일은요? 여러분이 그 배후인가요?"

툰데가 손을 들었다. "우리 마을을 지키려고 그랬어요."

"멕시코시티에서의 풍선 사건은요?"

렉스가 대답했다. "그것도 우리가 했어요."

레디 씨가 파일을 덮은 뒤 뒷짐을 지고 우리를 유심히 살펴봤다.

우리는 산을 오르느라 진흙투성이인 데다 몇 주 동안 내내 뛰어다니고 잠을 못 자서 진이 빠져 있었다. 그리고 이제 뭘 해야 할지 감이 오지 않았다. 키란을 막는 데만 집중하느라 키란을 무너트린 뒤의 전략은 생각해본 적이 없었다.

그때 생뚱맞게도 키란이 입을 열었다.

"내가 저 사람들을 도발했어요. 강하게 저 사람들을 몰아붙였죠."

"무슨 뜻이죠?" 레디 씨가 물었다.

"나를 만나기 전에…"

키란이 수갑 찬 손을 불편하게 움직이며 말을 이었다.

"저 사람들은 자신이 가진 잠재력의 70퍼센트밖에 발휘하지 못했어요. 렉스는 훌륭하지만 그렇게 인상적이진 않았죠. 툰데는 뛰어나지만 고립돼 있었고, 페인티드 울프는… 음, 페인티드 울프는 재능 있고 투지가 넘치지만 자신의 도덕적 잣대에 따라 결정을 내렸어요. 저들은 느슨한 팀, 그러니까 그냥 친구 모임이었어요. 그러다 나를 만난 덕분에 무시할 수 없는 세력이 됐죠. 내가 저들을 지금의 모습으로 끌어올린 겁니다."

나는 푸하하 웃음을 터트렸다. 레디 씨가 무례하다는 듯 나를 흘겨봤다.

나는 키란을 보며 말했다.

"우리가 지니어스 게임 전에 지금처럼 집중하지 않았던 건 사실이에요. 하지만 그건 당신의 계획이나 야망과는 아무 상관 없어요. 우린 당신을 막기 위해 똘똘 뭉쳤고 그러기 위해 잠재력을 발휘했어요. 당신은 싸워볼 만한 상대였어요, 키란. 하지만 당신은 우리를 과대평가하는 것 같네요. 당신의 몰락은 당신이 자초한 거예요."

"오케이." 레디 씨가 끼어들었다. "이 사람을 데리고 나가."

레디 씨가 손짓하자 군인들이 키란을 밖으로 끌고 나갔다. 바닥에 널린 깨진 유리들이 군화에 밟혀 와작와작 소리가 났다.

"키란은 어떻게 될까요?"

렉스가 묻자, 레디 씨가 대답했다.

"원래 여러분한테 말해주면 안 되지만… 비스와스 씨는 일을 하게 될 겁니다. 감방에서 그 똑똑한 머리를 썩게 놔두는 건 의미가 없어요. 자신이 벌인 난장판을 치우고, 생산적이고 건설적인 목적에 재능을 사용하도록 해야죠."

"키란을 믿으면 안 돼요."

레디 씨가 손을 흔들어 내 말을 막았다.

"당연하죠. 비스와스 씨는 인터넷에 접속할 수 없고 감시가 철저한 장소에 있게 될 겁니다. 아날로그 기기들, 그러니까 주로 펜과 종이로 작업하게 될 겁니다. 내가 진심으로 바라는 건 비스와스 씨가 세상이 항상 그에게 원했던 사람이 되는 겁니다."

우리는 벙커 밖으로 끌려 나가는 키란을 조용히 지켜봤다. 키란은 공터를 지나 고개를 숙이고 헬리콥터 안으로 들어갔다. 이런 장면이 펼쳐지는 걸 보니 기분이 이상했고 불과 얼마 전 나이지리아에서 헬리콥터에 타는 키란과 렉스를 지켜보던 게 떠올랐다. 그때는 모든 일이 잘 풀릴 거라고 자신하긴 했지만 마음속 깊은 곳에서는 내 확신이 맞지 않을까 봐 걱정이 이만저만 아니었는데… 헬리콥터가 이륙해서 하늘로 사라지는 걸 보면서 얼마나 기뻤는지 모른다. 내 어깨에서 산맥 하나를 통째로 덜어낸 기분이었다.

내가 렉스를 보자 렉스도 나를 보며 미소를 지었다.

"우리가 해냈어." 렉스가 말했다. "우리가!"

22.4

"그럼 이제 우린 어떻게 되지?" 렉스가 나한테 물었다.

"잘 모르겠어."

"네가 그런 말 하는 거 처음 들어."

산봉우리 너머로 해가 질 때 우리는 키란의 벙커 밖에 서 있었다. 레디 씨와 군인들이 벙커를 돌아다니며 샅샅이 목록을 작성하고 사진을 찍는 동안, 우리는 각자의 휴대폰으로 통화를 몇통 할 시간을 허락받았다.

나는 먼저 울트라한테 전화를 걸었다.

하비에라가 전화를 받고 어찌나 큰 소리로 고함을 지르던지 휴대폰을 잠시 귀에서 떼고 있어야 할 정도였다. 하비에라는 내 카메라들의 생중계로 모든 상황을 다 봤다고 했다. 하비에라가 언제 다시 만날 수 있냐고 묻기에 나는 곧 만날 거라고 대답했다. 하지만 정말 그럴지는 알 수 없었다.

렉스와 툰데가 부모님과 통화하는 동안, 나도 몇 발짝 떨어져서 엄마한테 전화를 걸었다. 벨이 세 번 울렸을 때 엄마가 전화를 받았다. 모르는 번호여서 당황한 목소리였다.

"엄마, 저예요. 모든 게 잘됐어요. 끝났어요."

엄마가 안도의 숨을 내쉬었다.

"지금 어디야? 언제 집에 올 거야?"

"곧 갈게요, 엄마. 곧."

레디 씨가 벙커에서 나와 우리한테 걸어왔다. 그리고 아까 보던 파일 폴더를 꺼내더니 말없이 꼼꼼히 읽으며 펜으로 몇 번 휘갈겨 쓴 뒤 다시 우리를 봤다.

"이렇게 하죠."

레디 씨가 말했다.

"여러분 세 사람이 이전의 삶으로 아무 일 없었던 듯 돌아가게 할 수는 없습니다. 첫째, 그렇게 하면 나쁜 선례를 남길 겁니다. 하지만 어차피 여러분은 더 이상 예전과 같은 삶을 살 수 없을 겁니다. 적어도 예전 그대로는 아니겠죠."

그러고는 렉스를 쳐다봤다.

"내가 알기로 당신은 최근에 부모님의 신분을 사실상 유령으로 만들었죠?"

렉스가 고개를 끄덕였다.

"그랬습니다."

"그 문제는 우리가 나중에 다룰 겁니다. 하지만 우선은 미국 쪽과 합의를 했고 당신은 캘리포니아의 집으로 돌아갈 겁니다. 이틀 뒤 FBI가 당신의 법적 상황을 논의하고 한 가지 제안을 하러 당신을 찾아갈 겁니다. 제안의 세부 내용에 대한 설명은 그들에게 맡기겠습니다."

그다음으로 레디 씨가 툰데를 보며 말했다.

"오니 씨, 당신은 아키카 마을로 돌아갈 겁니다. 내가 나이지리아에 볼 일이 있어서 당신과 함께 갈 겁니다. 나이지리아로 가는 동안 당신이 개발한 장비들에 관해 얘기를 나누고 싶습니다. 우리 조직엔 분명 당신 같은 사람들을 위한 자리가 열려 있습니다."

툰데가 고개를 끄덕였다.

"그런 얘기라면 대환영이죠."

마지막으로, 레디 씨가 몸을 돌려 나를 마주봤다.

"페인티드 울프, 놀랍게도 당신은 이 팀에서 빵 부스러기를 가장 적게 남겼습니다. 우린 당신에 관해 잘 알지 못하지만, 중국 대사관의 우리 친구들은 당신이 한 일들을 잘 알고 있습니다. 그들은 그중 일부는 기꺼이 눈감아주고 일부에 대해선 당신과 좀 더 자세히 얘기 나누고 싶어 합니다. 아무튼 당신은 오늘 저녁 부에노스아이레스에서 베이징으로 돌아갈 겁니다."

그런 뒤 레디 씨가 우리 모두에게 말했다.

"여러분은 이곳에서 대단한 일을 했습니다. 인터폴에서 일하는 사람이라면 여러분이 사용한 모든 작전에 동의할 것 같지 않지만 최종 결과는 놀라웠습니다. 여러분은 인터넷 시대가 시작된 이래 가장 위험한 기술적 위협을 막았을 뿐 아니라 그 배후의 주모자를 우리한테 인도했습니다. 그 점에 대해 감사드립니다. 여러분끼리 작별 인사를 할 시간을 드리겠습니다."

레디 씨가 뒤로 물러나고 렉스와 툰데가 나한테 걸어왔다. 우리는 함께 얼싸안고 웃음을 터트렸다. 다들 하고 싶은 말이 있었지만 말하지 않았다. 그저 감정이 북받친 눈으로 서로를 쳐다보며 미소를 지었다.

지금은 헤어지지만 우리는 이게 로지의 끝이 아니라는 걸 알고 있었다.

나는 기다리고 있는 헬리콥터로 렉스와 함께 갔다. 우리는 이제 누가 보든 신경 쓰지 않고 손을 잡고 있었다.

자리에 앉아 안전벨트를 채운 뒤 렉스와 나는 입을 맞췄다.

"너무 긴장되고 미친 짓이었지만," 렉스가 말했다. "너랑 함께 할 수만 있다면 난 무슨 일이든 할 거야."

"나도."

마지막으로 헬리콥터에 올라탄 툰데가 내 옆에 앉아 어깨에 팔을 둘렀다.

헬리콥터가 굉음을 내며 이륙해서 산 아래로 날아가다가 낮은 구름들 사이로 전진했다.

툰데가 프로펠러 소리를 뚫고 고함을 질렀다.

"우린 여기서 정말 놀라운 일을 했어! 벙커 안 텔레비전 화면들에서 그걸 봤어. 혁명 말이야! 자기가 사는 세상을 지키고 주어진 운명을 바꾸기 위해 각자의 재능을 발휘한 청년들의 혁명! 그

중엔 천재들도 있지만 아닌 사람들도 많아. 정말 끝내주는 혁명
이야.”

　“혁명은 아직 끝나지 않았어, 툰데.”

　내 말에 툰데가 환하게 웃었다.

　“혁명은 이제 막 시작됐어.”

4개월 뒤

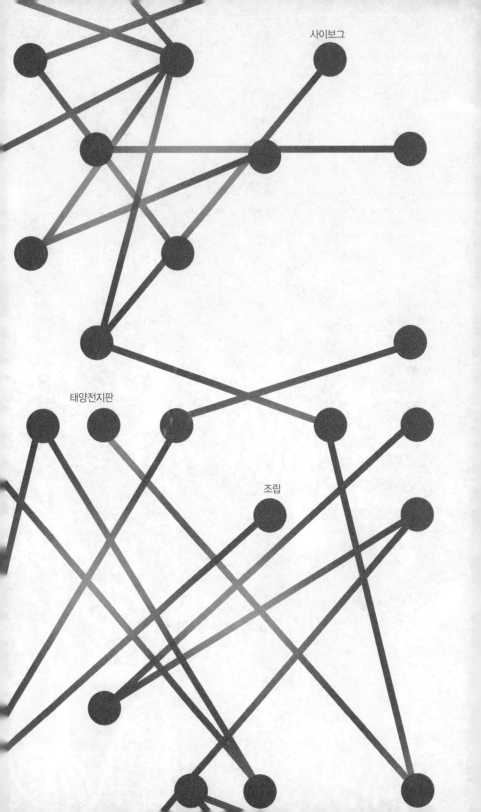

23. 렉스

"아니, 툰데. 그건 소용없을 거야."

우리는 커다란 책상 앞에 나란히 앉아 있었다. 둘 다 가상현실 헤드셋을 쓰고 있어서 꼭 사이보그들 같았다. 툰데는 시스템에 연결된 장갑을 끼고 있어서 시야 내의 디지털 객체들을 조작할 수 있었다.

우리는 몸은 캘리포니아 주에 있지만 눈은 방글라데시의 한 시골 마을을 보고 있었다. 정글에 둘러싸인 아름다운 마을이었다. 멀리 반짝거리는 코발트빛 바다도 보였다.

툰데는 두 집들 사이의 공터에 컴퓨터로 만든 태양열 퇴비 제조기를 조립하고 있었다. 개집 크기에 은색 정육면체처럼 생긴 기계였다. 툰데는 꼭대기의 태양전지판과 씨름하느라 끙끙댔다.

"그걸 다른 쪽으로 옮겨야 해."

"이게 쉬워 보여? 그럼 네가 조립해봐."

지금 우리가 하고 있는 일은 솔라 프로젝트라는 이름을 붙인 로지의 최신 프로그램이다. 이 프로그램의 목표는 동남아시아의 시골 마을들에 설치할 태양열 퇴비 제조기를 만드는 것이다. 한 다국적 기업의 자금 지원을 받았고 몇 주 뒤에 첫 번째 기계를 보내기로 되어 있다.

방글라데시에 있는 얼라이언스ALLIANCE라는 팀이 우리가 헤드셋으로 보고 있는 증강현실 생중계 프로그램을 설치했다. 얼라이언스는 울트라나 현재 우리가 전 세계의 다양한 프로젝트에 투입한 12개의 다른 팀들과 마찬가지로 세상에 큰 변화를 일으키고 싶어 하는 청년들이다.

하지만 울트라와 달리 그들은 천재들이 아니다.

얼라이언스는 넘치는 열정과 빠른 두뇌 회전으로 우리한테 깊은 인상을 준 평범한 아이들(각각 태즈메이니아, 이탈리아, 방글라데시 출신의 여자애 3명)이다. 그 애들은 독학한 컴퓨터 프로그래머, 엔지니어이지만 매일 놀라운 생각들을 떠올린다.

그때 문 두드리는 소리가 들렸다.

"들어오세요."

문이 열리더니 알폰소가 갖가지 컴퓨터 부품이 가득 쌓인 플라스틱 상자를 들고 들어왔다. 멕시코시티 블랙박스 실험실 출신인 알폰소는 우리가 인도양 남서부의 모리셔스에서 진행 중인 프로젝트를 위해 멕시코시티의 두뇌 위원회 멤버 몇 명과 함께 방수 태블릿 컴퓨터를 설계하고 있다.

알폰소가 책상에 상자를 내려놓으며 물었다.

"잘돼가요?"

툰데가 툴툴거렸다. "렉스가 일을 어렵게 만들고 있어요."

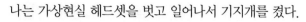

나는 가상현실 헤드셋을 벗고 일어나서 기지개를 켰다.

"다른 사람들은 전부 아직 있나요?"

"몇 명은 나갔지만, 회의실에서 회의가 진행 중이에요. 내려가서 잠깐 들어볼래요? 인도 실험실의 자율주행차 기술에 대해 얘기하고 있어요."

나는 툰데의 등을 철썩 치며 나가자고 했다.

"내일 마무리해."

"그래. 그러자."

툰데와 나는 알폰소를 따라 회의실로 갔다. 회의실에는 열다섯 명의 로지 멤버들이 모여 있었다. 커다란 창으로 사막이 내다보이고 최대한 많은 햇빛이 들도록 설계된 볕 좋은 방이었다.

회의실에 앉아 있는 열다섯 명은 예전에 두뇌 위원회 멤버였다. 일부는 콜카타, 일부는 베이징, 그리고 나머지는 멕시코시티의 두뇌 위원회 소속이었다. 툰데와 나는 대화를 방해하지 않으려고 조용히 자리에 앉았다.

사실 나는 대화를 주의 깊게 듣진 않았다.

우리의 원대한 계획이 얼마나 빨리 이루어졌는지 생각하면 정말 놀랍기만 하다. 아르헨티나에서 키란을 무너트린 뒤 나는 집에 돌아와 책임을 져야 했다. 다행히 예상했던 징역형 대신 공식 사과문을 발표한 뒤 내가 사회에 진 빚을 갚을 때까지 정부를 위해 일하라는 요구를 받았다. 아주 따분할 것 같았지만 알고 보니 정부에서 나한테 맡긴 일은 상당히 흥미로웠다.

키란의 블랙박스 실험실이 거둔 성과에서 영감을 얻은 나는 캘리포니아 주의 사막 한가운데에 방치되어 있던 정부 실험실(어

던지는 기밀이어서 말할 수 없다)을 새로 꾸몄다. 그리고 정부 당국의 감독하에 내 팀을 데려와서 앞서 얘기한 프로젝트들을 추진해도 된다는 허가를 얻었다.

나는 로지의 일을 계속하되 말도 안 되는 새로운 방식으로 확장할 기회를 얻었다. 툰데, 카이와 나는 변화를 일으킬 전 세계의 천재들과 열정적인 청년들을 모집했다.

그 변화가 미국에서 일어날 때도 있지만 대부분은 아니다. 때로는 잠비아 삼림지대의 낙엽 속에 숨겨진 지뢰를 찾는 소형 로봇들을 제작하는 것처럼 환경과 관련된 일이기도 하고, 때로는 우리가 캐나다 옐로나이프에서 운영 중인 드론 도서관처럼 정보를 확산하는 일이기도 하다.

우리는 놀라운 일을 하고 있다.

우리 모두가 엄청나게 자랑스러워하는 일.

하지만 때때로 우리에게도 휴식과 축하할 시간이 필요하다.

로지 실험실

우리는 로지 기지(아직 더 나은 이름을 짓지 못했다)에서 나와 자전거를 타고 몇 블록 떨어진 집으로 향했다.

우리 부모님이 땅콩집의 공사를 바로 얼마 전에 끝마쳤다. 한 가구에 방이 3개씩인 크지 않은 집이지만, 우리가 살기엔 충분했다. 우리 가족이 이 집의 한쪽으로 이사했고, 다른 한쪽에는 툰데의 가족이 들어왔다.

로지 조직이 확장되면서 나 혼자 힘으로 운영하기가 벅찼다. 그래서 툰데와 카이를 불렀다. 툰데는 멀리 캘리포니아로 오는 문제를 고심했다. 하지만 이것이 진정한 변화를 일으킬 기회라는 걸 깨달았고, 툰데의 부모님도 함께 이곳으로 옮겨 오는 데 동의했다.

그래서 이제 내 가장 친한 친구가 내 이웃이 되었다.

집에 도착한 우리는 툰데네 집에 먼저 들렀다. 양쪽 집 모두 거실에 아직 상자들이 높이 쌓여 있었다.

이사 온 지 2주밖에 안 됐으니까.

툰데가 자기 침실을 어떻게 바꿨는지 잠깐 구경시켜줬다. 방 한구석에 CB(생활 무전) 무전기가 장착된 단말기를 설치했고, 침대 밑에는 내겐 쓰레기 더미처럼 보이는 것들을 잔뜩 넣어두었다(툰데는 유기 연료 엔진을 만들기 위해 주워 모은 부품들이라고 주장했다). 그리고 우리가 예멘에서 진행하는 프로젝트를 위한 수경 재배 시스템과 관련해서 뭔가를 하기 위해 준비하고 있었다.

툰데다웠다. 항상 동시에 열 가지 일을 계획하는 녀석.

그때 밖에서 자동차 경적이 울렸다. 나는 누가 왔는지 딱 알아차렸다.

"가자, 툰데. 재회의 시간이야."

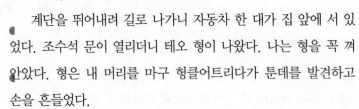

계단을 뛰어내려 길로 나가니 자동차 한 대가 집 앞에 서 있었다. 조수석 문이 열리더니 테오 형이 나왔다. 나는 형을 꼭 껴안았다. 형은 내 머리를 마구 헝클어트리다가 툰데를 발견하고 손을 흔들었다.

"집에 온 걸 환영해, 형. 어때?"

형이 집을 살펴보더니 고개를 끄덕였다.

"방들은 어떻게 사용할 거야?"

"형 방은 지하에 마련해뒀어. 형이 평화롭고 조용한 공간을 갖고 싶어 하는 걸 아니까. 형 맘에 들었으면 좋겠다."

"맘에 들 거야. 다들 안에 있어?"

"응. 엄마가 음식을 잔뜩 만들고 있어."

"기대되네. 툰데, 같이 갈 거지?"

툰데가 형과 악수했다.

"다시 만나서 정말 반가워요. 우리 부모님과 나도 같이 저녁을 먹을 거예요. 우리 부모님은 에구시 수프를 가져올 거예요. 내가 제일 좋아하는 음식 중 하나인데, 발효시킨 콩과 생선으로 만든 수프죠."

"굉장한걸." 형이 말했다. "감방 음식은 음… 정말 별로였어."

우리는 함께 현관으로 걸어갔다.

"내 편지는 잘 받았어?"

"전부 두세 번씩 읽었지. 너희들이 한 일에 얼마나 감동받았

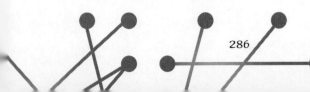

는지 말로 표현하기 힘들어. 너희들은 터미널을 막았을 뿐 아니라 키란을 감옥에 보냈어. 전부 너희 팀 덕분이야. 믿기지가 않아."

나는 형의 어깨에 팔을 둘렀다.

"형의 희생이 없었다면 하지 못했을 거야."

"그랬겠지….."

"자, 지금은 축하할 시간이야. 들어가서 인사해야지."

함께 집 안으로 들어가려는데, 멀리서 부릉거리며 다가오는 스쿠터 엔진 소리가 들렸다. 그래서 형과 툰데를 들여보내고 나는 밖에 남았다.

잠시 후, 검은색 스쿠터를 탄 카이가 모퉁이를 돌아 나타났다. 헬멧을 쓰고 가죽 장갑을 낀 카이는 언제나 그렇듯 별로 멋을 부리지 않는데도 멋있었다.

카이가 진입로에 스쿠터를 세운 뒤 내려서 헬멧을 벗었다. 순간 나는 약간 충격을 받았다. 카이가 새로운 로지 팀을 인터뷰하러 카리브해에 가는 바람에 일주일 정도 못 봤는데, 이렇게 확 달라진 모습을 볼 줄이야.

"어때?"

카이가 파란색 머리를 손가락으로 쓸어내리며 물었다.

"맘에 들어. 근데 너무 튀는 거 아냐?"

카이가 웃음을 터트렸다.

"그냥 하룻밤만 써보는 거야. 재미있을 것 같아서."

"이리 와."

카이가 나한테 왔고 우리는 키스를 했다. 카이의 머리는 충격

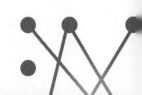

적인 파란색일 뿐 아니라 신선한 오렌지 향이 났다. 그 향은 아무리 맡아도 질리지가 않았다. 아빠의 헛기침 소리를 듣고서야 우리가 한참 동안 키스를 하고 있었다는 걸 알았다.

"저녁 준비 다 됐다." 아빠가 말했다.

당황해서 내 얼굴이 홍당무가 되었다.

"아빠, 카이가 왔어요."

"나도 봤어. 음식 다 식겠다."

카이와 함께 집으로 들어가니 푸짐한 요리들이 식탁 위에 차려져 있었다. 우리는 나란히 앉았고 테오 형은 내 옆에, 툰데는 카이 옆에 앉았다. 툰데의 부모님은 우리 부모님 옆에 앉았다.

내 가장 친한 친구와 여자친구와 형이 함께 앉아 있다. 더 이상 뭘 바라겠는가? 모두가 함께 식탁에 모여 앉은 모습을 보니 그저 행복했다.

우리는 배가 터질 정도로 먹었다. 농담이 아니다. 게다가 툰데의 부모님이 플랜테인으로 끝내주는 디저트를 만들었는데 아무리 먹어도 질리지가 않았다.

식사가 끝나갈 무렵, 테오 형이 키란의 소식을 들었다고 말했다. 예전에 터미널에서 알게 된 친구가 있는데, 인터폴에 있는 지인이 그 친구한테 알려줬다는 것이다.

"키란은 놀라운 일을 하고 있는 것 같아." 형이 말했다.

"어떤 일?"

"멘토라는 그의 뿌리로 돌아갔어. 키란이 쓴 글들이 소셜 미디어에 뜨고 있어. 인터폴이 네트워크 접속을 막아놓은 곳에서 키란이 어떻게 그 글들을 올리는지 모르겠어…"

카이가 말했다. "내가 경고했는데."

"아무튼 내가 수감돼 있을 때 만난 해커 몇 명이 키란의 작업에 관해 잘 알고 있었어. 키란은 새로운 변화와 전환의 복음을 전도하고 있는 것 같아. 난 키란이 쓴 글을 못 읽어봤지만, 스스로 새로운 삶을 창조하고 미니멀리즘과 기술의 제거를 통해 세상의 진정한 본질을 발견하자는 내용이래."

"그건 우리의 키란답지 않은걸." 내가 말했다.

형이 어깨를 으쓱했다.

"아닐 수도 있지만 난 키란이 흥미로운 두 번째 삶을 살고 있다고 생각하고 싶어. 내가 보기에 키란이 아날로그 기술의 옹호자로 다시 태어난 건 현명한 행보야. 누가 알겠어? 그게 먹힐지도 모르지."

우리는 생각에 잠겼다.

그러다 툰데가 말했다. "우리나라에 이런 속담이 있어. '아무리 캄캄해도 손이 입을 못 찾지는 않는다.' 키란도 마찬가지야. 항상 뭔가를 새로 만들어내는 게 그의 천성이야. 그의 창작품들이 인류와 이 세상에 도움이 되는 한 우린 그것들을 진지하게 받아들여야 한다고 생각해. 키란을 다시 만났을 때 그가 정말 테오 형 말대로 바뀌어 있다면 난 반갑게 그와 악수를 할 거야."

그러고는 나를 보며 특유의 미소를 지었다.

"넌 좋은 사람이야, 툰데." 내가 말했다. "그리고 우릴 더 좋은 사람으로 만들어."

툰데가 어깨를 으쓱했다.

"로지와 함께라면 모든 게 좋아."

저녁을 먹은 뒤, 카이와 나는 로지 기지까지 긴 산책을 했다.

그리고 로지 기지 옥상으로 올라가 별들을 구경했다. 대도시에서 멀리 떨어진 이곳은 하늘이 맑아서 아름다운 은하수를 볼 수 있다. 오늘 밤도 별들이 빽빽이 들어차서 밤하늘이 아른아른 빛났다.

아르헨티나에서의 작전 이후 4개월이 지난 지금, 말 그대로 우리 노력의 결실 위에 앉아 있으니 날아갈 것 같은 기분이었다. 우리에겐 로지 기지가 있고, 로지 프로그램이 생겼다. 툰데가 머릿속으로 그렸던 혁명이 현실이 되었다. 이제 청년들로 이뤄진 12개의 팀이 세계 곳곳에서 공동체들이 빈곤과 무지, 박해에서 벗어나게 하기 위해 놀라운 일들을 하고 있다.

하지만 한 가지 아쉬운 점이 있었다. 카이가 내일 아침에 떠난다는 것이다.

카이는 우리가 추진하는 운동의 대변인이자 우리 혁명의 얼굴이다.

우리가 로지가 되기 전부터 카이는 부패와 박해를 폭로하기 위해 나섰다. 우리가 키란을 무너뜨렸다고 카이가 그 일을 그만둘 리는 없었다. 키란은 훨씬 더 큰 목표의 한 단계일 뿐이었다.

사실 세상에는 더 많은 키란들이 있다. 카이는 그들 모두를 궁지에 몰아넣기로 결심했다.

카이가 한숨을 쉬더니 내 손을 잡았다.

"네가 나랑 함께 갈 수 있으면 좋겠어. 코딩은 어디서나 할 수 있잖아."

몇 주 전 카이가 러시아에 있을 때 우리는 이 문제를 상의한 적이 있었다. 나는 카이와 함께 갈 수 있도록 인터폴이든 어디든 근무지를 옮겨달라고 요청할까 생각했지만, 로지 기지에서 진행 중인 일이 너무 많아서 허락이 떨어진다 해도 아직 떠나기엔 이르다고 느꼈다.

"알아. 나중에 열여덟 살이 되면 이 나라를 떠나도 된다는 허가를 합법적으로 받을 거야. 그동안은….''

나는 후드티 주머니에서 상자를 꺼냈다. 명함 크기의 작은 상자였다.

몇 주 동안 계획한 일이지만 심장이 마구 뛰었다.

"너한테 줄 게 있어."

그렇게 말하고 카이한테 상자를 건넸다.

"이게 뭐야?"

"직접 열어서 봐."

카이가 조심스레 포장지를 뜯었다. 그런 뒤 나를 쳐다봤다. 카이가 상자 안에 있는 걸 본다는 생각만으로도 떨리는데 나를 쳐다보니 심장이 더 두근두근 뛰었다.

카이가 상자를 열었다.

그 안에는 내가 카이를 위해 만든 펜던트가 들어 있었다. 한 가운데의 기하학적 형상을 나선 몇 개가 둘러싸고 있는 타원형 펜던트. 몹시 단순한 디자인이었다.

펜던트를 본 카이의 얼굴이 환해졌다.

"이게 무슨 뜻이야?"

"힘과 동지애를 뜻해. 아즈텍 문양도 좀 따왔고 내가 직접 디자인한 부분도 있어. 네가 어딜 가더라도 너랑 함께 있을 방법을 찾고 싶었어. 그걸 달고 나를 생각해줬으면 좋겠어. 그리고…."

나는 펜던트를 집어 들었다.

펜던트 옆쪽에 달린 빗장을 밀면 앞면이 열리고, 그 안에 참깨 크기의 무선주파수 인식^{RFID} 차단기가 들어 있었다.

"툰데랑 같이 이걸 설계했어. 이 차단기는 네가 갖고 있는 신용카드나 신분증에서 나오는 무선주파수 인식 신호들을 디튜닝해. 누군가 네가 모르는 사이에 널 스캐닝하면 이 작은 녀석이 중단시킬 거야. 여길 누르면," 나는 펜던트 꼭대기를 눌렀다. "차단기가 켜지거나 꺼져. 이런 식으로 스파이들로부터 널 보호할 수 있어."

카이가 펜던트를 내려다보더니 몸을 기울여 눈을 감고 나한테 입을 맞췄다.

"맘에 들어."

"실용적인 선물을 주고 싶었어."

"완벽해."

우리는 손을 꼭 잡고 하늘에 흩뿌려진 별들을 올려다보며 한 시간 동안 옥상 위에 앉아 있었다.

아홉 시쯤 됐을 때, 카이가 이제 가봐야겠다고 말했다. 이번 여행에 들고 가려고 싸둔 장비들이 많아서 그리스로 가는 비행기가 출발하기 두 시간 전에 공항에 도착해야 한다고 했다.

우리는 옥상을 내려가서 우리 집으로 향했다.

카이는 집에서 헬멧과 옷을 챙긴 뒤 우리 엄마와 아빠, 툰데 부모님, 툰데, 테오 형한테 차례로 인사했다. 그리고 나와 함께 스쿠터로 갔다.

"도착하자마자 전화해."

"당연하지."

"퇴비 제조기 문제는 다음 주쯤에 다 해결될 것 같아. 그다음엔 벨리즈에서 울트라 프로젝트가 있고, 그게 끝나면 증강현실 장치로 가상으로나마 널 만날 수 있어. 이번 달 말에 어디에 있을 거야?"

카이가 헬멧 가리개를 위로 젖혔다.

"아이슬란드."

"아이슬란드 좋아. 거기서 보자."

카이가 나한테 손으로 키스를 날렸다. 그런 뒤 창가에 서서 우리를 내다보고 있는 사람들한테 손을 흔들어주고 스쿠터 시동을 걸었다.

카이의 스쿠터가 어둠 속으로 사라지는 걸 지켜보면서 만족스러운 기분이 몰려왔다. 우리가 해냈다. 우리 목표를 성취했고 우리의 운명을 바꿨다. 우리는 열심히, 그리고 즐겁게 세상을 더 나은 곳으로 만들기 위해 노력했을 뿐 아니라 그 모든 일을 함께 했다.

우리는 로지이고, 한 팀이고, 한 가족이다.

그리고 우리의 미래를 스스로 만들어가고 있다.

보낸 사람 : Rex_n_effex@lodge_revolution.com

제목 : 당신은 어디에 있나요?

아이작 뉴턴은 이런 말을 남겼죠. "천재는 인내다."

당연히 뉴턴의 말이 맞습니다. 천재들과 보통 사람들을 구분 짓는 한 가지 잣대는 시간입니다. 우리 중 일부는 나와 로지의 동료들인 페인티드 울프, 툰데 오니처럼 일찍 출발선상에 섰습니다. 사람들이 우리를 천재라고 부르는 이유는 우리가 젊은 나이에 인상적인 일들을 할 수 있기 때문입니다. 하지만 그 말이 당신은 할 수 없다는 뜻은 아닙니다.

이 모든 일이 시작될 때 제가 했던 말처럼, 사람들은 우리를 '특별'하다고 말하지만 우리는 여러분과 비슷한 사람들입니다. 바닷가에 놀러 가고, 친구와 싸우고, 연애를 하고, 그림을 더 잘 그리길 바라는 아이들이죠. 다만 어쩌다 보니 우리는 흰 가운을 입은 사람들이 '유기적 컴퓨터'라고 이름붙인 두뇌를 가지고 있습니다. 하지만 우리가 선택한 건 아닙니다.

지금 세상은 제가 여러분에게 처음 편지를 썼을 때와 달라졌습니다. 아뇨, 하늘이 핑크색으로 변했다거나 달이 플라스틱으로 만들어졌다는 건 아닙니다. 그런 변화를 말하는 게 아닙니다. 달라진 건, 이제 아주 많은 기회들이 있다는 겁니다. 우리가 이 모험을 시작할 때(지니어스 게임이 머나먼 옛일처럼 느껴지네요!) 우리는 우리 자신밖에 기댈 곳이 없었습니다. 하지만 이제 우리에겐 여러분이 있고, 그 사실이 모든 변화를 만듭니다. 여러분은 우리를 놀라운 무언가로 이끌 겁니다…

지난번에 말했듯이 우리 부모님들이 자란 세상은 이제 과거가 되었습니다. 우리는 모든 옛 규칙들을 내다 버렸습니다. 우리는 미래를 만들고 있는 사람들이거든요. 우리는 창시자입니다. 우리에게 와이파이와 육즙 가득한 만두를 던져주면 우리가 세상을 바로잡을 겁니다.

그렇다면 여러분이 어떻게 동참할 수 있을까요? 코딩을 하지 못한다면? 만들 수 있는 게 새총밖에 없다면? 그건 중요하지 않습니다. 여러분에겐 아마 잔재주라고 무시했을 기술들이 있을 겁니다. 당신이 출 수 있는 춤, 부를 수 있는 노래, 방에 걸려 있는 그림, 그 모든 것들이 우리에게 필요한 기술입니다.

제 온라인 상태 메시지가 '미래를 위한 선발'인 이유가 있습니다.

우리는 달걀 몇 개를 깨트렸고 케이크를 구웠습니다. 맛있고, 정말 끝내주는 크림치즈 케이크였죠. 여러분을 위해 한 조각 남겨뒀지만, 그냥 주고 싶진 않습니다. 저는 여러분에게 케이크를 직접 굽는 방법을 처음부터 가르쳐주고 싶거든요. 밀가루와 물과 달걀 대신 유화물감이나 실, 펩티드, 혹은 컴퓨터 부품들로 무언가를 만들길 원한다는 것만 다르죠.

혁명은 바로 지금 진행되고 있습니다. 함께 일하게 된 걸 환영합니다. 새로운 뭔가를 만들 준비 되셨나요?

그럼 또 만나요.
렉스 우에르타

감사의 말

나는 파이웰 & 프렌즈 출판사의 모든 사람과 가족이 되었다. 모두에게 감사드린다. 홀리 웨스트, 당신은 내 세계를 뒤흔들었다.

무한한 세계와 거친 모험을 함께 만들어준 멋진 파트너 키스 토머스에 대한 고마움도 영원히 간직하겠다.

내 가족과 친구들에게도 감사한다. 이름을 말하지 않아도 당신이란 걸 알 것이다.

또한 브라이언 데이비드 존슨과 애리조나 주립대학교 과학 및 상상력 센터의 모든 분들에게 감사드린다. 그곳에서 우리는 이 모험을 계속할 것이다. http://csi.asu.edu/fellow-projects/genius/

그리고 내게 영향을 준 모든 작가들, 시인들, 과학자들, 예술가들, 미친 사람들에게 감사드린다.

이 시리즈는 당신들을 위한 것이다. 그러니 계속 달리자.